HOW ⟶

[意]
马德琳·迪马乔
著

徐雅宁
译

⟶ TO

⟶ WRITE

by
Madeline
DiMaggio

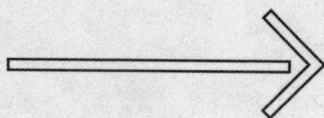

★剧集、情景喜剧、动画、
中小成本电影**全面突围**

FOR

职业编剧手册

中国友谊出版公司

TELEVISION

献给我的默契伙伴，我的母亲玛丽·马什·迪马乔；

献给我最伟大的作品，我的女儿乔丹；

献给乔伊斯·巴克利，你让一切美梦成真。

目录
Contents

1

电视行业概述

电视行业是个一切皆有可能的地方。电视业有现成的资金，有现成的工作岗位，电视作品产出迅速。电视编剧可以一边看着自己的剧本投入拍摄，一边继续接下来的写作。而电影业就不一样了，电影的生产过程比较缓慢，电影编剧可以耐心等待自己的事业一鸣惊人，而电视编剧的工作更像是一场持久战，每天都要让自己保持在战斗状态。

依据美国编剧工会的统计数据，电视业的工作岗位比电影业多出一倍。每年大约有 400 部电影问世，而问世的电视剧有 3000 多集。在电视业中，如果一个编剧能够找到入行的途径，有一定天赋并且懂得游戏规则，那么他完全能够从一个自由编剧（freelancer）进阶到签约编剧（staff writer），到剧本编审（story editor），到制片人 / 创剧人（producer/creator），甚至可以成为这一行业的老大——掌剧人（showrunner）。这是确确实实发生过的事，我的一个学生甚至拿了 4 次艾美奖，还有其他很多人也取得了类似的成功。他们都有很多精彩的故事，我将跟大家分享一些。

我不认为他们的成就是我的功劳，也不敢以他们的师父自居，他们原本就拥有所需要的一切。但是，他们的成功证明了我所坚信的观点：梦想完全可以照进现实。

　　这本书的初稿写成时，电视业已发生巨大的变化，我也变了。我继续写作，卖了几部电视电影剧本给有线电视网和公共电视台①，并且还卖出了两部院线电影剧本。目前，我在参与几个项目，有多个剧本正在筹拍中，并且继续教别人写剧本。我在美国多所高校开办过剧本讲习班，甚至扩展到国外的高校。我曾经在芬兰教过肥皂剧剧本写作（报名参加这个课吧！），在那个国家，人们认为冲突是野蛮的，我还给压根不说英文的中国讲习班教过情景喜剧的写作（那一个课程更好！）。然而，我最中意的还是那些私下进行的、小规模的工作坊，在那里我可以跟编剧们合作，并帮助他们改进剧本。一步步地了解学生，并且看着他们逐渐成长为一名编剧，使我的教学生涯越来越成为我生命中有趣的一部分。

　　我的很多位编剧学员都在写自己的第五或第六个剧本了，从中可以看到他们持续的进步。如果我遇到具有市场潜力的项目，我会尽最大的努力来帮助他们参与其中。

　　几年前，我跟编剧兼制片人乔安妮·施托坎（Joanne Storkan）合作成立了忠实引擎影业公司（Honest Engine Films）。现在，我可以从买方和卖方两个角度来看待这个市场了，我也成了那些把"我很抱歉，但是我们必须淘汰它"挂在嘴边的人之一。说实话，我讨厌说这句话，我了解这句话对电话另一端的编剧造成的巨大伤害。但是作为制片方，我也获得了许多新的见解，这是我要跟

---

① 本书作者习惯将美国电视台以有线电视网（cable）和公共电视台（television）二分。其实更详致一点的划分应该是有线电视（cable）和公共电视（network）。近年又兴起了一股新势力，即以网飞（Netflix）和亚马逊（Amazon）为代表的流媒体或网络电视。（若无特殊说明，本书脚注皆为译者注）

学员们分享的，同样也会在这本书中与诸位读者分享。

我不会对这个行业做出一些虚假的承诺。让我们面对现实，实话实说吧：给电视台写剧本通常并不是一个多么便捷的、轻松的谋生手段。

电视经纪人米奇·斯坦（Mitch Stein）曾对我说，每次开会发言时，他总是喜欢坐在讲台的末端，如此一来，当听众最后向他咨询建议时，他就能跟他们说："买张车票离开这个城市，总有一天你会为此感谢我的！"

请仔细阅读下面这段话：

> 美国西部编剧工会和美国东部编剧工会大约总共有11000个会员，一年中大约有一半的会员能够得到工作。行政副理事查克·斯洛克姆（Chuck Slocum）曾对所有会员做过一个追踪调查，根据他的调查结果，除了一半会员有工作之外，其他会员5年内依靠写作所获收入的中位数是62000美元/年[①]。

一年中，大约有3000集电视剧剧本问世，几乎全部都是由签约编剧写出来的。满打满算，一部剧集平均下来也不过需要12位编剧。

下面，好消息来了！

要有信心！你是可以打入电视编剧行业的！我成功了，我的一些学员也成功了。触底反弹！反败为胜！这样的励志故事在这个行业里数不胜数。在这一行里，不是所有的编剧都认识什么所

---

① 这个数字勉强达到全美国平均收入水平。

谓的熟人，也不是所有人都靠着关系才能起步，他们中的很多人甚至都不住在洛杉矶地区。他们的故事多姿多彩，他们的个性和写出来的节目也是如此。但是这些编剧确实有着共同之处：绝佳的创意、质量上乘的投销剧本 [①] 以及一些基本的营销知识。牢记这点：投销剧本是你们的敲门砖，它可以帮你打开这一行的大门。

✏ 凯文·福尔斯的故事

我是在加利福尼亚州洛斯阿尔托斯市的山麓学院遇到凯文·福尔斯（Kevin Falls）的。那时我刚开始在高校授课。他当时是加州州立理工大学新闻专业的学生。凯文拥有不可思议的能量和热情，勇往直前，当机立断。我读了他的第一个剧本，写得相当不错，从中可以看出他的天赋。虽然这个剧本最终没有卖出去，但在其营销过程中，凯文成功找到了一个经纪人。凯文接着写了第二个剧本，结果这个也没有卖出去。凯文没有气馁，继续写！直到一天，我接到了凯文的电话，他十分生气，近乎发狂。他说他名下已经有了 3 个完成的剧本，却一个报价也收不到。我完全理解他的挫败感，但我的直觉告诉我，他绝对不会就此罢休的。

大约 6 个月后，我再次接到了凯文的电话，这次他告诉我，他刚跟迪士尼签了一个"四片合约"（four-picture deal）。一位我后

---

① 投销剧本（spec script）：在电视行业，投销剧本是指针对某一既定电视节目而自发创作的一集原创剧本。写作的时候，既没有合同、稿费，也没有其他任何保障。

来才认识的迪士尼女性主管读了凯文的一个剧本，她没兴趣买下这个剧本，但很欣赏这个剧本的风格。她给凯文的经纪人打了电话，要求多看几个剧本。经纪人把另外两个没有卖出去的剧本寄了过去。出于各种原因，这两个剧本她也没买，但她认为凯文的写法非常美妙：3个剧本不但文风一致，并且十分符合迪士尼的类型需求。很快，一份合同就放在了凯文面前。

几年后，我在夏威夷的一次编剧会议上见到了凯文。会议期间，我同一位迪士尼前主管凯茜·方·米田（Kathie Fong Yoneda）进行了一次交谈，她给我讲了签下凯文的过程。

那个时候，凯文刚刚签署了创作《风月俏佳人》（*Pretty Woman*，1990）续集剧本的合同（该项目后来因为演员问题被搁置了），而当时凯文还在写着《致命女秘书》（*The Temp*，1993）的剧本。在问答环节中，一个年轻人满怀希望地问，凯文在卖出第一个剧本之前一共写了几个投销剧本。"7个！"凯文回答道。那个孩子吓得张大了嘴巴，接着又问凯文是什么支撑他一路走下来的。凯文的回答我永远也不会忘记。凯文说，他曾经在沿着湾区高速公路上开车时问过自己同一个问题："如果我一个剧本也卖不出去怎么办？"而他的答案是："无所谓啊，大不了把它们留给我的孩子就行了。反正我这么热爱写作，无论如何我都会继续写下去的。"

此后，我继续关注凯文的职业生涯，他的名字时不时就会在电视荧幕上跳出来。并且，我一次又一次看到他捧起了艾美奖。

我因这本书提出要采访他一下，我们见了一面，边喝边聊。当时，他的新剧《时间旅人》（*Journeyman*，2007）正在热播，那是一部非常棒的剧：充满智慧的故事，错综复杂的情节，还有各种令人意想不到的惊奇。只不过这部剧没赶上好时候，本该大有收获的关头却不幸赶上了编剧罢工,《时间旅人》和其他几部剧都成了牺牲品。

很明显,凯文依然热情高涨,热爱着他的职业。我问他什么时候从电影转向了电视剧剧本写作。他说他是一个体育迷,听说 HBO 电视网 [①] 正在制作一部关于体育经纪人的剧《牛人阿里斯》(*Arli$$*,1996)时,他打听了一下,然后就被制片方招募到旗下。这一干就是 3 年,当他想离开的时候,经纪人劝他多待一年,并且给他谋了个联合执行制片人的名头,这对他日后在电视台谋个好差事起了很大作用。一年过去了,经纪人询问他的打算。凯文是《体育之夜》(*Sports Night*)剧集的大粉丝,当听说该剧在招人的时候,凯文兴奋极了。只要能和这些人共事,凯文愿意付出任何代价。凯文和他们见了两面,但也没有奢求能进行得多顺利。没想到在第三次会见中,艾伦·索金(Aaron Sorkin)也在那儿,直接就问凯文当天中午能否开始工作。凯文说,他与艾伦合作当《体育之夜》的联合行政制片人的那段时间是他职业生涯中最为充实的一段时光。在那之后,凯文和艾伦又合作了《白宫风云》(*The West Wing*)。在单飞之前,凯文在《白宫风云》做了 67 集的联合行政制片人,并且获得了 4 座艾美奖。从那之后,凯文的身份包括制片人、创剧人、掌剧人等,不胜枚举。去 IMDb 搜索一下他的名字,关于他的介绍足足有两页。

我的朋友帕梅拉·华莱士(Pamela Wallace)相信每个角色的

---

① HBO 电视网(Home Box Office)是总部位于美国纽约的时代华纳旗下的有线电视网络媒体公司,制作的《黑道家族》(*The Sopranos*)、《欲望都市》(*Sex and the City*)、《权力的游戏》(*Game of Thrones*)、《西部世界》(*Westworld*)等都在美国电视界最受欢迎的剧集之列。

生命中都有一个特殊的时刻，在这一刻的无意识选择会决定他未来成为一个什么样的人。我认为在我们的职业生涯中也存在这样的时刻。对凯文来说，这一时刻就是他开车问自己那个问题的时候，他决定坚持写下去，而不去在意剧本能否卖出去。我认为正是这一时刻的决定预告了凯文日后的成功。

学习给电视台写剧本有两条路可循：一条是阅读剧本，另一条则是动笔去写。对学习电视剧剧作来说，一本"怎么写"的书非常有用，我当然希望你会买我这本。但你真的动笔去写的话，没有什么文本能比一个实际的剧本更有用了。出于这个原因，我在这本书里收录了"半小时剧""一小时剧""两小时电视电影"的剧作架构给大家，这些实打实的例子可以促进你一点一点地进步。这些例子会让你的进步变得简单起来，编剧过程中的动作、叙事、对白等要素，都白纸黑字地呈现在你面前。

我们将从剧本写作的基本原则开始，然后过渡到电视剧依赖的剧情钩子（hook）上。我们将悉心分析这些钩子，让你知道制作方在投销剧本中看重的是什么。我的目标是让你摆脱以前看电视的方式，从此每当你打开电视机的时候，你就会领会我们所讨论的一切。授人以鱼不如授人以渔，掌握了这个方法，你学到的东西将远远多于一次性阅读。

一旦我们学习过剧本写作的技巧和电视剧写作的原则，我们将进入结构的学习。同时，我们还将进行3种剧作架构（format）的进阶学习。

现在市面上大多关于电视剧的书籍都不讲两小时的电视电影。但从市场的角度来看，我觉得菜鸟编剧拥有一部电影或电视电影的投销剧本对剧本营销是极为重要的起点。我曾就此事跟多位经纪人和制片人进行过咨询，并且得到了肯定的答复。有两个原因：首先，投销电影剧本是展现编剧独创性的绝佳样稿；同时，它还可以在编剧拥有署名权之前，甚至在有经纪人之前，就被制片人推荐给有线电视公司。事实上，在很多时候，这也是一个菜鸟编剧能够得到一个经纪人的赏识并成功与其签约的途径。对于一个菜鸟编剧而言，写出一部小电影剧本，并且能联系上制片人，是获得机会并让自己的剧本被阅读的绝佳选择。

最后，我们还会学习如何营销剧本。要是你不懂怎么把剧本送出去并找到人来阅读它，我们费劲写出好东西又有何意义？

通过多次演讲以及各类工作坊的经验，我发现我最好的建议都来自我在这个行业中的亲身经历。这里面有成功的经验，当然也有不少令人发指的错误。我犯过很多错误，也毫不避讳谈及它们。前车之鉴后事之师，这些错误会让你学到很多。我也不知道所有问题的答案，我跟你说的每一件事都会有反例存在。在这个行业里，所有事情都会受主观想法左右。

这本书打算告诉读者在这个行业中怎么做以及有什么不能做。我希望这本书能寓教于乐。如果在这一过程中得不到快乐的话，我们做这些又有什么意义呢？

第 2 章

剧本写作的工具

影视剧本写作是一门"从简"的艺术，这可谓剧本写作的秘籍。跟小说不一样，剧本只是半成品，它是一系列的视觉描述，人们借此实现对一个完成品的想象。写剧本时，编剧必须从文字思维转换成画面思维。剧本的原则是展现，而不是谈论；是点明或暗示，而不是解释。既然作品有严格的时长限制（半小时、一小时、两小时），编剧的目的就是选取最精炼的画面或片段去最有效地讲故事，所有多余的东西都应该删掉。

阅读电视剧或电影剧本非常必要，当你读剧本的时候，你会惊奇地发现它们看上去是多么的简洁。但是不要被这种简洁所迷惑，要知道所有的好剧本都十分简约，通常情况下，有画面的想象就足够了。影视剧本写作是一种视觉艺术形式，编剧选择不写什么和写什么同等重要，所以不要以为掌握了文学技巧就能够胜任剧本写作。良好的画面感肯定十分重要，时间和节奏的把握也很重要。还要有同观众产生共鸣的能力，如果你不清楚观众喜欢什么或认同什么的话，你的剧本肯定不会有市场。最后还有重要的一点——你还要有戏剧的天赋，因为你首要的任务就是娱乐大众。

与小说家不同，剧作家只有3种推动故事前进的工具，它们分别是：

地点（locals）：选择画面。

叙事（narrative）/ 动作（action）：描述画面中发生了什么。

对白（dialogue）：画面中的角色在说些什么。

这三者结合在一起就产生了——

场景（scene）：推动故事发展的一系列情节，也是构成剧本的基础元素。

✎ 地　点

选择你的画面

地点就是场所，也就是你讲述故事的视觉背景。既然是个场所，也就有了内景和外景之分。同理，在电影、电视创作中还有时间上的区分，也就是日景或者夜景。

想象一下你坐在电视机前，正观看《实习医生格蕾》（Grey's Anatomy）。在这一集里，艾瑞卡·韩医生来到西雅图圣恩医院接替伯克医生，这是她第一天上班。地点是护士站。韩站在院长身边，院长把她介绍给德里克·谢泼德医生和马克·斯隆医生。在他们离开后，艾瑞卡刻薄地评价他们有一种"可笑的魅力"。院长雇佣的这位艾瑞卡看上去不合群吗？

现在，地点变换到了楼梯间，德里克和马克在讨论院长关于"男人之夜"的疯狂念头。"男人之夜"到底是什么？会有脱衣舞娘吗？

地点再次换到医院走廊。德里克从梅雷迪思·格蕾和克里斯蒂娜·杨身边经过。德里克和梅雷迪思相互寒暄了一下，杨意识到他们二人之间有些事情不太对劲。梅雷迪思告诉杨，他们一会儿会见面打个"分手炮"。

地点再次变换。这次卡莉·托雷斯、亚历克斯·卡列夫、乔治·奥马利和伊兹·史蒂文斯冲到急救室入口处，两辆救护车刚刚到达。

上述文字有 4 个不同地点，每个地点都创造了一个新的场景。地点在剧本上这样呈现：

```
内   护士站    日
内   楼梯间    日
内   走廊      日
外   急救室    日
```

每一次地点的变换都是编剧在发挥作用。至于画面怎么拍摄，从什么角度拍摄是导演的活儿。编剧创造地点，导演决定如何去拍。

任选某集一小时剧，算一下剧中地点变换的频率吧，这样你就会更加深刻地理解这门艺术为何被称作"运动的画面"了。

上面提到的《实习医生格蕾》那个例子中，4 场戏一共只有 3 分钟。从前曾有一段时间，这种一小时剧依赖汽车追逐和火爆动作场面，而如今是依赖快速剪辑和快节奏，连同大演员阵容和多条故事线，共同推动叙事前进。

认真研究你想写的那些剧，有助于你了解剧集的地点范围。

《实习医生格蕾》中的大部分剧情都发生在医院，医院之外的地点包括梅雷迪思和伊兹的公寓、酒吧和德里克的拖车。虽然在必要的时候，这部剧也会时不时地带着观众去其他地方转转，但是地点的选择不能由着编剧的心情来，这要严格服从拍摄周期和预算的限制。如果你想给《实习医生格蕾》写投销剧本的话，你最好把地点设置为"室内"，就像这部剧日常表现的一样。

如果你写的是《罪案终结》(The Closer) 的投销剧本，你就会知道警察局副局长布伦达·约翰逊领导着洛杉矶警察局的重案组。每一周（也就是每一集），约翰逊副局长都会被派到不同的地方去。所以，在合理的预算范围之内，洛杉矶大部分地区都可供你取景。在《犯罪现场调查：迈阿密》(CSI: Miami) 中，你拥有整个迈阿密。在《灭罪红颜》(Women's Murder Club) 中，你拥有整座旧金山。即使因为预算问题而必须控制地点的数量，你仍然可以把剧本写得有趣、刺激。给我们看些新鲜玩意儿，或是某个城市有"地方特色"的东西，给我们提供一些令人着迷或令人受教的背景场面。我们早已厌倦再去看那些出现过太多次的老地方了。努力做些功课吧！这蛮有意思的。

地点的意义可不只是为动作提供一个背景那么简单，地点可以创造出一种情绪，并且改变整个故事的基调 (tone)。设想一下：你构建了一个男女互相表达爱意的场景，而你却选择了一个钢铁厂作为故事发生地，你的角色在刺耳的工业噪声中必须大声喊叫才能互诉衷肠。对白不变，现在把地点更换到马里布海滩试试，你将拥有两场完全不同的戏，同样也是两种完全不同的情绪。你所选择的视觉形象牵动着观众的兴趣，地点创造环境，并且对对白和故事的基调都会产生影响。

优秀的剧作家会选择有趣的、独特的地点为自己所用。他们为剧本创作最好的视觉形象，因为他们深谙影视艺术的规矩：相较于"听"，观众更喜欢"看"。当观众打开电视机时，他们想看到的是画面。如果他们光想读对白的话，那他们直接就去读小说了。从电影创作者的角度出发，看看你所处的世界，你看到的每个地方都可能是一个潜在的取景地点。

📝 叙事 / 动作

叙事用于描述在地点中发生了什么，它描绘出画面并且描述了画面中所有的动作。为了吸引注意力，一个剧本首先必须是好的读物，迫使审读人[①]不断翻页往下读。好的读物必须是视觉化的读物，精妙的叙事使得画面变得鲜活起来。如果我们把选景比作选择画布的话，那么叙事就可以比作涂抹画布的画刷。叙事中每一个字都有其特定的含义，每敲下一次键盘都有它的价值。

我曾写过一个名为《盲疯》（*MUFFON*）的科幻惊悚片：一位航空工程师在报告了一次绑架后却以心理疾病为由被开除，被剥夺了权利。这位愤怒的工程师找到了 5 位拥有类似恐怖经历的被绑架者，他们一起闯入了一处国家绝密设施，希望能够通过揭露政府掩饰的秘密来为自己正名。

我希望审读人看到这个剧本的开头就能有那种被外界困住的感觉。我觉得这能奠定这部片子的基调，并传达出我的主人公约

---

① 剧本审读（the script reader），电视台里负责筛选和评价剧本的人，一般由有经验的编剧或剧本顾问担任。

翰·库尔特的情绪状态。我选择了洛斯帕德里斯国家森林公园作为故事发生地。首先，我让一只丛林之王——秃鹰呼啸着出现在视野中。突然，这只秃鹰被某人的双手牢牢抓住。接下来，我将介绍我的主人公，从他的眼睛里同样可以看到被胁迫的感觉。同时我还想逗点乐子，在剧本中掺杂一些幽默的成分。

外　洛斯帕德里斯国家森林公园　日

一只翼展约有 2.5 米的大只秃鹰呼啸而过，一直滑翔到一块高高耸立在悬崖上的栖木上。秃鹰突然提高警惕性，不停四处张望着。这时，一面网从上方降落，猛然收紧。我们听到一个男人沉闷的、含糊不清的说话声。不知从哪里来的一双戴着手套的手抓住秃鹰，使其动弹不得。秃鹰眼中透着恐惧。

内 / 外　一辆老式沃尔沃汽车　夜

车正穿过附近郊区，司机约翰·库尔特正查找一个地址。他有点紧张，近 40 岁的样子，身材不错，只是现在有些蓬头垢面。他眼中有着跟秃鹰类似的对于威胁的高度警惕。他找到一处朴实的房子，停下车，踌躇着。一条狗开始狂吠（画外音）。

外　马丁内斯的房子

当他接近房子时，强光忽然亮起，如同监狱场院一样。库尔特霎时间什么也看不见了。那不是普通的灯光，而是卤素灯，轻微的触动就能将其点亮。

内　马丁内斯的房子　卧室

杰西·马丁内斯，拉丁裔，近 30 岁，盯着室外监视器的屏幕。入口处灯光突然点亮，红外扫描仪启动。
她拿起一把 AK-47，拨开保险栓。

> **外　马丁内斯的房子　夜**
>
> 摄影机拍下了库尔特小心翼翼地接近的画面。
>
> 一个邻居在一辆停下的车里大声喊叫（画外音），狂按喇叭。
>
> 邻居
>
> 马丁内斯，把灯关上！如果我想感受日
> 光浴的话我会去阿鲁巴岛的！
>
> 库尔特透过窗子辨认出来 AK-47 的枪管。"砰！"一声枪响
> 撕裂了空气，汽车喇叭声戛然而止。这支半自动步枪现在对
> 准了他。
>
> 马丁内斯
>
> 你要干什么？
>
> 库尔特
>
> 或许，这会儿不太适合说这些……

　　如同剧本的其他元素一样，叙事也应该简洁。好的画家知道
该什么时候放下画笔，他们明白该在哪里留白。

　　有一些地点要比其他地点更需要详尽的描述。例如，如果你
需要描述星际之城（Star City），就需要多费些笔墨了。因为直到
20 世纪 80 年代末期，这个苏联的太空设施基地都仍是国家机密。
但是城市书店或星巴克就不用多费笔墨，这些地方我们差不多每
个人都去过。

　　不同的编剧，叙事风格相差很大。找电视剧剧本或者电影剧
本来读一下，看看哪一个能触动你，哪一个能使你感到舒服。玩
一玩，把它改编成你喜欢的样子。用不了多久，你就会总结出一
套适合自己的叙事风格来。

写好叙事是一项挑战。编剧必须不停地问自己：哪些文字能够最形象地或最能通过隐喻将我的信息传递出来？当编剧有一个非常美妙的好处，那就是永远不会有两个人写出一样的东西。

✎ 对　白

对所有好的剧本来说，对白都是关键、基础的部分。好的对白可以揭露角色性格，并且能制造冲突。对白在说出的和没说出的（暗示的）两个层面上起作用，能提供阐释、交流事实、推动情节发展。好的对白要精简，但必须真实吗？确实如此，但这只是一个方面。好的对白确实比现实对话凝练得多，要让人觉得仿佛是真实的。不信你试着录下你们当地餐厅的一次普通对话看看，然后用剧本的格式抄录一遍。肯定会有很多字，我们每个人都习惯了说太多废话。

如同音乐一样，好的对白也有一种自然的速率和节奏。可以将其比喻成一种简短话语的舞蹈，来回跳跃，富有韵律。

怎样才能写出好的对白呢？秘诀源于你熟知角色，因为每个角色都有属于自己独特的声音。

豪斯医生[①]有自己独特的声音，德克斯特[②]有自己独特的声音，《大爱》（Big Love）中的尼基也是如此，《老友记》（Friends）里的每个角色都有各自独特的声音。即便你遮盖住剧本中角色的名字，你仍然能从对白中推断出哪句话是谁说的。

---

① 《豪斯医生》（House M. D.）的男主角。
② 《嗜血法医》（Dexter）的男主角。

一个角色的声音来自这个人对世界的观点和看法，由角色的过往所决定，并由此形成他们当下的经验。没有哪两个角色拥有完全一样的声音。《老友记》中的瑞秋·格林在剧集中确实有成长，但她永远在与那个被宠坏且注重形象的"爸爸的乖乖女"斗争，那个在试播剧中逃婚并跑到莫妮卡家的乖乖女。

一部电视剧的成功依赖这样的角色，这些角色是由其他人创造出来的。当一个电视剧编剧选择写一个投销剧本时，你的工作是去了解这些剧，而不是去改变它们。这是必须的，你别无选择！

对白在两个层面上起作用：说了什么、旨在表达什么或潜台词是什么。作为人类，我们总是绕着圈子说话，而不是开门见山、直抒胸臆。

表演课程对写作对白有特殊的帮助，我着重向所有编剧们推荐。我是以演员的身份踏入影视圈的，经常会在写作中用到我的表演经历，比如使用感官记忆、潜台词以及其他技巧将自己代入角色当下生活状态，我在编剧课上也反复提到这一点。编剧经常被写作搞得焦头烂额，是因为他们总是置身于素材之外，宁愿去胡编乱造也不愿意深入角色内心去感受。当我们深入角色和故事的内部去用心体会时，好对白自然而然就形成了。

好的对白经过无数次改写。编剧要反复地拿捏、推敲，并要尝试用多种不同方式去写对白。初稿（first draft）存在的价值就是用来改写，改写的过程也是修整和打磨对白的过程。这跟在岩石中寻找钻石是一个道理：首先你得把多余的部分砍掉。好的对白全是精确、简约、被残忍地修整过的。

　　我最喜欢的一句关于改写的格言来自伟大的已故剧作家帕迪·查耶夫斯基（Paddy Chayefsky），他曾凭《电视台风云》（*Network*）获得奥斯卡最佳原创剧本奖。帕迪曾说："我的秘诀很简单。首先，删掉所有至理名言，然后砍掉所有形容词。我砍掉了许多我喜欢的东西，并且删除时一点也不觉得可惜，不遗憾也不怜悯。"

　　我给我的编剧学员们举过一个例子，如果将编剧比喻成医生的话，那肯定是外科医生。每一条对白都应该推动叙事前进，所有无关紧要、多余的废话都应该删除。

对白与情节发展

　　我曾写过一个名为《摇摆姐妹》（*Swing Sisters*）的音乐剧集投销剧本。某种程度上，这个故事的灵感来自"国际节奏姐妹"（International Sisters of Rhythm）的事迹。她们组合于二战期间，是世界上第一个女子乐队团体。主角是珍妮·杰尔姆，她是一位钢琴演奏师，也是一位作曲人。珍妮和她兄弟比利跟着他们的单身父亲在马路上长大，他们的父亲在新奥尔良到芝加哥沿线的俱乐部里演奏爵士号。

　　下面这场戏中，珍妮四处为她们的乐队寻找一个能演唱她的歌曲并带领乐队前进的主唱。终于，她在一则广播广告中听到了梦寐以求的声音。之后，珍妮让她的经纪人去联系这个歌手，并希望能够签下她，尽管她们之前从未谋面。

内　珍妮的豪宅　早上

珍妮在弹钢琴，有人敲门。格洛丽亚·雷诺兹站在那里，她23岁，是一位漂亮的、老练的黑人姑娘。格洛丽亚带着挖苦的微笑等待珍妮的问话。

> **珍妮**
>
> 你一定是格洛丽亚。

> **格洛丽亚**
>
> 吃惊吗？没想到是我这样的吧？

珍妮没感觉到吃惊，她没正面回答，而是把手伸向格洛丽亚。

> **珍妮**
>
> 我是珍妮·杰尔姆。

> **格洛丽亚**
>
> 现在，那份工作邀请还有效么？

> **珍妮**
>
> ……依然有效。

> **格洛丽亚**
>
> 那到时候我们怎么工作呢？我跟她们挤
> 一辆公共汽车？我，一个黑人！和一堆
> 白人姑娘？

珍妮因格洛丽亚的粗莽不知所措。

> **珍妮**
>
> 我还没招够演奏者……你知道吗，我
> 爸曾在一个黑人五重奏乐队表演爵士
> 乐……斯加特·罗宾斯教我弹钢琴。我
> 关心的只是你水平怎么样。

格洛丽亚
你跟着一帮"黑乡党"们长大，一些黑鬼教会了你钢琴，这些都没什么大不了。但归根结底，这并不会使你变成色盲。

珍妮
这只和我的音乐有关。你要么唱，要么不唱。除此之外，你他妈一点都不了解我。

比利身穿制服从卧室里仓皇冲出。他带着一个背包。

比利
见鬼！我都赶不及去港务局了。再过20分钟，我就得被判个擅离职守了。（他看到格洛丽亚）不好意思，我不知道珍妮有朋友在。（退出门去）一上岸我就打电话给你……我一找到电话就打。（对格洛丽亚）不好意思打断了你们，你们继续吧，回见！

砰！他关上门。格洛丽亚顿了一下，转过身来。

格洛丽亚
你有主旋律谱吗？

钢琴旁

她们一起坐在长凳上。格洛丽亚伴着珍妮的旋律演唱。她弹了几个和弦，然后尽情地演奏起来。珍妮被打动了，她在桥段处加入格洛丽亚。两人的嗓音配合得十分默契。

格洛丽亚
这曲子真棒！

珍妮

类似的我写了好多呢。

格洛丽亚

你让一个黑鬼加入，会带来很多麻
烦的。

珍妮

我的音乐更重要。

格洛丽亚

你刚说你需要几位演奏者，你提供的试
唱还有效吗？

珍妮知道这将是另一次挑战，会带来一系列的后果。

上面场景中，我们提供了相关的信息来推动故事前进。

- 介绍了故事的二号角色格洛丽亚。她是个黑人姑娘，一开
  始并没指望能得到这份工作。她有自己的态度，通俗说就
  是有点"拽"，有可能很难打交道。
- 在音乐这一行里，格洛丽亚和珍妮都是专业人士，但自相
  识起，两个人之间的关系明显有些紧张。
- 这是比利和格洛丽亚第一次见面。之后，他们相爱了，这也是
  故事的次要情节（subplot）。他们的爱最终导致了乐队的解散。
- 公开试唱的结果是一对黑人双胞胎获得了贝斯和萨克斯风
  的位置，另外还有一个波多黎各鼓手。珍妮的经纪人对此
  颇有看法，可珍妮说她绝不肯在音乐上将就，她们这些女
  士们是最棒的。

对白与潜台词

在我刚开始为电视剧写剧本的那段时间，制片人和剧本编审经常在我的本子上写上"太直白"或"修改此处"的标记。很快，我明白了"直白"意味着过于囿于字面意思，过于明显了。

好的对白在两个层面上起作用：讲出了什么，以及所讲的内容暗示了什么，即潜台词。人们总是喜欢绕圈子说话，很少能做到开门见山。潜台词就是角色的藏身之处，它是角色掩饰自己真实意图和感情的地方，是角色不希望被揭露的部分。作为一个编剧，你明白你的角色的弱点，你的任务就是揭露它们。把潜台词想象成是一个你与你的角色进行的"捉迷藏"游戏，让他们感到安全，允许他们伪装，然后在他们最脆弱的时候，让他们的真实感受和动机流露出来。这种最脆弱的时刻通常发生在冲突中，冲突中的人们通常都会放下自己的防备。

无论作为乐队，还是作为女人，"摇摆姐妹"们都经历着各种歧视，她们为此不断抗争。她们在南方为军事隔离基地演奏，一直生活在吉姆·克劳法案的恐惧中。在斗争中，她们的关系越发紧密，珍妮和格洛丽亚结下了不解之缘。然而当珍妮发现了格洛丽亚和她兄弟的深情对望和秘密爱情后，她决定反对这一关系。她见多了这种关系带来的悲剧，她告诉他们这是自讨苦吃。

接下来的场景中，格洛丽亚离开了乐队，她反问珍妮，找个黑鬼做闺密没问题，但是做家人却不行？珍妮转向了她仅剩的依靠，她的男友米奇。

内 米奇的公寓 日

珍妮坐在沙发里，手抱着头。

>   珍妮
> 我得做点什么阻止他们。

>   米奇
> 比如做什么？你无法控制你爱谁。这让
> 你很受打击，但你什么都做不了。（思
> 考了一下）从某种程度上讲，我挺敬佩
> 他们的。

>   珍妮
> 什么？我以为你比所有人都明白我的感受。

>   米奇
> 他们以身犯险，这需要勇气，他们毫不
> 畏惧。

珍妮不可置信地看着米奇。

>   珍妮
> 你想说什么？米奇。我很胆小，是吗？

>   米奇
> ……他们把对方放在首位，或许这才是
> 你不爽的原因吧。

>   珍妮
> 你要我怎么做？放弃我的事业吗？像格
> 洛丽亚一样？这是你想要的吗？

>   米奇
> 珍妮，我爱你的热情。但你不是因为热
> 爱而写曲子，你之所以写曲子是因为它

可以填补你的空虚，让你不再想别的。

> **珍妮**
> 知道吗？米奇，我把最好的东西都给了你。

> **米奇**
> 不，你没有。我知道你比那要优秀得多。

> **珍妮**
> 没人求你留下来。

珍妮抓起钱包，走出了门。

> **米奇**
> 圣诞快乐！礼物在你的包里。

内　走廊　日

珍妮倚在门上，蜷缩着，她打开包，找到一个小盒子。她打开盒子，里面是一枚订婚戒指。珍妮崩溃，大哭起来。

这个场景的潜台词是什么？在对白的掩盖之下，他们真正想说的是什么？

- 在第一段对白中，米奇说的其实是他自己，以及他对于和珍妮的关系的隐约挫败感。

- 珍妮听到米奇说他敬佩格洛丽亚和比利以身犯险的时候惊呆了，她失去了支持。更严重的是，米奇还暗示她不够勇敢、胆小。

- 当米奇说她从不把其他人放在首位的时候，珍妮马上拿起她的事业做防御。她以为米奇想要她放弃自己的事业，其实并不是这么回事。

- 米奇知道珍妮内心深处的想法，但是珍妮因为害怕承诺而不敢去承认，所以她离开了。

有人说，有的编剧在对白方面拥有很好的"乐感"，有的则没有。我相信，这样的"乐感"是可以训练出来的。努力去倾听你写下的对白，想象一下演员说出来的画面。

你一旦写出了对白，就对着自己或者搭档大声说上一遍。在这一过程中，你会有美妙的收获，你会发觉自己不经意的过度修辞，以及那些不合时宜的措辞，你同样也会意识到速度和节奏存在的问题。打开电视机，去听而不是去看。随着视觉感官的关闭，你的耳朵将会与口头语言的韵律和节奏更加一致。在以后的章节中，我们还会进一步学习对白。

摄影机角度

导演们不太喜欢被告知画面应该怎样去拍。冒昧地指挥摄影机角度无异于暴露了你的业余水平，即便你指定的角度是正确的。另外，过多地标明摄影机角度会使剧本的阅读断断续续，因为它们干扰了剧本正常的节奏。那什么时候可以合理地指定一个摄影机角度呢？除非你十分确定它对你讲故事至关重要，缺了就不行，但现在的编剧几乎都不这么操作了。举个例子，你在写这样一个剧本：一个杀手在离开犯罪现场时不小心落下了一包火柴，之后这盒火柴将会是给他定罪的证据。编剧可以写上一个"特写"，但是最简单的处理方法就是仅描述这个动作："杀手离开时落下了一盒火柴。"近来，摄影机角度变得不那么流行了，剧本变得越来越简洁。多数编剧都在使用一种叫"主场景格式"（master scene format）的写作方法。

"主场景格式"就是"全景式"描写。如果你的地点是"内 卧室 日"（也就是所谓的场景标题），那么我们看到的就是整个卧室，所有在卧室中发生的任何事情都可以通过动作 / 叙事描述出来。这根本不需要提及摄影机角度，编剧不应该太多考虑关于摄影机的事情，而更应该多关心一下故事。

现在，我们复述一遍剧本写作的工具：地点、叙事 / 动作、对白和摄影机角度，最后一个现在已经被"主场景格式"取代了。这些元素综合到一起就创造了场景，也就是构成剧本的主要元素。

场 景

场景是剧本的基础构成，是指推动故事前进的一系列动作的集合。可以把所有场景想象成一堆积木块，把它们组合在一起，就构成了一个完整的作品。无论电视剧剧本还是电影剧本，把几个场景或动作集合组合在一起，一个一个地摞起来，就构成了一个完整的故事。

从专业定义上来说，场景为我们锚定了时间和空间。场景标题（scene heading）决定了摄影机放在哪里：内景（interior，简称 INT.）或外景（exterior，简称 EXT.），也决定了时间是白天还是黑夜。很多编剧软件中，也称之为"场景提示行"（slug line）。场景提示行后跟着简短的描述或动作（也就是叙事或动作），它告诉我们画面中发生了什么。

看看你的四周，你身处何处？在办公室还是家里？或者正在公园里或飞机上读这本书。现在是白天还是黑夜？你如何设定场景？接下来是描述场景里有什么，那里发生了什么？在画面中，你创造了什么内容？

现在，我正在哥斯达黎加一个拥挤的小飞机场，等着搭乘一架小飞机飞往位于埃尔塔马林多的我兄弟家。那么，我如何才能让你身临其境呢？通过创造场景。

内　哥斯达黎加某个小飞机场　日

飞机晚点。又热又潮湿，人还特别多。哥斯达黎加人用西班牙语大声喊叫。游客因为行李超重而焦头烂额。办理登机手续的柜台后面正运送着一些装饰圣诞树的东西。

- 这时，如果我想带你出去看看跑道，就会构成另一个场景。为什么？因为摄影机被移动了。

外　跑道　日

一架单引擎飞机在侧风中侧航飞行，来了一次吓死人不偿命的着陆。刚一落地，飞机在跑道上弹了几下。

- 作为编剧，如果你现在跳回小机场，那又会是另一个场景。每个场景都应有它存在的目的，它永远都不能可有可无，更不能多余。在上面这个场景中，你可能会写一个惊恐的中年作家角色，正跑出候机厅去找一瓶龙舌兰酒。

场景的目的

　　每个场景都必须将故事线向前推进，并推动情节发展。如果一个场景不能给故事提供一些新鲜的、切题的信息，也不能揭示角色（们）新的特征的话，那么它就没有存在的必要。不管写得多么好，它也属于脂肪，在需要被清除之列。

　　场景要有助于把素材整合成一个整体，必须是一个故事连续性的有机组成部分。并且只要出现一遍就好，如果一个场景重复了我们已经知晓的信息，那么就与垃圾无异。

　　为了更好地理解场景的力量，让我们再回到之前积木的那个例子。设想一下你的创作已经完成了，积木都已经按照一定次序排列了起来。现在，假如你移动了其中一块积木，而那个地方没有出现任何漏洞（丢失情节信息或损害对角色的洞见）的话，那么这个场景就没有资格再留在它原来那个地方。

场景的类型

　　场景的长度千差万别，短到一个单镜头，长到能占三页半剧本长度的都有。从技术层面上讲，一个场景还可以更长一些，但是会把你的剧本置于危险境地。实际上，五六页长度的场景基本上就是死路一条了。因为如此长度的场景会扼杀整个剧本的势头和节奏，也暴露出编剧还没有领会到"运动的画面"这一媒介的精髓所在。

　　当然也有例外，比如艾伦·索金的《白宫风云》极大地依赖快节奏对白。另外，情景喜剧（sitcom）有着完全不同的架构，这一点我们将在第 6 章详述。

- **定场场景／镜头**（establishing scene or shot）决定了我们在哪儿。可以是洛杉矶世纪城的外面，也可以是芝加哥商业区，可以是任何一个能够使观众置身于此的地方。每周我们都能在《实习医生格蕾》中看到作为该剧集的定场镜头的西雅图圣恩医院画面。
- **对白场景**（the dialogue scene）用来传递信息，揭示角色的性格、冲突和情感。第 23 页的《摇摆姐妹》场景就是一个例子。
- **场景段落**（the scene sequence）是指按照某一特定想法串联起来的一系列场景，比如第 18—19 页中，库尔特是如何找到另一个被绑架者的，这一段落包括 5 个短场景：

外 洛斯帕德里斯森林 日
决定我们在何处。

内／外 一辆老式沃尔沃汽车 夜
库尔特找地址。

外 马丁内斯的房子
库尔特找到了地方，但是房子看起来怪怪的。

内 马丁内斯的房子 卧室
我们见到杰西，她拿着一把 AK-47。

外 马丁内斯的房子 夜
库尔特发现 AK-47 对准了他。

定场场景段落、对白段落和动作段落将在第 7 章详述。基本来说，段落的构成和目的跟场景一样。看电视时注意留心那些段落，对编剧非常有益。它们在切分地点、保持连贯性以及保持画面运动上都很有用。即使你没有在写的剧本，它们同样可以帮助你识别出故事中较大的构成部分。

场景段落中的危机、高潮和结局

从本质上说，场景 / 场景段落是剧本整体的小型构成单元。场景 / 场景段落和剧本整体的组成要素是一样的，正如细胞和宇宙有着同样的构造。

所有场景（除了定场镜头）和段落有一个危机、一个高潮和一个结局，但这不意味着所有成分都必须在银幕或荧幕上呈现出来。

我们设想构建这样一个动作段落：一辆汽车在结冰的路上蜿蜒行驶。突然，对面一辆车失去了控制并翻上了中间隔离带。危机一下子建立起来了。这个时候，动作可以往任何一个方向发展，但是必须要有个结果。"两辆车发生了碰撞"，这一事件就是高潮，这是戏剧性事件的最高点。结局就是这一事故的结果，车里的人怎样了？他们活着还是死了？

写影视剧本最大的乐趣之一就在于编剧可以随时切入 / 跳出场景或段落。事实上，完完整整地呈现出一个场景或段落是很少见的。为什么？因为时长的限制。编剧只能提供那些能够给出完整性幻觉的片段。

借用上面那个例子，你可以选择在危机事件中切走，把高潮部分留给观众自己去想象；也可以选择直接切到车相撞的画面，以此震惊你的观众；你同样可以选择在结局处切入，只表现事故之后的情况。

编剧在不断地做决定，每个决定都会产生不同的效果，带来不同的感受。最好的决定带来最好的剧本！在写场景/段落时要常常问自己，什么决定可以带来最好的效果，什么决定最能表达你的意图。

剪接场景

影片中的对比、气氛、基调和质感都需要通过剪接来实现。毫不夸张地说，一个好的编剧可以通过简单的一个剪接来操控观众的情绪。

帕迪·查耶夫斯基的编剧生涯既漫长又辉煌，他从为电视台写作起步，后来涉足电影，并成功拿下了奥斯卡奖。他的作品中，《君子好逑》(*Marty*)、《医生故事》(*The Hospital*)、《电视台风云》对电视网以及那些操控收视率大战的人们进行了讽刺性的披露。其中，《电视台风云》是公认的经典作品。

在著名的"疯狂至极"段落中，主持人霍华德·比厄发了疯，在黄金时段的节目里号召观众认清这个世界，打开窗户大声吼叫："我已经疯了，我再也忍受不下去了。"这就是一位伟大剧作家的伟大创作，这一个段落以一种难以置信的方式结束了：人们结队怒吼，用帕迪的话来说就是"发出了如同置身纽伦堡党代会一般的愤怒吼声"。然而紧接着，帕迪选择在这场戏的高潮处切走画面。下一个镜头，一架飞机降落在跑道上。就是这么一个简单的剪接，伴随着飞机的降落，观众的情绪也从高昂激情中逐渐平静下来。他在镜头剪接的选择上可以直接操控观众的情绪。

近年来，我最喜欢的电影之一是《充气娃娃之恋》(*Lars and the Real Girl*，2007)，讲述了一个可爱的内向宅男的故事。主人公拉斯有着沉重的情感包袱，以至于不能全身心地投入到现实生活中。他在网上订购了一个真人大小的充气娃娃，取名比安卡，企图借助他想象中与比安卡的关系来治愈自己。

这是南希·奥利弗（Nancy Oliver）独具匠心的剧作。片中有这样一个场景——拉斯的哥哥和嫂子来到他们社区教堂寻求帮助。拉斯的医生认为拉斯的妄想是他在努力解决自己个人困扰的一个信号，并要求拉斯的哥嫂配合拉斯。教堂的一些成员愿意帮助他，而另一些人则认为拉斯的行为离经叛道，就像崇拜金牛犊一样。拉斯到底能不能带比安卡来教堂呢？教众把问题扔给了同样踌躇的牧师，牧师说："我们还是一如既往地问一句，耶稣会怎样做呢？"接下来，场景利索地切向了拉斯在教堂中歌唱。在他身边，比安卡坐在轮椅里，穿着她的周末礼服，膝盖上放着赞美诗。

奥利弗以一个回答"耶稣会怎样做呢"的自然结论结束了这个场景。之后，直接把场景切到教堂，相当于在视觉上进行解答，这些画面还带来了不错的喜剧效果。

去找一部一小时和两小时的电视剧、电视电影来看看，自己体会一下场景的力量。看看你除了场景的结构之外是否还能分辨出场景的起始和结尾，以及编剧是如何选择剪接场景的。

取法乎上！要学就学那些最优秀的！欣赏一些高品质电视剧，然后去分析它。向专业人士学习！向作品正叫座的编剧学！你会学到很多东西的。

第 3 章

电视媒介的局限
及如何化局限为己用

为电视台写作的第一条规矩：在你强大到可以发号施令之前，老老实实守规矩！对于想进入这一行的自由编剧来说，规矩是提前定下的，除了遵守，别无选择。

设想你决定为一部业已存在的电视剧写剧本。在这个剧集中，主人公是一位地区检察官。你喜欢这个剧，但是感觉这个主人公每周都能打赢官司有点不太现实。在你看来，这个剧开始走下坡路了，是时候给它加入一点新鲜事物了。

你期待什么？期待制片人或剧本编审一读到你的剧本就欢呼雀跃、大呼过瘾，是吧？肯定是的！他们不但钦佩你的才华，更为你的洞见所折服，对吧？告诉你，错了！大错特错！

一部电视剧的所有试验都是在电视台内部完成的，也就是说要由开发人、制片人和编剧组共同决定。作为自由编剧，你只能沿着被指定好的路走下去，丝毫没有开辟一条新路的自由。挑战就在这里。

如何在这些严格的限制中创作优秀的剧本呢？就是投"掌权者"所好，写那些他们所想要的东西。

如何做到这些呢？首先明确一点：既然无法改变规则，那么就努力去学习并适应它。把剧集录制下来，反复观看，再购买一些剧本来研读（见附录 A）。一部剧至少要研究两季，这个体量也能检验剧集续订的潜力。它还会给予你几乎所有需要知晓的信息：结构、角色、观众的年龄统计，甚至还会发现一些可供你发挥的故事线。

HBO 以那些创新的、大胆的成人题材作品为傲。他们喜欢挑战极限。《黑道家族》（*The Sopranos*）、《欲望都市》（*Sex and City*）、《火线》（*The Wire*）、《六尺之下》（*Six Feet Under*）这些剧甚至创造出了那句知名的广告语："这不是电视，这是 HBO！"Showtime 同样也以"边缘"题材为卖点，如果你想写一个《单身毒妈》（*Weeds*）或《嗜血法医》的投销剧本，很明显你也必须选择一些"边缘"题材来加以发挥。FX 凭借《整容室》（*Nip / Tuck*）、《富贵浮云》（*The Riches*）、《裂痕》（*Damages*）等剧稳步上升，慢慢地拥有了自己的立足之地。另外，AMC 的《广告狂人》（*Mad Men*）表现得也相当不错。

剧集自身就规定了范围，你所要做的就是用心去看剧。然后，迎合这些剧集的"卖点"去给他们写剧本。如果某个剧集把脏话和裸体当作卖点，那么就把这些元素加入到你的剧本中去。假如这些东西让你感到不爽，那就索性弃剧，当然也就别再尝试去给它写剧本了。

由于公共电视台有其自身的运行规范，它播出的电视剧要更保守一些。但还是那句话，剧集规定了可供你发挥的空间。我喜欢《兄弟姐妹》（*Brothers and Sisters*）的剧作，那是一部充斥着各种争端和纠缠的优秀家庭剧。我们每个人在生活中都会遇到诸如不幸、沉迷、不忠，以及其他一些有关性或宗教的问题，没有谁会对此无动于衷吧？

如果你能与古怪、夸张的《灵指神探》(*Pushing Daisies*) 感同身受，或能跟粗俗的动作喜剧《超市特工》(*Chuck*) 产生共鸣，那就去给它们写剧本吧。记住！给那些你了解、你喜欢，并且你感觉能写好的剧集写剧本。

无疑，为一个规定好范围的剧集写投销剧本是一种挑战，但这同样充满了乐趣。当你开始构思时，你会发现，实际上很多工作都已经完成了。

我是看着《神探酷杰克》(*Kojak*) 长大的，我一集都没落下，要知道那个时候还没有录像机呢。我认识曼哈顿南区的每个角色，对几乎所有播出的故事线烂熟于心，我甚至能够猜出这个光头侦探什么时候会拿出一支棒棒糖来。在剧终季播出的那一年，我无意中发现，我认识的一位在环球公司片场开小货亭的女人认识这部剧的剧本编审。

我把这个消息告诉了一个朋友——失业女演员凯茜·唐奈 (Kathy Donnell)，我们决定共同给这部剧写一个投销剧本。我们最初的想法在很大程度上是为了实现自我而写作，但这也只停留在想法的阶段，从未付诸行动。当凯茜给我讲述了一起在派对上发生的意外之后，一个故事的种子萌发了。几个殡葬师来到门前，告诉女主人他们来取走她丈夫的遗体。女主人被眼前这场恶作剧吓得不轻，告诉这些黑衣人她丈夫好着呢，并把他们赶走了。我脑中突然闪过一个念头，如果这个女人在殡葬师离开后走到书房，却发现她丈夫的喉咙被划开了个口子呢？后来我写了一个名为《死亡送你回家》(*Death Is Driving You Home*) 的剧本。剧本里的杀手有一个大胆的作案手法：他在受害人死亡之前就会打电话，让殡仪馆去取尸体。

当时我们都年轻，都涉世未深。我们不知道怎样写一个投销剧本，也没人告诉我们要想卖一个出去是多么困难，我们唯一知道的就是，找到一份表演的工作实在是太难了。我们照着《夏威夷特勤组》（*Hawaii Five-0*）的剧本结构来写，因为那是当时我们唯一能够弄得到的警察剧。

经过不断薅头发的冥思苦想和无数次的改写之后，这部剧的剧本编审吉恩·卡尼（Gene Kearney）读了我们的投销剧本。这部剧已经播出了许多年，有着很聪明且独一无二的创意。我们对这部剧及其角色的熟悉程度给他留下了深刻的印象，我们在剧本中甚至提到了之前剧集中酷杰克儿时的红色马车。吉恩高度评价了我们写的对白，我认为这要归功于我们所受过的表演训练。他买下了我们的剧本。我当时还没有意识到，第一个投销剧本就能成功卖出去，实在是不太可能的事情。

我们原本以为剧本多半能拍出来，结果第一次参加剧本讨论会时，我们着实吃了一惊。吉恩说我们的剧本中有太多漏洞了，必须重新构思。我们带着超级多的意见离开了，然后开车去了一个酒吧，面面相觑，不知所措。多亏了吉恩的耐心帮助，经过多次修改之后，漏洞都被堵上了，但是剧本也变得面目全非。终于，我们改写出了一个剧方满意的精美版本。在我们离开之后，剧本再次遭到改写，变得更加面目全非。我的编剧生涯就是这么开始的。

✏️ 时长限制

电视业有着极为严格的时长限制。如果把小说家比作马拉松运动员，编剧就是有氧运动者。电视剧编剧需要接受最大程度的瘦身和严酷的锻炼。

一个电视剧剧本呈现出来的只能是那些最基本、最必需的东西。电视剧剧本就是骨头和骨架，它是视觉画面和片段的蓝图，用以想象完整的故事。电视剧剧本非常简约，剧本中的每个字都必须有它存在的价值，并且能够推动故事向前发展。

电视剧剧本里没有容纳赘余的地方，没有用的东西必须删除。对于小说家来说，他的作品可以比预计多出 50 页，但故事仍然成立。这在电视剧编剧身上可不适用。一旦你的作品超出了规定时长，就无异于告诉大家你是一个业余选手。

半小时情景喜剧（half-hour sitcom）、单机位喜剧（one-camera comedy）也好，一小时电视剧（hour episode）、两小时电视电影（two-hour movie）也罢，不管写什么，你都要严格按照时间框架分配的页数来写。我把这个叫作"按时分配"（coming in on the dime）。

例如，一小时剧的剧本中，一页对应播出时长大约为一分钟。这就意味着，编剧必须在约 55 页里呈现出一条包括开端、发展、结局的故事线。这条规矩也有例外情况，不过很少。比如节奏极快的《白宫风云》，因为它极大地依赖对白，所以一集剧本大约有 65 到 70 页。

由于每部剧的风格和对白长短都不一样，它们各自的剧本篇幅也有所不同。所以从一个实实在在的剧本入手学习编剧是个明智的选择。你可以在网上免费下载一些，也可以用合适的价格买一些（见附录 A）。

那么，作为编剧，如何才能"按时分配"地写作呢？

　　我刚开始接触剧本写作的时候，被这样的要求吓了一跳。能写出一个好故事已经够困难了，更别提还得控制在合适的页数之内。

　　随着时间的推移，我发现写出这样的剧本其实比看上去要简单得多。一旦你学习并掌握了格式和结构，你会发现很多创作剧本时把控进度的方法（详见第 6、7、11 章）。

✏ 角色已定

　　如今的电视剧角色比以往要丰满复杂得多，观众为他们深深着迷。不像乔纳森·哈特和珍妮弗·哈特夫妇[①]，现在的角色通常都有很多不足之处。喜欢托尼·索普拉诺[②]的观众不计其数，虽然他的行为是邪恶的，但他是一个不断抗争的人，从他身上，我们可以感受到那种不断为自由抗争的人性。

　　还有比《整容室》里的克里斯蒂安·特洛伊更卑鄙的人吗？克里斯蒂安是一个没良心的机会主义者，但他还是有副好心肠的。比如，他十分照顾他那极度理想主义的搭档肖恩·麦克纳马拉，并且为他们的诊所付出了很多。天作之合，这两个有缺陷的角色共同构成了一个整体。

　　豪斯医生是一个卑鄙的混蛋，但是你猜，我在生命垂危的时候会给谁打电话呢？有谁比《格蕾丝的救赎》（Saving Grace）里嗜烟、滥性、无信仰的俄克拉何马警花更声名狼藉呢？还有南希，

[①]　《哈特夫妇》（Hart to Hart）中的主人公。
[②]　《黑道家族》中的主人公。

《单身毒妈》里的单身妈妈，她靠卖大麻勉强过活，她可不是什么社会精英。还有《兄弟姐妹》中的沃克一家，他们不太正常，却使人感到快乐。

这些角色周复一周地造访我们的客厅，我们这些观众对他们有着浓厚的兴趣。

我们之中有多少人在苦苦等待着《黑道家族》的最后一集？托尼身上会发生什么事？他会活下去吗？据说在拉斯维加斯，甚至有人就他的命运开出了赌注。

《六尺之下》的大结局播出之前，有传言说剧中的所有人都会死。这部剧集讲述了一个经营殡仪业的家族，对它来说，这倒也不失为一个好结局。但是如何实现这一结局呢？他们不但做到了，并且做得十分精彩。如果你没看过第五季第十二集《每人都在等待》（Everyone's Waiting）的话，去租来看看。年轻的克莱尔失去了纽约的工作，但是她死去的哥哥奈特鼓励她离开费希尔殡仪之家，去个随便什么别的地方。克莱尔不情愿地走了。在剧终部分，她开着车，伴随着极佳的背景音乐，一系列闪进镜头向我们展示了每个家庭成员将如何度过他们的余生，以及他们将如何死去。克莱尔一直活到了老太太的年纪，被一大家人围着，我们知道她度过了充实、满足的一生。

这真是顶级的剧作！艾伦·鲍尔（Alan Ball）给这部一流剧作写了一个深刻的结局。

在写投销剧本时，编剧需要仔细了解剧中每一个角色，并把他们写进剧本中去。这个活儿可不轻松，因为有这么多部剧在同时上映，随便举几个例子：《波士顿法律》（Boston Legal）、《实习医生格蕾》、《迷失》（Lost）。如果哪个或哪些角色在每一集中都会出现的话，那么你作为编剧，也要把他们写进剧本里。

还有一些角色会周期性地出现，他们会时不时在剧中露个脸。这意味着在你的投销剧本中，你也可以选择使用他们。但是，最好还是不要用他们，这是为了你好。还是让那些"管事儿的"决定什么时候使用他们吧。毕竟，这里边还要考虑到演员档期、费用等其他因素。

✏️ 地点已定

在演播室现场的观众前录制（需要动用 3 台摄影机）的半小时情景喜剧在地点的选择和使用上十分严格，也十分有限。这些地点通常包括三四个"常备布景"（ongoing set）。《播报情缘》（*Back to You*）、《俏妈新上路》（*The New Adventures of Old Christine*）、《生活大爆炸》（*The Big Bang Theory*）、《好汉两个半》（*Two and a Half Men*）都是此类例子。

《好汉两个半》中，布景包括查理·哈珀的起居室、厨房、卧室和他妈妈的公寓。如果某个特定的故事需要另外一个布景的话，这个布景被称作"可设布景"（swing set），即一种可被旋转和重置的现有布景。更换布景既费时又费钱，由于这些剧都是现场录制的，依据花费和时间把布景数控制在最少无疑是高效的。

诸如《办公室》（*The Office*）、《消消气》（*Curb Your Enthusiasm*）、《我为喜剧狂》（*30 Rock*）等单机位喜剧用一台摄影机拍摄，并且会用到外景。这些剧拥有电影的画面和质感，所以花费也会比较高。

再说一遍，剧集本身就会告诉你可以去哪些地方取景。

有了创意时，你一定要问自己一个问题：在现有的布景中，这个故事能够实现吗？

一小时剧和两小时电影会用一台摄影机拍摄，并且极其依赖现有布景之外的外景。在这种情况下，编剧可以让故事发生在背景城市的几乎任何一个地方。

如果你写一集《犯罪现场调查》的话，除了现有布景，你拥有整个拉斯维加斯供你选景。在诸如《犯罪现场调查：纽约》（*CSI: New York*）和《犯罪现场调查：迈阿密》这样的剧中，城市本身就是剧集中重要的角色。

不要重新设置故事的发生地，也不要把角色从他们的既定地区带出。把《罪案终结》中的布伦达副局长和她的侦探组从洛杉矶带到明尼阿波利斯可不是什么好主意。

一整季中，一部成功的剧集或许能够到其他地方拍摄一次。不过你去看一下演职员表吧，我敢保证这一集肯定是制片人或剧本编审写的。为什么？因为只有他们才知道账面有多少钱，拉着演员和工作人员跑长途可是一大笔开销。如果决定了要换地点，这一集肯定是当季的重头戏，肯定不会给一个自由编剧去写的。

不要因为投销剧本只是你的一个剧本样稿就觉得它无所谓，要让审读人知道你是了解电视剧的运作模式的。把你的见识表现出来，尽量让角色待在大本营里。下功夫研究一下他们生活的地方，每个城市都有很多独一无二的地方可供选择。

✏ 预算限制

你无须事无巨细地列出某部剧的花费细节，用直觉估算一下即可。如果你正在写一个动作段落，并且有两个选择：一个是一辆汽车从悬崖坠落，另一个是汽车猛然停下来并在悬崖上摇摇欲坠。选择哪个？一般来说，第二个可操作性更强。考虑一下成本吧。2008 年，一小时剧试播集的平均费用是 250 万美元。再说一遍，剧集决定了你写作的内容。

如果这是一部动作戏，极其依赖精心编排的特技，那么必须将其体现在你的剧本中。不这样的话，你就犯了个大错误。还是那句话，编剧要时刻想着预算。要不然你费劲写了个好剧本，却因为忽视预算而被人认为是个外行，这种错误简直不可饶恕。

写了一集《哈特夫妇》的剧本后，我加入了剧组，并且向大家兜售了下一季其中一集的想法。在这个剧集中，乔纳森·哈特是个飞行员。这部剧以演员的魅力和每周一次的凶杀为卖点。所以，我给乔纳森和珍妮弗设置了一条在飞行表演中展开的故事线。这个背景够性感吧，必须的！

结果，在读我的剧本时，剧本编审差点没被噎住，他说剧组无论如何也负担不起飞机和特技飞行员的费用。在那一季中，我确实得到了一份工作，但肯定不是因为这个本子得到的。

《哈特夫妇》收视飘红，但总是能控制在预算之内，这是如何做到的？让哈特两口子来一次野餐怎么样？这可不只是一次野餐。一对貌美恩爱的夫妇，没有孩子，生活优哉游哉，倒霉的是他们每个礼拜都能搅和到一场谋杀中去。小两口正分享一瓶昂贵的酒，吃着鱼子酱，背景里停着一辆劳斯莱斯。这个场景处处散发出奢华的味道，但不会给预算造成负担。好钢用在刀刃上，重点是看他们如何在警察手足无措的时候想办法把案子给破了。

如今，角色的塑造更加现实主义了。给《富贵浮云》（The Riches）或《黑金家族》（Dirty Sexy Money）写剧本肯定会有更多乐趣。

✏ 关于预算的其他事宜

远离特效。如果剧集不需要特效的话就别用，这玩意儿太烧钱。想尽办法远离特效。

别写孩子！ 除非是剧中的常备角色，否则别把孩子们写进去。如果你正在培养儿童演员的话，我很抱歉，但多年的经验告诉我，把孩子们写进故事的风险太大了，这是事实。根据法律，儿童的工作时间有着严格的限制。此外，片场还必须有他们的监护人和老师。这会导致拍摄中断以及带来一些复杂的开销。在这一行里，时间就是金钱。偶尔会有崩盘剧集出于绝望想尝试点新鲜事物，结果围绕孩子开发了新故事。记住，孩子出现在投销剧本中是大忌。再次提醒，别写孩子，这样能显得你很懂行。

尽量少写晚上的外景戏。好莱坞被各种联盟和工会的限制管得死死的。夜间拍摄意味着超时，这就增加了开销。当然，你没必要把所有外景拍摄都从剧本里删掉，而是应该想办法更省钱，只保留那些对你的故事至关重要的部分。如果一个场景在夜里或白天拍摄效果都一样的话，那就果断写成白天。

我第一次尝试写恐怖类型的剧本是给《神秘岛》（Fantasy

Island）写了一集名为《痛苦灵魂之夜》（"Night of the Tormented Soul"）的故事。故事讲的是一对兄妹回到了大农场的老房子，多年以前他们在这里住过。他们希望能够揭开住在这里时发生的一场凶杀案的真相，那场事故是如此恐怖，以至于他们的大脑下意识地遗忘了当时的情形。在一个雨夜，他们来到了这个闹鬼的房子前。一道闪电从天上劈下来，在门口肆意生长的藤蔓上炸开。一个儿童秋千在雨中摇晃，倒下的树阻断了他们的路。这是一个气氛渲染极佳的开头，但是在成片中，这个场景是在大白天拍摄的，没有下雨，也没有闪电和倒下的树，只剩下了一个秋千。

最近，我和帕梅拉·华莱士给 Showtime 写了一个惊险悬疑剧，名叫《特权杀手》（Murder with Privilege），我们需要把所有夜景动作段落都限制在内景里。跟以前相比，除了拍摄费用更高、预算控制得更紧之外，电视业没有太多改变。

时刻想着预算限制是没错的，但也不要过于极端，否则会降低你的投销剧本的冲击力。试想，谁愿意去读一个在明晃晃的大白天发生的恐怖故事呢？强调一下，编剧必须要有辨别力。如果你想为《灵媒缉凶》（Medium）、《鬼语者》（The Ghost Whisperer）或其他热播剧集写作，学习一下他们如何设法处理好夜景镜头，这会让你学到很多。

去掉所有动物，除非它们是剧中的角色。你不仅会增加动物驯养师的费用，还会给工作人员添麻烦。比如你得考虑动物的排便问题，这意味着需要更多的人来清理。此外，你还得保护动物权益，应对像多丽丝·戴（Doris Day）这样的动物保护人士。

我给《哈特夫妇》写过名为《与哈特一家结婚》（"With These Harts I Thee Wed"）的一集，珍妮弗的姑姑抱着她的波斯猫来访。当然，哈特家的宠物狗弗里韦一直看这个毛茸茸的小家伙不顺眼，但到了第四幕最后，两只小动物已经分不开了。我把剧本交上去之后，剧本编审把这部分全部删除了。很遗憾，一个驯养师和一只波斯猫只能回去重新找工作了。如果你一定要在剧本里加小动物的话，就加一只苍蝇吧。我在《最佳拍档》(*Starsky and Hutch*)中曾用过这招，剧本编审将其保留了下来。因为苍蝇不需要驯养师，给它一个音效就可以了。

[第 4 章]

作为卖点的钩子

当你终于拿到了梦寐以求的宝贝——电视台给你的第一份邀约时，你就向成为美国编剧工会会员迈出了第一步。这个时候，你需要有一个经纪人来为你代理事务了。如果你没有的话，这会儿正是找一个的时候。经纪人的工作就是去给你揽活儿，为你找寻那些正在招工的剧集。很不幸的是，现在这样的机会越来越少了，几乎所有的剧集都由签约编剧来写。但是根据美国编剧工会的规定，一部剧集里必须留出几集给自由编剧来写。不是所有自由编剧都能如愿，但还是有一些机会的。

经纪人会为你和招工的剧集组织见面会，在会上，你要把你的创意"推介"给剧本编审或制片人。

实际上，到了这里，你就已经迈出一大步了。一方面，你拥有了一个合法的署名机会（意味着你成功卖出了一个剧本）；另一方面，你已经拥有了一个足够好的投销剧本，好到一个经纪人愿意与你签约，把你的剧本投递到某个剧组，这个剧组愿意为它跟你见上一面。我讨厌"绝不"这个词，但是如果没有一个令人印象深刻的投销剧本和一个经纪人，你不大可能得到一个参加提案会议的机会。除非你的教父是维托·柯里昂，并且面试你的公司老板有一匹名叫喀图姆的赛马。

提案存在的原因有两个：第一，在不知道老板是否感兴趣之前，你没有必要去写完整个剧本（如果不去提案的话，你家车库里可能都摞着10本《大白鲨》的剧本了）；第二，这也给剧方减少了不必要的麻烦。会议上，他会告诉你他们需要什么样的剧本，这节省了所有人的时间。你有一个很好的创意，但可能跟他们正在操作的某个项目撞车，或者跟之前某一集的内容太接近了。他们可能对你剧本的某一部分感兴趣，会建议你做出一定修改，他们才可能考虑去买。

提案吓坏了不少编剧，他们以为他们得具备贝拉克·奥巴马（Barack Obama）的口才，才可能拿到写作任务。如果能把大家逗笑当然很好，但是这并非一个必要条件。如果你没有公司老板想要的故事的话，那么你在那儿15分钟的"精彩演出"充其量只能调节一下会议气氛罢了。

我哥哥十分擅长销售。我组织过一个面向编剧的营销研讨会，我邀请他来为我们做一个讲座。讲座上，他问了一个问题：当你拿起电话或走进一个办公室时，你的目的是什么？大家一致回答：卖出剧本。他说："营销的首要目标是获得信息，不管你卖的是铅笔、房地产还是剧本都一样。获得信息的人才能做成生意。"

能够带着邀约走出提案会议室固然重要，但最重要的是，你要带着有用的信息回来。这些信息能够帮你再次敲开那扇门，它为你赢得了第二次提案或者拨打剧方电话的机会。当你再次尝试时，一定要带着剧方确切想要的东西。实际上，我当自由编剧的时候，很多项目都是在第二次会议上落地的。

起初我还没有意识到，那些我认为搞砸了的提案最后都为我带来了收入。在那里，我签下了合同，结交了朋友。我一直和这些朋友们保持着联系，这些人脉后来延续到其他项目中，他们中有的人成了我的老板。

我的第一个提案是给《旧金山风物记》（*The Streets of San Francisco*）写的剧本。我信心满满，认为我带来的肯定是一个好故事，我为提案排练了一遍又一遍。当那一刻真的来到时，我被打击得不轻。好在我有所准备，我自己清楚这个故事存在着哪些问题。

在我紧张地陈述的时候，剧本编审还礼貌地向我点头。我说完之后，他看着我说："你压根不了解我们的剧。"我当时脸就红了。他接着提意见说，《旧金山风物记》的卖点在角色，而不在犯罪。在这个剧中，哪怕是次要角色都是迷人的，而我带着一个犯罪事件就来了。他说的这些其实就是一个意思：我浪费了他的时间。

我从这场耻辱中学到了不少东西！在这一行里，被羞辱简直是家常便饭，但同时你也很容易得到学习的机会。

我的下一个提案是另一个警察剧。这一次我真的好好准备了，我不仅写了一个好的犯罪故事，还写了一些出色的次要角色。但这还不够，这一次又失败了，剧本编审想要详细的剧本分解（breakdowns）。

他问："你的悬念在哪里？我从哪里能看出你的第一幕和第三幕结束了？"

我坐在那里坐立不安，想在地上找条缝钻进去。我在细节上着墨太多，而没有考虑如何建构插播广告之前的大高潮！另一个大错误！想都不用想，我还是没得到工作。

每次参加提案会议，我都带着上次学到的经验而来。但似乎计划不如变化大，总是差了那么一点儿。

等我带着好的犯罪故事、好的次要角色和强有力的结尾而来的时候，剧本编审又说没有情节突转。

这个剧要求在危机上多做一些铺垫，那个剧又要求快速建构开场。这一次，我被告知我的角色不够身处险境；下一次，我又得给明星们增加更多的私人恩怨。还有一个制片人要一个好的反复噱头（runner）。一个反复噱头？哈，这也太荒谬了吧。出现多少次才叫反复呢？我为了弄明白啥叫反复噱头累得精疲力竭。这到底是个什么玩意儿？但不得不承认，这些提案会议确实为我节省了不少时间，更不用说节省了多少因为无穷尽的投销剧本而浪费的纸张了。

在一次次求职失败后，我慢慢开始了解制片人和剧本编审到底在期待些什么了。虽然每部剧集各有不同，但是他们的需求是类似的。剧本编审问一样的问题，关心一样的东西，在故事里想要一样的设计。我开始明白，电视剧依赖特定的钩子。一旦我总结出了这些钩子，我开始围绕它们去准备提案。也正是从那时起，我开始得到工作了。为什么？因为我知道他们想要什么了。

新编剧不必为提案费神，他们首先要做的是证明自己能写出一个好剧本，应该把精力集中在剧本的品质上，提案是下一步要考虑的事情。

所以，学习这些钩子有什么重要意义呢？意义有很多：每次打开电视机，你可以识别出剧中的钩子，这样一来，看电视也成了一次学习的机会。在写投销剧本时，你会了解电视剧依赖的技巧，这能帮你开发故事创意。当你提案时，你能有的放矢，不用再重复我曾经犯下的错误，不用再像我那样在这条路上步履维艰。

✏ 迅速"钩"住观众！

在电影院里，我们得花上十几美元才能入场，在售货柜台可能花得更多。如果爆米花不错，并且电影放映不出差错的话，在 70 毫米胶片和震破耳膜的 THX[①] 音效震撼下，我们都会进入感官超载的状态。即使片子不怎么样，我们一般也不大可能中途离场。

但是，电视却是一种截然不同的媒体。如果观众不满意的话，他们手中有几百个频道可供选择。这叫"让我们冲浪吧"（Let's go surfing），就像海滩男孩（The Beach Boys）在歌里唱的那样。

电视的要义是快速抓住观众，让他们的手指远离遥控器。在插播广告的时候，保证他们不远走，从冰箱拿罐冷饮后赶快回来。所以，这是一个依赖钩子的媒介。

✏ 快速建置

建置段落确立了故事的内容，它提供了观众需要知道的所有能使故事"动"起来的信息。对电视剧来说，快速建置尤为重要。为什么？你越快进入故事，就能越快抓住观众。

另外，在我们这一行，时长限制如此苛刻。如果我们不迅速完成建置，恐怕没有足够的时间来铺展整个故事。

---

① THX（Tomlinson Holman Experiment）是一种对电影、电影播放设备、电影播放环境等的认证标准。

半小时剧的建置

对半小时剧来说，A 故事（一集中最重要的故事）的建置通常在第一或第二个场景就完成了。

《好汉两个半》（三机位喜剧）：在名为《有了新"宝贝"的老情人》（"Old Flame with a New Wick"）一集中，查理的老情人吉尔前来拜访。查理和吉尔在一个酒吧见了一面，发现她做了变性手术，现在改名叫比尔了。第二个场景中，建置结束。

《办公室》（单机位喜剧）：在《电邮监视》（"E-mail Surveillance"）这一集中，迈克尔叫了一个电脑工程师来他的办公室。我们不确定他要干什么，但看起来好像是出于一些不道德的目的。工程师离开后，迈克尔对着镜头开始讲话，他决定去查阅员工们的电子邮件。建置结束，三分钟完事儿。

《单身毒妈》（有线电视台 Showtime 出品的剧集）：在《耶稣的时尚》（"Fashion of the Christ"）这一集里，南希·博特温那个住在阿拉斯加的疯癫小叔子不请自来。剧的开头，半夜里，锅碗瓢盆的叮当声传来。疲惫的、穿着睡衣的一家人下楼一探究竟。南希走进厨房，发现疯疯癫癫的小叔子正煞费苦心地给每个人做早餐。对于他的到来，南希可没什么好心情。在第一页，A 故事的建置结束了。

我最早有幸参与的情景喜剧之一是《鲍勃·纽哈特秀》（The Bob Newhart Show），在名为《生活中的一天》（"A Day in the Life"）的一集中，鲍勃打赌说自己可以在接到通知的当天就出城。在第一幕第一场中，我们完成了建置，并且确立了这个故事在讲什么：

淡入:

内 鲍勃和埃米莉的公寓

电视机开着,霍华德睡在沙发上。鲍勃从卧室出来,穿衣准备去上班。鲍勃关掉电视机,摇晃霍华德。

鲍勃

霍华德,醒醒。

霍华德

糟糕!我是不是忘了在匹斯堡下飞机了……你在我家干什么?

鲍勃

霍华德,这是我的家,你又看着电视睡着了。

霍华德

哦,不,我错过了……

鲍勃

电影的结局?

霍华德

第9频道的《每日一思》。现在好了,我再也看不到了。

鲍勃

生活嘛,总是有各种不如意的。

霍华德

错了,你说的那是上周五的《每日一思》的内容。

鲍勃

啊哈,好吧。我得吃点早餐,然后去上班了。

霍华德

天哪，早餐！我快饿死了！

鲍勃

嘘！霍华德，小声点。这是埃米莉假期
的第一天，我希望她能多睡一会儿，她
真的累坏了。

埃米莉从卧室走出来，穿着网球服，挥舞着球拍做热身动作。

埃米莉

（兴致很高）小伙子们，我等不及要去
上网球课了。我得练练我的正手拍，我
的反手拍，还有我的步法。

鲍勃

多睡一会儿吧，对你有好处。

埃米莉

霍华德，你又看电视睡着了？

霍华德

恐怕是这么回事儿。

埃米莉

你没错过《每日一思》吧？

霍华德

错过了。

埃米莉

好吧，明天是新的一天。

霍华德

（走向门）那是两周前那个周三的内容。
好吧，我得去清醒一下。哟，今天是我

的幸运日，我都不用收拾床了。

鲍勃

为何不把这个作为你的"每日一思"呢？

霍华德

鲍勃，谢谢你。

霍华德退场。

鲍勃

来点早餐吗？

埃米莉

不了，我给自己做个健康饮品。香蕉、
木瓜、菠萝、芒果……

接下来，埃米莉做健康饮品，鲍勃则准备做一碗麦片。

鲍勃

听上去你好像要去吃卡门·米兰达的帽
子。你不休息一下吗？

埃米莉

我决定这周给自己好好塑形一下，这杯
饮料是很重要的一部分。鲍勃，知道
吗？喝什么，你就会变成什么样子。

鲍勃

你应该在我弄一碗水果切片的时候跟我
说这个。

电话铃响。

埃米莉

（使用搅拌机）你接下电话好吗？

鲍勃

（接电话）喂（兴奋）佩珀，你好啊，老佩。你说什么？（向埃米莉）你猜是谁？

埃米莉

菲利普亲王。

鲍勃

（对电话说）你什么时候出来的……不是吧……今晚去见你……一个星期……在新奥尔良（对埃米莉）他让我们今晚去见他，在新奥尔良，待一个星期。

埃米莉

算了吧，鲍勃，这肯定又是他的恶作剧。

鲍勃

（对电话说）佩珀，你不会大早上就喝酒了吧？没开玩笑？……但这太疯狂了，我没法收拾好行李就走。老佩，我知道那是个漂亮城市。是的，美食。对，还有音乐……什么？艾尔·哈特[①]说见不到我就罢演？

鲍勃（继续对电话说）

佩珀，我已经和病人约好时间了。我不是想扫大家的兴，咱可是个狂野人儿。

---

① 艾尔·哈特（Al Hirt，1922—1999），美国著名音乐家，擅长小号，一生中大多时候在新奥尔良演出。

埃米莉

（大笑）可不是嘛，你那可是相当狂野
了，哈哈。

鲍勃

老佩，你要是给我一两个星期来计划一下
的话，我肯定没问题……什么？我是个
老太太？……你这么说我可不乐意。今
晚我会亲口告诉你的……好吧，我们肯
定会到那儿的，到时见。

鲍勃挂了电话，看了埃米莉一会儿。

鲍勃（继续）

埃米莉，你想知道小脚丫踩在密西西比
的泥巴里的感觉吗？

埃米莉

得了吧，谁不知道你讨厌旅行。野马都
不能把你拉出门去，佩珀一个电话就把
你弄出去了？

鲍勃

埃米莉，跟你说正经的呢。

埃米莉

是吗？好吧，狂野人儿，那你下周的预
约怎么办呢？

鲍勃

我会重新安排的。今晚我们就飞往新奥
尔良。

埃米莉

（微笑）咱们打个赌吧。

鲍勃

（自鸣得意）赌什么，你说！

埃米莉

好，每年复活节我们学校在寻金蛋活动中都找不到扮演复活节兔子的人。

鲍勃

要是我赢了呢？

埃米莉

你赢了的话，你就有机会和一位美丽、优雅的女士在新奥尔良共度一周。

鲍勃

她在哪儿呢？我需要去接她吗？（躲开埃米莉的视线）很公平，就这么定了。埃米莉，现在……（摩拳擦掌）我首先要做什么呢？

埃米莉

首先，我们需要给你量量尺寸，好方便给你做身兔子服。然后你需要在极短的时间里订张机票。

霍华德走进来。

霍华德

嗨，鲍勃，嗨，埃米莉，早餐好了吗？

鲍勃

霍华德，你能订到机票吗？

霍华德

我不用订票，我都是坐驾驶舱的。

现在，我们知道这个故事要讲什么了，我们确立了鲍勃的戏剧性需求：他必须在一天之内离开所在的城市。由于鲍勃这个角色缺乏主动性，这就形成了一个好钩子。面对这种情况，鲍勃会很为难，这就会制造冲突，冲突越大，笑料越多。（在第 6 章，我们将学习建置的细节。）

《生活中的一天》作为该剧的精华剧集被刻成了 DVD，我的搭档和我获得了独立的编剧署名。但是要指出一点：情景喜剧的写作非常依赖编剧之间的合作能力，并且大多署名的机会都会留给签约编剧们。

一小时剧的建置

对一小时剧而言，建置就稍微长一些了，通常在开头 3 到 4 个场景内完成，这在单元剧集（procedural）上体现得尤为明显。

单元剧集更依赖外部事件或线索来破解故事。在这种剧的结尾，谜底被揭开，问题被解决。《豪斯医生》、《铁证悬案》（Cold Case）、《灭罪红颜》、《犯罪现场调查》都是单元剧集的代表作品。

《豪斯医生》通常用一个引子（teaser）开场，由引子完成 A 故事的建置。

在名为《永远不要改变》（"Don't Ever Change"）的一集里，引子以一个哈西德派犹太家庭的婚礼现场开始。宾客们在跳霍拉舞时把新娘连同椅子一起举了起来。新娘失去重心，画面变成慢镜头，鲜血从她的紧身胸衣中渗透出来，她摔倒在地。

场景 1 建置了 B 故事：豪斯发现他的医疗团队的一个候选人安珀正在跟威尔逊约会，他管安珀叫"冷血婊子"。

场景 2 中，豪斯从威尔逊那里得知他们很早就瞒着他开始约会的时候感到十分震惊，豪斯认为他们的关系最多能维系两个月。威尔逊半开玩笑地说，他怕豪斯知道了会把自己打倒在大厅里。

场景 3 中，豪斯得到了这位 38 岁的新娘的医疗报告，她有小便失禁的现象，尿血，并且摔断了腿。她的尿道没有感染迹象，CT 呈阴性，也没有肾部癌症、肿瘤、结石的迹象，但她体内的钠含量水平很低。子宫内膜异位？有可能。也可能因为没吃饭，因为哈西德派犹太人在婚礼当天斋戒。豪斯说，钠可能被她体内的毒素给吸收了，他希望给新娘做一次碳酸检查，可他的团队认为这个想法是疯狂的。如果豪斯的想法成立的话，那岂不是意味着有人想毒死她？离开时，豪斯说："检查她的内脏看看是否有病变，调查她的家庭看看是否有阴谋。"

建置结束了，豪斯和病人出场并相遇，现在他必须检查病人身上究竟发生了什么。A 故事和 B 故事都建立起来了，播出时间大约 4 分钟（不包括广告）。在一小时剧的模式中，剧本的 1 页对应播出的 1 分钟，4 分钟相当于 4 页。

像《实习医生格蕾》、《兄弟姐妹》、《绝望的主妇》（*Desperate Housewives*）这样的连续剧，都拥有极其庞大的演员阵容，以及经过相当长的一段时间发展起来的故事。这些剧集的建置较为复杂，因为它们依赖多条平行故事线。但即使是连续剧，也都能快速建置剧情。从这些剧集中录一集下来，拿一个计时器和一个便笺簿，数数在开头四五个场景里呈现了多少条故事线。你会大吃一惊的。

在第 6 章和第 7 章里，我们会更详细地讨论半小时剧和一小时剧的建置。

✏ 明星是关键

电视剧是一种主打明星的媒体。假如《反恐 24 小时》(24)里的反恐精英杰克·鲍尔在解除一场致命的威胁,并且在这个过程中被打倒了,那么一定是杰克本人想方设法解决问题,而不可能是由某种外力代劳。

周复一周,《反恐 24 小时》的粉丝们等待着看基弗·萨瑟兰①来到他们的客厅。角色与观众的关系变得越来越紧密,连同扮演他们的演员也是如此。各种小报已经证明了这一点。

谁是《反恐 24 小时》的明星,杰克·鲍尔还是基弗·萨瑟兰?在《实习医生格蕾》中,是"梦幻先生"还是帕特里克·登普西(Patrick Dempsey)?《我为喜剧狂》中,是利兹·莱蒙还是蒂娜·菲(Tina Fey)?在《黑道家族》中,我们为谁而兴奋不已,是詹姆斯·甘多尔菲尼(James Gandolfini)还是托尼·索普拉诺?

角色成就了明星,明星也成就了角色。这是相辅相成的,好莱坞的所有事情都是这样。在《消消气》里,拉里·戴维②饰演了他自己,《宋飞正传》(Seinfeld)中也是如此。

编剧始终应该把精力集中在明星身上。明星是电视剧的卖点,编剧的工作就是创造各种能展示明星魅力的机会。在《鲍勃·纽哈特秀》中,是鲍勃被临时通知出城,不是埃米莉,不是楼下大厅的霍华德,也不是前台的卡罗尔,只能是鲍勃。

---

① 基弗·萨瑟兰(Kiefer Sutherland),《反恐 24 小时》中饰演男主角杰克·鲍尔的演员。

② 拉里·戴维(Larry David),情景喜剧《宋飞正传》的制片人和编剧,凭借它,戴维曾 19 次被艾美奖提名。

　　纽哈特因为他的独角戏而出名，在《生活中的一天》这一集中，他打电话时就拥有了很多表演独角戏的机会。当然，一个编剧不能总是把宝押在这上面。运气好的话，你碰到了一些允许这样做的剧集，但赶上其他剧集你就未必有这样的运气。你倒是可以一直围绕着某个演员的长处写剧本，这个是没问题的。

　　一定要把剧集的卖点牢记于心。是两个敢于冒险的便衣警察在热狗车潜伏（《最佳拍档》），还是某个优秀演员的"巡回演出"[《豪斯医生》或《律政狂鲨》（Shark）]？是一群肤浅美女生活中的残酷和性爱（《整容室》），还是三个美女的友谊以及她们为了掌控一切所做的牺牲 [《口红丛林》（Lipstick Jungle）]？

　　我相信你们都看过《三人行》（Three's Company）的重播，这个情景喜剧的卖点就是三个 20 多岁的单身青年杰克、珍妮特和克丽茜同住在位于加州威尼斯海滩的公寓里。《咖啡、茶还是杰克》（"Coffee, Tea, or Jack"）这一集是我们写的，讲的是杰克的故事。但是，既然这个剧的卖点是这三位明星，珍妮特和克丽茜就必须掺和到剧情中去。

　　在这一集里，杰克的老情人回来了，把杰克的生活搞得一团糟。珍妮特和克丽茜给杰克挖了个大坑，如今她们必须想办法把他拉出来了。这本来是杰克一个人的故事，但如此一来就成了这三个活宝的共同问题了。同理，珍妮特或克丽茜的故事也应这么处理。

　　在《好汉两个半》中，如果 A 故事是艾伦的，那么查理一定会在其中扮演一个重要角色。

　　一小时剧曾经依赖汽车追逐和特技来保持剧情发展，如今，已被庞大的演员阵容、多重故事线、快速剪辑和快节奏取代了。

《兄弟姐妹》和《实习医生格蕾》是制作精良的肥皂剧。《实习医生格蕾》的卖点不是一群在医院工作的人，而是这些实习医生和他们的上司的个人生活。重点在于那些存在于每条故事线中的个人冲突。

写剧本一定要给明星发挥的机会，最好能让他们拿个艾美奖。你在他们的角色塑造上努力越多，就会有越多的观众喜欢并支持他们。

✏ 明星的"私人恩怨"

"私人恩怨"是"钩"住观众的绝好手段。当然，这不可能在每条故事线中都出现，但如果你在提案或投销剧本中用上这招的话，那可就太棒了。

"私人恩怨"指的是什么呢？就是你的故事里的明星们的个人生活危机。

举个例子，你正在写一个侦探剧。在开场部分，一个汽车旅馆的房间里出现了一具尸体。你很熟悉这个剧，知道之前提到该侦探已经离婚了，他前妻只存在于背景故事（back story）中，从来没有露过面。那为什么不把这桩谋杀和主人公的个人生活联系到一起呢？接到报警后，侦探赶到凶杀现场，他穿过警戒带进入房间，结果发现躺在地上的这个女人正是他的前妻。

《律政狂鲨》中的一集以夏克和一位公设辩护人在法庭上的辩护开场，两人看上去不是第一次合作了。

下一场景中，两人在当地酒吧里一起喝着啤酒，我们得知他们是老朋友了。他们离开酒吧时，一辆汽车从他们身边驶过，公设辩护人中枪倒地，随后夏克得知他的朋友在手术中没能挺过来。这样一来，这桩案子就成了夏克的"私人恩怨"。

《实习医生格蕾》中，当贝莉医生得知她儿子被送往急救室的时候，她的私人危机比以往来得都要严重。观众关心贝莉医生，但更关心这个故事。同时，这也给了伟大的钱德拉·威尔逊[①]展示自己演技的机会。

在给《哈特夫妇》写完那一集剧本之后，在接下来的一季中，我又回到了剧组。这一次，他们又给了我一个他们有意开发的跳板（springboard）。他们想要一个以婚礼为主题的故事，在第一幕的幕间（act breaks），新郎咬了一口婚礼蛋糕，然后死了。说实话，我讨厌这个创意！但是这话肯定不能告诉他们，因为我想得到这份工作。

我决定让婚礼在哈特家后院举行。这可不是一场普通的婚礼，这是珍妮弗最爱的姑妈的婚礼。死去的新郎是珍妮弗的新姑父，而凶手肯定在哈特夫妇所邀请的人中间。

即使写完了剧本，我也不喜欢这个故事，但是我得到了这份写作任务。为什么？这里有乔纳森和珍妮弗的"私人恩怨"，犯罪现场是他们家后院，凶手和被害人都跟他们有着不一般的关系，故事发生的地点和环境都与主人公有着密切的联系。

---

① 钱德拉·威尔逊（Chandra Wilson），《实习医生格蕾》中饰演贝莉医生的演员。

🖉 情节转折和反转

制片人和审读人都渴望在故事中看到情节转折和反转。如果你能给他们一些合乎剧情又出乎意料的东西的话，他们肯定会对你印象深刻的，因为看了开头就能猜到结尾的剧本太多了。

转折可以发生在故事的任何地方。我们就是通过一个情节转折拿到了《鲍勃·纽哈特秀》的邀约。

费尽九牛二虎之力，鲍勃和埃米莉终于在最后一分钟出了城，并且抵达了机场。

内　候机区　五号门　日

鲍勃
不得不承认，今天有好几回我都以为这事肯定得黄了。

埃米莉
我真为你骄傲，老鲍。你要记住，你可是个狂野人儿。（给了他一个轻轻的拥抱）

他们把票递给乘务员。桌上电话响起，乘务员接电话。

乘务员
（对电话说）这里是五号门……请稍等。
（对扩音器）罗伯特·哈特利医生，有您的电话。

鲍勃
我就是。（接过电话）
喂，佩珀，我们在路上呢。伯顿

街的爵士乐，克里奥口味的食物。……
你说什么，老佩？……就我们自己
了……你不去了？你跟我逗乐子是
吧……这太搞笑了，老佩。（对埃米莉）
你猜怎么着？他不去了。

鲍勃（接上）

（对电话说）你知道为了来机场我们费
了多大劲吗？重新安排会诊！斗殴！还
有斯维尔德洛那一大家子！……好吧，
听着！不管发生什么，我们都会去新奥
尔良的！听见了吗，老佩？……我们
会在那里玩得特别、非常、无比快乐！
（对埃米莉）不管咋样咱们都去！对吧，
埃米莉。

埃米莉

说得好，鲍勃。你为什么不把咱们的
行李拿到飞机上去呢？我跟他说两句。
（拿过电话）

鲍勃

埃米莉，尽量别太刁难他。

鲍勃把票递给乘务员，拿起行李，穿过安检门。

埃米莉

（等鲍勃走远后，才开始说）老佩，谢
谢你。这太管用了，这次算我欠你的。

埃米莉笑着举起手，把票递给乘务员，穿过安检门。

淡出

好剧本要转折，要反转，要出其不意。在《犯罪现场调查》和《灭罪红颜》这样的凶杀悬疑故事中，转折创造了必要的危机和悬疑，以保证让观众时刻置身于揭秘的过程中。意想不到的情节反转把我们"钩"进有线电视台和黄金时段剧集中，比如《嗜血法医》《实习医生格蕾》《迷失》和《丑女贝蒂》（Ugly Betty）等。在情景喜剧中，转折和反转创造出使观众发笑所需的冲突和讽刺。当你写剧本时，问自己一个问题：观众期待在这里看到什么？我要做什么来让他们感到惊讶？

🖉 强有力的幕尾

电视剧最重要的钩子出现在幕间，通常这也是剧中插播广告的地方。电视剧中的所有素材都以建构幕尾为目的。幕尾，是编剧在构思故事框架过程中应该最先确定下来的东西之一。

电影和小说只需建构一个高潮即可，但在半小时情景喜剧中，每集需要两三个高潮。到了一小时剧中，则需要更多，4个、5个或者6个都有可能，这完全取决于电视台各自的要求（详见第6章、第7章）。不过有线电视（HBO/Showtime）是个例外，因为它没有插播广告。

幕尾是悬念（cliffhanger）出现的地方——要么险情出现、危机上升、转折形成，要么出现一个可以让观众心悬着的大难题或新发现。比如：

《实习医生格蕾》里，梅雷迪思得知"梦幻先生"在消毒间吻了护士罗丝。

《豪斯医生》里，福尔曼告诉豪斯医生，他的治疗并没有使病人好转，反而使病情更加恶化了。

《绝望的主妇》的季尾，伊迪上吊了。

🖊 一个好的反复噱头

经历了无数提案会议之后，我学到了一点，如果你的剧本里没有一个反复噱头的话，那就别去参加这样的会议。反复噱头是什么？就是一个贯穿故事始终，时不时就蹦出来的"小设计"。反复噱头在半小时情景喜剧中的效果非常好，你经常可以看见它们，它可以是一个小道具，甚至可以是一个笑话，只要能保证持续出现即可。在一小时剧里，它可以具有喜剧或戏剧性效果，并且观众通常可以从中窥视角色的个人生活。反复噱头可以用来弥补主故事，但是不能把它跟次情节、B 故事或 C 故事相混淆。

想象一下，我们在写一个连续剧，主角为一男一女两个侦探。女侦探名叫露西，露西已婚并且有一个 8 岁的女儿。这一集的剧情中，露西正和搭档抓捕一个奸诈的连环杀手（A 故事）。露西的搭档脾气火爆，他因为处理一个凶杀嫌疑犯时的不当举措而接受内务部的调查（B 故事）。现在我们假定，露西在警署查阅她的备忘录时，忽然发现她忘了女儿家长会的事（反复噱头）。她原本就和老师发生过不愉快，现在她担心老师肯定把她划入"不负责任的家长"之列了。如此一来，我们一下子就被带到了露西的个人生活中，我们意识到露西是一个母亲、一个妻子，是一个得同时应付工作和家庭的女人。露西不仅是一个好警察、一个好搭档，还是一个活生生的人。现在，观众对露西产生了共鸣。

随后的剧情里，在露西去往重新安排的家长会途中，连环杀手显露踪迹，露西又一次放了老师的鸽子。现在，露西必须承受这强烈的负罪感。我们决定，这个反复噱头的最后一次出现，就是让露西历尽千辛万苦去和老师见上一面。

制片人乔尔·西尔弗（Joel Silver）曾跟我说过，通常情况下，反复噱头会出现 3 次。3！这是一个有魔力的数字。

✏ 按　键

幕尾是重要的，场景的结尾也很重要。所谓按键（button），就是一种像感叹号般富有冲击性的设计，有助于剪辑。在《鲍勃·纽哈特秀》中，鲍勃总是被迫在最后关头做决定，对此他已经感到筋疲力尽。一天，埃米莉来找他，问他想去哪里吃中午饭。鲍勃回答道："去哪儿都行，拜托别再让我拿主意了。"话音未落，两部电梯的门同时打开了。上哪部电梯呢？在这个场景中，按键是一个幽默的视觉画面。

按键可以是一句富有感染力的搞笑台词，也可以是一个观点或问题的突出强调，其目的是创造出一个好的幕尾。比如在《罪案终结》试播集剧本的第一幕结尾处，沮丧的副局长布伦达对她的警队训话："女士们、先生们，我们现在面对的是一位连身份都查不到的女性死者，而她竟然是被一个根本不存在的人谋杀的。"

这句优秀的台词出自制片人詹姆斯·达夫（James Duff）之笔，他用一句富有感染力的台词作为这一幕的按键。

看电视时，心里要装着按键这回事儿，观察编剧们强调场景的不同方法。

✏ 引子与尾声

引子（teaser）又叫冷开场（cold opening），它和尾声（tag）是电视剧形式的标配。

如前所述，引子指的是在片头字幕或第一条广告插播之前的剧情。就像其字面含义，它引诱观众保持收看当前的频道而不去摸遥控器。使用引子开场的例子不少，比如《灵指神探》《铁证悬案》和《丑女贝蒂》等。在不同的电视剧里，引子的长度也千差万别，从1分钟到10分钟都能见到。通常来说，引子为观众制造了那一集剧情的一个钩子：如目睹一场犯罪、发现一具尸体、呈现角色的两难处境，或者其他任何能够把观众牢牢"钩"住，吸引其继续观看的剧情。

尾声是指位于最后一条广告之后的一段戏，收束起松散的结尾，让一集完满地结束。尾声可以轻描淡写，也可以蕴含剧情反转。在连续剧中，尾声还可以是下集故事的引子。

有的电视剧引子和尾声二者兼有，也有的剧只有其一，或两者都没有。

现如今，电视剧的形式越发多样，并且日趋复杂。半小时情景喜剧过去通常写成两幕，现在则有两幕或者三幕。由于没有广告插入，为有线电视创作的半小时情景喜剧则不分幕。以前，由简洁的四幕组成的一小时剧现在依然存在，但是五幕加引子的形式更为普遍。现在也有六幕剧出现，比如由美国广播公司（ABC）出品的《实习医生格蕾》和《兄弟姐妹》。这两部剧乍一看没有引子和尾声，不过你仔细分析一下，就会发现还是有的，剧中被拉长的第一幕和第六幕其实就是。当然，还有那些有线电视网制作的一小时剧，这类剧也不分幕，看起来跟一部小型电影没什么区别。

我说明白了吗？我在博客上看了很多投销剧本编剧们关于剧作结构的激烈争论。没错，你必须从中学习，而且一定要去看看那些剧。不过实话实说，你花上大约20美元，买上实打实的几集剧本来研究同样重要。什么导师，什么图书、图表、图纸，什么博客上的闲聊，统统抛开！这会极大地节省你的时间！看剧时务必仔细，精确记录，没准等你看完后你就能把剧本给扒下来。其实，这些剧本很容易就能找到。我经常使用"剧本城"（Script City）这一网站，它的动作很快，而且能让我找到几乎所有我想要的东西，在我下单的当天就能把PDF文件发给我。类似的途径还多着呢（详见附录A）。

向那些剧集的编剧学习才是正经事。

他们做什么，你做什么。他们不做什么，你也别做。就这么简单！

[第 5 章]

写投销剧本前要考虑清楚的问题

有人认为，编剧们为一个剧集准备提案时无须写投销剧本。这是有道理的。因为通常来说，那个剧集的制片人更了解这个剧，所以他们会用最挑剔的眼光看待你的作品。你的经纪人往往会把你的投销剧本寄给那些能得到更好结果的剧集。

　　让我们换个角度来看待这个问题。给那些你最了解、最有把握写好的剧集写投销剧本。这时，你根本不知道哪些剧集会接受外来提案。你的首要任务就是让你的作品引起别人的注意。是骡子是马牵出来溜溜！把你的投销剧本加到作品集里寄出去吧！但是在寄出去之后可不要傻等着。在你的剧本被传阅的时候，去观摩一下电视上正播出的剧集，看看有哪些剧符合你写的投销剧本类型（半小时剧或一小时剧）。这样的话，万一机会出现了，你可以向多个剧集提案。

　　很幸运，在我职业生涯的自由编剧阶段，我过得相当不错，并且为各式各样的剧集工作过。而在今天，编剧们不大可能再以自由编剧的身份谋生了，因为现在几乎所有剧本都交给签约编剧去写了。不过，这不也正是你的奋斗目标吗？这肯定也是你的经纪人对你的期望。毕竟钱在那里摆着呢，经纪人能从你的报酬中抽成 10%。

　　如果某个剧买下了你的提案，并且非常喜欢它的话，他们很有可能会再次邀请你。如果在接下来的两三个邀约中，你的剧本同样优秀的话，你将很有希望成为他们的签约编剧。

　　《最佳拍档》的制片人对我们的剧本十分满意，他们在接下来的一季中承诺让我们写三集剧本。但是，当时我们正为其他剧集的邀约忙得焦头烂额。霎时间，邀约如黄河泛滥般一发而不可收拾。在之前的两年时间里，我们打了无数个求职电话，我们做出的努力开始有回报了。

　　直到今天，我还是认为没有工作的那两年可能是我们搭档二人最高产的一段时间。为什么？因为我们在种下所有希望之后并没有停滞，也没有松懈。在我们的成功之路上，坚持比天分更重要。

　　回首过往，我总结出了一个可跟学生们分享的宝贵经验。千万不要以当下可见的成就作为判断你成功与否的标准。苦心人天不负！如果你打好了基础，自然会有所回报的。

　　接下来，凯茜和我又转型去写了本周电影[①]和后门试播集[②]。如果当时我们有女巫的水晶球的话，就会知道这并不是我们职业生涯的一个好举措。成为签约编剧并沿着电视剧这条路一直走下去似乎是一个更明智的选择。但在那个时候，去写本周电影和后门试播集可以让我们离成为故事片编剧的梦想更近一步。

　　如今，电视剧这行不好混。几乎每个经纪人手下都有一大票

---

① 　本周电影（movies of the week，简称 MOW），即电视电影。——编注
② 　后门试播集（backdoor pilot），指成功剧集中重要配角或客串明星首次担当重要戏份的一集，可以帮主创决定是否用这些角色创作一个衍生系列，并向观众介绍这些角色。——编注

梦想成为签约编剧的失业编剧。所以，在他们的待办事项中，阅读一个电视剧投销剧本绝对不是排名靠前的选择。

所以，你的剧本不能仅仅是"还凑合"，它必须出类拔萃！

我批评过很多电视剧投销剧本，见识过太多文笔极佳但创意平庸的作品。

在电视行业里，创意为王！你要让自己为某个剧集构思出来的美妙故事被人们注意到，这是关键所在。不要因为觉得你的投销剧本只是一个样稿，没指望它能卖钱，就认为独创性不重要。

电视经纪人米切尔·斯坦（Mitchel Stein）说，制片人一直在寻觅不同类型的编剧，所有制片人都希望编剧能有新鲜点子。

电视业是一个快节奏的行业，制片人迫切需要足够多的优秀产品去满足他们一整季的内容需求。这些剧集必须一周接一周地制作出来。所以，他们希望编剧们从写作间里走出来的时候，手里有一些精彩的东西。

这个行业里，有不计其数的编剧都万事俱备只欠东风。这些编剧的经纪人成天拿着剧本找买家，给编剧安排各种无休止的见面会。所以你的投销剧本必须新鲜，必须独特，必须原创。你的剧本得传达仅属于你的声音，这需要你下大功夫。

掌剧人凯文·福尔斯说："我读了很多文字从业者的作品，来自小说家、记者，但读得最多的肯定是编剧的作品。在那些读剧本的决策者看来，伟大的电视剧和编剧都有一种独特的声音，他们据此决定了编剧的前程。对新编剧来说，正是他们的文字抓住了潜在经纪人或掌剧人的注意力。我一直在寻找自信的声音，我的耳朵在等待精妙的对白和机巧的故事。"

要努力让你的作品与众不同！这个"与众不同"很难解释得

清楚，但是很容易就能看出来。实际上，只要读上个两三页，审读人就能判断出一个剧本有没有什么独特之处。取法乎上得其中，取法乎中得其下。看一部中庸的剧，然后对自己说"这我也能做到"是远远不够的。你应该找最棒的剧来看，然后说："我也能做到，并且能做得更好。"要时刻记得，以最优秀的电视剧作为自己的奋斗标杆。

多年以前，我在加州棕榈泉的一个电视喜剧编剧大赛做评委。一位著名的情景喜剧制片人对在座的所有编剧说："别告诉我那些我已经知道的内容，告诉我一些我尚未发觉的关于我的角色的洞见，这才是我想要的编剧。"

我们都知道德克斯特是个反社会者，知道豪斯是个十足的混蛋，也知道朵拉·沃克，《兄弟姐妹》中这位沃克家族的女家长是这个家庭的黏合剂。但是，你能找到一些让这些角色出彩的新洞见吗？这些才是让你的剧本引起剧方注意的东西。

在你不保证能写出最佳水平之前，不要急于写作。不要满足于某个创意，除非这个创意能让你胳膊上的汗毛竖立起来。在做好充分准备之前，不要着急把剧本交出去。

我的搭档和我都非常幸运，我们的第一个投销剧本就卖出去了，但你无法永远一帆风顺，栽跟头是难免的。在那之后有两年的时间，我们都没有再得到第二份工作。几乎每一天，我们都是在打求职电话或提案中度过的，可是依然一无所获。我们刚刚起步的事业好像就要完蛋了。那个时候，我前夫说我应该考虑换个行当了。我们当时刚买了我们的第一套房子，而我在金钱方面却一点忙也帮不上。当《最佳拍档》开始接收提案的时候，我知道我需要那份工作。我为了好创意绞尽脑汁，祈祷着，读了我能拿到的任何资料。一天，我无意间听到了该剧制片人乔尔·纳尔（Joel Naar）的一句话。当时，《最佳拍档》正因为暴力内容而饱受批评。乔尔回应这些批评时说，他的责任就是如实反映现实，对于洛杉矶街道上的卧底警察来说，残酷的暴力就如同家常便饭。多少暴力才算过度暴力？在现实和责任之间存在一条清晰的界限吗？

一计忽上心头！如果我能设计出一个故事来捍卫乔尔的观点的话，那么我们肯定能得到这份工作啊。

问题是，我们怎么才能实现这个想法呢？这个剧的卖点是两个敢于冒险的便衣警察，开着一辆红白相间的车办案。这意味着我们必须让第三个人加入其中，去见证他们的行动。放一个男人进去？他可以是不速之客。放一个女人进去则能提供不少笑料，因为这两个警察肯定会为了取悦她各显神通。我们决定把这个女人设置为一个记者，她的真实意图和嘴上说的并不一致。第二幕结尾处，她发布了第一篇新闻连载文章，对警方造成了一定影响，她揭露了警方的粗暴手段，以及警徽背后的鲁莽和好斗。

现在问题来了，我们如何能改变她的观点呢？发生什么才能让她改变念头呢？第四幕结束处，A故事和B故事通过一个转折情节汇合到了一处。斯达斯基和赫奇奔向他们跟踪的嫌犯藏身的废弃建筑，他们让女记者待在车里别动。而她没有听话，妨碍了警方的监视行动。嫌犯抓住了女记者并用枪指着她的头，她大声叫喊："打死他！"相反，警察慢慢放下他们的武器，并极富技巧地劝说嫌犯交出了左轮手枪，成功地救了女记者的命。

当我们走出进行提案会议的房间时，我们已经得到了那份工作。创意来自哪里？它们可以来自任何一个地方。你需要做的就是观察你的世界，阅读你能拿到手的所有东西：新闻、小报、杂志，观看《欧普拉秀》(*Oprah*) 和《观点》(*The View*)。时刻保持紧跟潮流，要熟悉当今社会正在发生的事情。要知道什么应景，什么和当下相关。像一个编剧那样观察世界。如果在你身上发生了什么事情的话，思考一下，类似的事情会不会发生在你关注的剧集的角色身上呢？

找一个你能够与之共鸣的跳板，并且推敲它。将此当作游戏，在你刮胡子或者排队的时候思考一下这个创意，或者跟朋友们聊聊它。

你的创意能形成钩子吗？问自己几个问题：这是谁的故事？它能塑造明星吗？谁掌控了剧情？建置怎么样，够迅速吗？故事里有私人恩怨吗？你的创意里有情节转折和反转吗？这个创意会显得虚假吗？它能够制造出足够的冲突吗？可信度如何？它适合剧中的角色吗？是不是与正在播出的其他剧过于类似了？如果确实相似，那这场赌局必输无疑。继续改写！这个阶段写出来的东西肯定有很多漏洞。要学会享受创造的过程，就像做黏土手工一样，让你的创意在不断修正的过程中成型。

以一位编剧的眼光观察这个世界，留心你身边的每件小事。不夸张地说，生活自己就会把你需要的素材呈递到你的面前，这些都会成为你创作的养料。当这些素材在你生活中出现的那一刻，一定要认出并抓住它们。

记得有一天，我坐在电脑前，为一个场景的结束冥思苦想，我需要一个好"按键"做结尾。故事中，我的主角亚历克斯以前是一名 CEO，但是现在破产了。亚历克斯正冲着电话大吵大闹，以期能重新调整他的贷款。他终于忍受不了，重重地摔下电话。

　　这时，有人敲我家的门。我打开门，发现两个装束庄重的人站在门口，一身黑衣，手里拿着圣经。他们说要来跟我讨论一下对于世界末日的想法。我给他们捐了点钱并送走了他们。这时，脑中闪现了一个想法，我知道需要什么了！

　　亚历克斯摔下电话，努力使自己镇静下来。他喘了口气，对自己说："破产有什么大不了，又不是世界末日。"这时有人敲门，他打开门，发现门外站着两个苍白面孔的人，一袭黑衣，手拿圣经，要跟他聊一聊有关世界末日的事情。

第 6 章

半小时情景喜剧写作

我们的第一个情景喜剧邀约来自 MTM 的《女主外男主内》（*We've Got Each Other*）的制片人汤姆·帕切特（Tom Patchett）和杰伊·塔西斯（Jay Tarses）。汤姆和杰伊曾是非常成功的编剧组合，他们共同创作了《鲍勃·纽哈特秀》。日后，他们作为创剧人、制片人和掌剧人开发了各自的情景喜剧，杰伊制作了《茉莉·托德的生活》（*The Days and Nights of Molly Dodd*），汤姆制作了《家有阿福》（*Alf*），他们给了我们在喜剧写作上最好的建议：编剧不应该为搞笑而搞笑。

这两位编剧写的东西非常搞笑，他们的剧本让我们开心了好多年。可是，他们说的是什么意思呢？当编剧为了搞笑而搞笑的时候，他们会一门心思地去写各种笑话和笑料，但这绝对是死路一条。他们说，编剧应该创作一个可以容纳尽可能多的冲突和阻碍的故事，这自然会创造出喜剧的情境。这个建议简直是无价之宝，我们从此如释重负，告别了"怎样才能让观众笑"带来的沉重负担。

我在阅读喜剧投销剧本时，经常会遇到编剧努力去搞笑的情况，实在是太多了。我能深切地感受到他们努力在每页硬憋出三五个笑话时流下的汗水。

插科打诨是一种独特的天分，那些曾从事单口喜剧表演的编剧有这个本事，给深夜脱口秀主持人写台词的那些人也有。这样的编剧属于稀缺资源，刚一露面就会被人签下。这种能力是老天爷赏饭吃，却不是喜剧写作的必要条件，也不是成为一个幽默的人的必要条件。

情景喜剧中的幽默来自角色和冲突，这是汤姆和杰伊的本意。

让我们回忆一下之前提到的给《纽哈特秀》写的那一集。当时，纽哈特有三个成功的节目同时在播，他在三个节目里扮演了同一个角色。鲍勃·纽哈特压根就不是那种一心血来潮就风风火火闯九州的人，让他在接到通知的当天就出城简直是不可能完成的任务。我们设置的这种充满矛盾和冲突的处境是笑料的来源，制片人对这一设置很满意。

喜剧与合作

喜剧写作是一项高度要求合作的工作，对合作的需求远远高于一小时剧。即便只是自由编剧，我们也得跟那些天才故事编辑在一间屋子里"头脑风暴"上数个小时，一直开着录音机记录我们的谈话，写下厚厚的一沓笔记，一步一步地设计出一个故事。到家后，我们还要仔细梳理我们的素材，将其整合到一起。故事开发过程中的每一步都需要投入很大的心血。初稿，二稿，一点点修改出一个能让剧方满意的光鲜亮丽的剧本。作为自由编剧，我们的工作现在可以告一段落，剧方则不是。现在，他们要开始在现场就这个剧本进行排演，去加以修饰，与签约编剧一起改进它，并按照演员的要求加以调整。到了第五天，该剧在观众面前进行现场录制。通常，坐在观众席里的是少数有幸得到工作的自由编剧（这种剧大部分是由签约编剧写的），焦虑地等着看他们写的东西最终有哪些被拍了出来。我们写的笑话效果不错，给整个剧本添了不少彩。但不得不承认，签约编剧的修改让整个剧本都上了一个档次，但也让我们大吃一惊：他们在剧中新加了一个元素，以至于第一幕的最后两场戏面目全非。

其实，剧本的很多改动往往超出了编剧所能控制的范围。我们在为《托尼·兰德尔秀》（*The Tony Randall Show*）工作时学到了这一点。在这部剧里，兰德尔（Tony Randall）饰演了一个较为正直的法官，这个失去了妻子的法官与儿子以及一个英国管家一同居住在波士顿。我们写的那一集叫《案件：富兰克林对决花花公子》（"Case: Franklin vs. Casanova"），富兰克林法官发现他那禁欲主义的秘书正与法院里的花花公子查理·芬莫约会，富兰克林自认为洞悉人类本性并且很懂女人，觉得自己有义务提醒秘书其处境之危险。

本来，查理这个角色在我们的剧本中非常不起眼。我们交上定稿后，制作方选中的演员要求给这个角色加戏，要不然就拒绝出演。这就要求故事结构从根本上进行改变。观看成片时，我们幸存下来的台词用手指头都能数过来。

✏️ 写得有趣：这个学得会吗？

对于这个问题，一些专业人士认为可以，另一些则认为有趣是一种内在感觉，根本无法言传。喜剧如同音乐一样，有着节奏和韵律。我相信经过训练，很多编剧还是可以练就写喜剧的本事的，天生带有这种能力的人实属凤毛麟角。

喜剧和正剧如同一枚硬币的正反两面。二者都依赖冲突以推动剧情前进，唯一的区别只在于视角的不同：喜剧编剧是从喜剧的角度来看待问题，正剧编剧则是从严肃的角度出发。实际上，他们写的还可能完全是同一件事。

举个例子，拉里·戴维给《消消气》写过叫《特殊部分》（"Special Section"）的一集。拉里回到家中，却发现他的母亲已经去世，并且在两天前下葬了。在给他妈妈换一块好墓地的时候，拉里发现他可以用母亲的离去作为借口，逃避很多无聊的应酬，而这一决定必然会带来鸡飞狗跳的结果。

喜剧揭露人性瑕疵，并且以此开玩笑，这就是情景喜剧的养料。当宋飞①、雷·罗马诺②、拉里不得不直面自己的缺点时，我们就开始发笑。喜剧放大了角色的各类缺陷，而我们作为观众乐此不疲的同时也产生了共鸣。

✎ 结构：最关键的元素

情景喜剧有两类：传统的多机位剧（通常在观众面前现场摄制）和单机位剧，单机位剧跟一小时剧十分类似。

多机位剧通常由两幕组成，每一幕大约有 4 到 6 个场景，这种剧的剧本架构与每页对应 1 分钟的电影和一小时剧不同。半小时剧通常节奏加快一倍，每页对应 30 秒，剧本约有 40 到 47 页。

单机位剧跟一小时剧的剧本架构相仿。这种剧本大多分成三

---

① 杰里·宋飞（Jerry Seinfeld），最出名的作品是在美国家喻户晓的情景喜剧《宋飞正传》，他在剧中饰演自己。

② 雷·罗马诺（Ray Romano），演员，最为人所知的作品是情景喜剧《人人都爱雷蒙德》（*Everybody Loves Raymond*）。

幕，但也不是全都这样，有线电视出品的剧就是例外，因为它没有插播广告。单机位剧有外景拍摄的，也有摄影棚拍摄的。这类剧的剧本约有 28 到 35 页，其场景数量也会因为每幕结构的不同而有所变化。

在这里，我只能给出一些大体的建议。如果你有意为一部情景喜剧写投销剧本，一定要去研读它的剧本，这很重要，因为每部情景喜剧都有它自己独特的架构。但是记住一点：不管架构怎么变，剧的时间长度都约为 22 分钟。

在一小时剧中，建置必须在一两个场景内完成。在之前我们读过的《鲍勃·纽哈特秀》的例子中，建置在场景 1 中就完成了。从这之后，剧本中所有的笑料都出自鲍勃出城路上所遇到的障碍。

角色 + 戏剧需求（dramatic need）+ 阻碍 = 冲突 = 笑料

接下来，我们看一下鲍勃到了工作单位之后发生了什么：

场景 2

内　接待室

卡罗尔坐在前台，电梯铃响，鲍勃走进来。

鲍勃
卡罗尔，我要去新奥尔良。

卡罗尔
那你乘错电梯了。

鲍勃
艾米莉和我要去那里度假一个星期。

卡罗尔

一个星期？看这里，我们开的是诊所，不是度假旅馆。我们不能把病人招之即来挥之即去，不是吗？你自己说说，是这么回事吧，哈特利？

鲍勃

你被解雇了。

卡罗尔

你确实需要度假。

鲍勃

欢迎回来上班！（接着）现在，我需要把这些工作全部推迟。

鲍勃（接上）

（从口袋里拿出一张纸）

我把一些病人转到沃尔伯恩医生那里去，剩下的病人让他们下下周来两次。那么，把马切先生改到两点。

卡罗尔

他下午得上班。

鲍勃

从头再来。（撕掉纸的上半部分）

把沃尔兹先生安排在三点。

卡罗尔

鲍勃，你知道他对数字三感到恐惧。

鲍勃

哦，对啊。（又撕掉一块纸）把斯拉特太太放到周四。

卡罗尔

她周四要举重。

鲍勃

当然。（又撕掉一块）把哈里斯先生放
在周五？

卡罗尔

啊？鲍勃，把哈里斯放在周五？

鲍勃

（明白了她的意思）哦，对哦。（又撕掉
一块）把皮特森放在早上。

卡罗尔

这个可以。

鲍勃

好了。（把仅剩下一小块的纸交给卡罗
尔）你看着办吧。

卡罗尔

对了，鲍勃，卡林先生在你办公室呢。

鲍勃

他又来啦？

卡罗尔

他都等了一个小时了。

鲍勃

有时候我都不知道该收他诊费还是房租。
（打开办公室门）卡罗尔，帮我给沃尔
伯恩医生打个电话。

随着鲍勃进入办公室，我们就进入了第三个场景。

这里，我们将卡林先生设计为该集的 B 故事。在我写这个剧本时，我正在读一本关于"积极思维"的书，这本书建议读者花一天时间把他所有消极的思想列个表。这个小练习在以下场景中起了很好的作用。

卡林先生给鲍勃出了更多的难题。

场景 3

内　鲍勃办公室

鲍勃进来，卡林坐在沙发上。

> **卡林**
> 刚才你说啥？让沃尔伯恩干什么？

> **鲍勃**
> 你好，卡林先生。我有事要离开一个星期，我要把一些病人转到他那里去。

> **卡林**
> 我反正不去，沃尔伯恩是个笨蛋。

> **鲍勃**
> 沃尔伯恩是个非常优秀的医生。

> **卡林**
> 他讨厌我。

> **鲍勃**
> 沃尔伯恩不讨厌你，你们只是刚开始的时候有点小误会。

> **卡林**
> 那只仓鼠不是我的错，我哪知道那是他

的宠物。

鲍勃

在老鼠夹子上放奶酪可真心算不上喂养
动物。

卡林

好吧，但那也是老鼠自己走过去的。

对讲机响起。

鲍勃

你好。

卡罗尔

鲍勃，是我，可以和沃尔伯恩通话了。

鲍勃

谢谢你卡罗尔。卡林先生，稍等片刻。

拿起电话。

鲍勃（续）

你好，弗兰克……最近怎么样？……
不错。我打给你是想找你帮忙，我有事
要出趟门，你下周能帮我顶一下吗？都
是常客……对，卡林先生也会去……
你宁肯去死？……听着，弗兰克，你
记得吧，去年秋天我可是帮你应付过
一个病人，那个冰球运动员可十分难
缠……我不管她下了球场是怎么个淑
女法……你还是觉得卡林更烦人一
些？除了他，剩下的所有人你都包了？
好吧，十分感谢你，弗兰克……再见。
（挂电话）

卡林

他还为那只老鼠生我的气。

鲍勃

卡林先生，我有个建议。

卡林

不可能，哈特利，我可不能一周都没有会诊。

鲍勃

我可以给你打电话，我们在电话上也能会诊。

卡林

没门儿，我怎么知道电话那边你在干什么，没准你冲我做鬼脸呢。

鲍勃

好吧，如果你是这么想的话……看来我只能取消行程了。

卡林

我这么跟你说吧。如果你走上一个星期，你就欠了我五次会诊机会，是吧？

鲍勃

对。

卡林

那你今天都给我做了吧。

鲍勃

要么进行五次会诊，要么当一只复活节兔子。

卡林

接不接受随你。

> **鲍勃**
>
> 那我们最好赶紧开始，上次进行到哪儿了?
>
> **卡林**
>
> 你让我拿笔记本把全部消极想法记下来。
>
> 卡林打开笔记本。
>
> **卡林（续）**
>
> 你觉得从哪里开始?
>
> **鲍勃**
>
> 从最上面开始吧。
>
> **卡林**
>
> 第一条，一个破笔记本竟然花了1美元
> 95美分……

在鲍勃的反应中，画面叠化到场景4。

场景确立了地点和时间。此时，我们仍在鲍勃的办公室，但已经是一小时之后了，这种表示时间流逝的传统镜头技巧叫叠化（dissolve）。注意看对白如何连接场景，并表现时间的流逝。

> **场景4**
>
> 内　鲍勃办公室　一小时后
>
> 卡林还在读笔记。
>
> **卡林**
>
> 第六百八十七条，我的睡衣令人发痒……
> 第六百八十八条，如果睡着了再也醒不

过来怎么办？

鲍勃

这个列表让你认清自己了吗？

卡林

我不是个快乐的人……但我是个细心的人。

鲍勃

你不觉得你对所有事情都太消极了吗？

卡林

不觉得。

鲍勃

我们下次继续，如何？

卡林

所以，我应该做的就是别太拿这个当回事儿？

鲍勃

对，就跟我一样，一走了之。

卡林

第六百八十九条，哈特利抛弃了他的病人。

他们退场至：

接下来，我们在故事里加入了一些新的元素：斯维尔德洛一家。

在交上剧本很长一段时间之后，我们才在最后关头把斯维尔德洛一家写进来。这一大家子不是我们的创意，而是出自当时的签约编剧之手。制片人原本设计了一个戴着呼吸器的潜水员从电梯里走出来，希望找鲍勃给他会诊一下。他有个双胞胎兄弟，他对自己的兄弟有着身份认知危机。当我们抵达录制现场时，剧方告诉我们，他们找到了一些排演效果更好的新元素。

场景5

内 办公室外面

鲍勃和卡林走出来。

卡林

谁是下一组？

鲍勃

一家子，斯维尔德洛一家。

卡林

你还能给一整个家庭治疗？

鲍勃

唔，他们六个月前来看病时，互相之间
存在很大的敌意。他们不停争吵和打架。

卡林

这倒让我想家了。

鲍勃

但最近他们开始努力变得亲密起来。

电梯门打开，斯维尔德洛一家站在那里，一夫一妻和两个十来岁的孩子。他们就像旧时的全家福照片一样，站得离彼此很近。

斯维尔德洛一家

（齐声）早上好，哈特利医生。

鲍勃

早上好。

父亲

（对妻子）您先请，亲爱的。

母亲

不，让孩子们先走。

汤姆

不，妈妈，您先请。

贝姬

是的，我们坚持让我们亲爱的爸爸妈妈……

电梯门关上。

卡林

幸亏他们没上泰坦尼克号。

电梯门再次打开。

母亲

瞧，我们太傻了。

父亲

好了，我们所有人一起出去。

他们搂着肩膀，一同迈出了电梯。

贝姬

这难道不是一趟美妙的电梯之旅吗？

汤姆

我特别喜欢在六楼的时候。

母亲

最重要的是我们在一起。

鲍勃

斯维尔德洛先生、斯维尔德洛太太、汤姆、

贝姬，这是卡林先生。

斯维尔德洛一家脱口而出：你好。卡林回报以微笑。

鲍勃（续）

卡林先生，我一个小时后能结束。（对
一家人）我们可以进办公室了吗？

贝姬

太棒啦！又一次会诊！

汤姆

我们喜欢哈特利医生的办公室！

贝姬

我们喜欢哈特利医生！

一家人走进办公室，鲍勃跟在他们后面。

我们现在正在打造第一幕的结尾。此时，鲍勃暂时解决了他
与卡林的问题，但随后我们发现，这个问题引发了更复杂的状况，
我们将在那里结束第一幕。

场景6

内　鲍勃办公室

斯维尔德洛一家坐在沙发上，卡林躲在鲍勃身后跟着进来，
鲍勃并没有发现，卡林和那一家子一起坐在沙发上。鲍勃关
上门，看到了卡林。

鲍勃

卡林先生，你在这里干什么？

卡林

把这算在我的会诊里，无论如何我都不
能错过这个。

鲍勃

绝不行，你不能在这儿，这不是你的会诊。

父亲

拜托，哈特利医生，如果他愿意在这
里，就让他待在这儿吧。我们来这里不
求别的，就是为了能感到舒服一点。

母亲

自从我们接受了哈特利医生的诊疗，我
们努力与所有人为善。

鲍勃

好吧，一会儿有你们好受的。

汤姆

你真漂亮，妈妈。

贝姬

别忘了爸爸，汤姆。

汤姆

他也很漂亮。

卡林

我是在做梦吗？

鲍勃

如果你想在这里，卡林先生，请保持安
静。（对一家人）我想告诉你们，看到
你们互相不再打架了我有多开心，你们
为了好好相处做了不少努力……

母亲

我们尽了我们最大的努力。

贝姬

没有你的话我们做不到这些，爸爸。他太重要了。

父亲

没有你们，我会迷失自己的。你们是一个男人能拥有的最好的家庭。

母亲

阿门。

卡林

哈特利，这些人在糊弄你呢。

鲍勃

斯维尔德洛先生、太太、汤姆、贝姬，一个家庭和睦相处很好，但是这不意味着不能表达各自的真实感受。伪装成一个快乐家庭和真正是一个快乐家庭是两码事。

父亲

但我们爱彼此，哈特利医生，你教育了我们，爱比恨要好。

母亲

上帝保佑你，哈特利医生。

汤姆

上帝保佑我们每一个人。

卡林

（对鲍勃）真有你的，人家复制娇妻，你复制了一家子。

鲍勃

卡林先生，如果你不保持安静的话，你只能离开了。(对一家人)我很高兴你们不再吵架了，但你们为相处有些过分努力……

汤姆

哈特利医生，我能说些什么吗?

鲍勃

当然可以，汤姆。

汤姆

今天我做了个决定，我决定卖了我的摩托，放弃吉他，继承你的事业，爸爸。

父亲

哦，我的儿子。(开心地拥抱汤姆)

鲍勃

斯维尔德洛先生……别忘了你是个邮差。

父亲

是的，哈特利医生，但是汤姆可以负责街道这边，我负责另一边。

卡林

(对鲍勃)这一家子肯定能赢得皮尔斯伯里无聊大赛的大奖。(对一家人)你们骗不了我，没有哪个家庭能如此快乐。

贝姬

你说错了，我们就快乐极了。

卡林

我看你是脑子进水了。

鲍勃

好啦，卡林先生就到这里吧，你必须离开了。

卡林

好吧，我走。（起身走向门）但请你告诉我，哈特利医生，他们知道你的新闻了吗？

母亲

什么新闻，哈特利医生？

父亲

如果是哈特利医生的新闻，那肯定是令人欣喜的。

贝姬

他终于要来我们家吃晚饭了。

他们一起欢呼。

汤姆

我们用什么招待？

母亲

我会做我的独家炸鸡。

贝姬

还有苹果派。

汤姆

我来做餐前祷告。

父亲

再准备许多又好又新鲜的牛奶。

卡林

他下周要离开，不管你们的死活了。

屋子里出现了死一般的沉默。

> **汤姆**
>
> 不会的，他不会这样对我们。

> **鲍勃**
>
> 我不会不管任何人的，我只是……

> **母亲**
>
> （恐惧地）你是说这是真的吗？

> **卡林**
>
> 今晚他飞往新奥尔良。

> **鲍勃**
>
> 我会给你们找一个有能力的人代班的。

> **母亲**
>
> 你要……离开这个州吗？

> **父亲**
>
> （对母亲）当然离开这个州了，要不你
> 以为新奥尔良在哪里？蠢货！

> **母亲**
>
> 你叫谁蠢货，猪嘴？

> **汤姆**
>
> 爸，你不能让他走，没有这些会诊我们
> 根本无法好好相处。

> **母亲**
>
> 听着，没有他我们也能好好相处的，你
> 个臭嘴！

> **贝姬**
>
> 哦，闭嘴！

> **父亲**
>
> 不准跟你妈妈顶嘴。
>
> **贝姬**
>
> 我应该跟你顶嘴，猪嘴！
>
> 一家人吵闹一团，鲍勃看着卡林。
>
> **卡林**
>
> 要我说，这才是一家人呢。
>
> 卡林退场。
>
> 淡出
>
> 第一幕结束

当然，鲍勃在第二幕会面临更多困难。为了戏剧需要，他在每个场景都要应对更多阻碍：找不到棕色西装；直到最后一分钟才订上机票；拿到票后，机场即将关闭；卡林继续缠着他；斯维尔德洛家的孩子发现他们的父母根本没有结婚，并且情绪失控了等。鲍勃眼瞅着就要输掉和艾米莉的赌局，在复活节上扮演兔子了。终于，在最后的努力中，鲍勃设法踏上了旅程。

第 7 章

一小时剧写作

在很多方面，一小时剧的限制性不像半小时情景喜剧那么多。我们不再局限于摄影棚的固定场景，也不局限于单机位剧的有限外景。写一小时剧时，我们在拍摄地点和视觉呈现上有无数种选择。《嗜血法医》中，为了调查血案的真相，德克斯特可以去到迈阿密的任何一个地方。任何故事发生的地点都可以列入你的取景选项。

半小时喜剧的吸引力几乎全部来自角色和对白。一小时剧则不同，即使用相同的钩子，一小时剧也更加依赖角色、对白和视觉画面的节奏——运动的画面来吸引观众。

一小时剧有两种类型：一种是每集都有闭合（closure）结局的系列剧、单元剧集，这一类剧的每集都是一个独立的故事，每集都终结一个故事；另一种是连续剧，这一类剧有着连续的故事线。

一小时连续剧依赖庞大的固定演员阵容、少量的外部角色、平行故事线和快速交叉剪辑来吸引观众。这一类剧包括《兄弟姐妹》、《实习医生格蕾》、《英雄》（Heroes）和《迷失》。尽管《英雄》和《迷失》是依赖危机和悬疑推动的动作剧，但它们的最大卖点还是身处冲突之中的角色。它们的故事线是关乎个人的，围绕人物关系发展，比如爱、恐惧、失落、焦虑、性、抱负、背信等本质上关乎人性的所有冲突。建构平行故事线极具挑战性，我们在第 8 章会讨论这个。

尽管一小时剧风格多样，但所有剧都依赖场景间的快速剪辑。找一集黄金时段的剧来数数看，你会发现地点更换得有多么频繁。由于我们要写的电视剧时长现在扩展到了 60 分钟，我们的故事也需要变得更加复杂，费用也在不断提升。半小时情景喜剧的镜头很少离开明星。而到了一小时剧中，我们必须将镜头从主要角色身上切出，去揭示那些更精密、复杂的情节。

✏ 一小时剧的结构

电视剧的经典结构是分成四幕，这种剧本约 55 到 60 页，每页大约对应 1 分钟。平均下来，每幕大约占到 14 到 15 页。当然也有例外，像《白宫风云》这样依赖快速对白的剧本可以有 65 页。这取决于动作和对白各自所占的篇幅比例。

如今，很多剧都变成五幕了，或者五幕加一个引子。这种剧本更短一些，差不多 48 页，每幕约 8 页。而 ABC 的《丑女贝蒂》《实习医生格蕾》这样的六幕剧剧本则更短，大约 43 到 45 页。再说一遍，应对不同剧作架构的最好方法是找来几集剧本仔细研读，然后围绕幕尾（插播广告处）来建构你的故事。

一小时剧的场景可以发生在任何地点。但是我经常告诉编剧们，一个场景不能超过两页半，这相当于剧中的两分半钟，3 页已经是极限了。为什么？太长的场景会使故事停滞不前，编剧很可能在依赖对白和阐述（exposition），而不是通过视觉画面和节奏来推动故事发展。

一小时剧中的每一幕都是一个独立的单元，有着自己的危机和高潮。自问一下，为了讲好故事，我在这个单元中要实现什么？它的要旨是什么？幕尾通常是高潮所在之处，也是插播广告的地方，你写的所有东西都要围绕着它来建构。

✏️ 创造悬念

医疗剧、法律剧、警察破案剧和动作剧可被划入单元剧集的范畴。这类剧的故事依赖外部事件的刺激。危机越大、对手越强、犯罪越严重，故事越有张力。

给你的主人公创造一个旗鼓相当的对手，这很关键。对手越强大，他们的作案手法越高超，你的主人公看起来就越厉害。比如《终结者2：审判日》（*Terminator 2: Judgment Day*，1992）里那个冷血无情的半机械混蛋，比如《嗜血法医》里那个让德克斯特着迷的杀手，比如《罪案终结》里那个玩弄布伦达副局长于股掌之中的连环强奸犯。这些角色的行动动机是什么？他们身上有什么迷人之处？他们的立体感体现在哪儿？多维度的角色对一个投销剧本是很重要的。不要写那种千篇一律、极度不真实的大坏蛋，制片人痛恨他们！

角色 + 戏剧需求 + 阻碍 + 冲突 = 情节

阻碍越大、冲突越强，剧本就越有张力。担任剧本顾问期间，我看到太多编剧在剧本中只顾自己方便了。如果你的剧本里写了一个秘密特工潜入高度机密的机构，别让她轻松地从一扇开着的窗子进去，如此轻松的设计必然会减少你的主人公的魅力，同时也降低你的剧本的可信性。很多时候，编剧都会屈从于"轻松"的诱惑。原因很简单，给角色制造太多困难意味着给编剧们自己创造麻烦。在这方面偷懒会让你功亏一篑的。

将你的角色逼向极限！如果你想抓住观众的话，那么就把你的主人公逼向悬崖边，给他制造一个插翅难逃的困境，一个不断加剧危机，让他为了保命而不得不悬在悬崖上，朝他扔石头，让他不得不松手，不到最后关头别让他得救。直到此刻，你的角色才会发挥他的（也是你的）智慧和才华设法逃脱。

从来没有人说这是个简单活儿！当我开始写那些有着老谋深算的坏人角色的悬疑故事时，我能想到的调查手段都不够好。我需要做很多艰苦的调研，绞尽脑汁来想出一些既聪明又内行的东西来。这没有捷径可循。

观众所处的位置

建构悬疑、危机有很多种方法。其中之一是将你的观众置于高处，就是让他们提前知道主人公身上会发生些什么。让我们设想一个情节：一对夫妇要去野营。作为编剧，我们提前创造了一头凶残的野兽，潜伏于他们前往的区域。夫妇俩抵达目的地，撑起帐篷，然后舒服地蜷缩在里面准备过夜。凌晨时分，野兽来到这里，毁掉了营地，将夫妇俩撕成碎片，把他们当早饭吃了。

我们把观众放在什么位置了，低处还是高处？高处。因为观众在夫妇二人露营之前就知道将要发生些什么了。

接下来，我们从露营者开始，设想另一种方式：将观众置于帐篷中，他们听到一阵噪声，外面有什么东西潜伏着。经过一阵可怕的沉静后，噪声再次响起，并接近帐篷。未经警告，这个未知生物突然出现。这里，我们就将观众置于低处了，因为他们是同露营者一起发现野兽的。

在大部分一小时剧中，两种视角都可以采用。《灭罪红颜》中，观众同林赛·博克瑟一起调查案件。但编剧在门后设置了一个等待林赛的杀手，让我们看到了他，而林赛上楼梯时却毫不知情。这制造了极强的紧张感。时常问自己这个问题：哪种视角效果最好？

另一种制造紧张感的方法是扣留信息，这可以让观众紧跟调查过程。记得有一次，我在写一个犯罪题材剧本时卡壳了。制片人让我给剧本中所有需要出现的信息列个清单，然后再回过头将这些东西串联起来。哪些是不能让主人公知道的？哪些是不能让观众知道的？哪些应该让观众知道，但是得扣留一部分的？哪些可以引发一个更复杂的难题？

在由线索驱动的剧集中，很多编剧选择从结尾处着手，然后向故事的开头回溯。如果你要给《豪斯医生》写一个投销剧本，首先选择一个疾病，然后从病征开始排除掉错误和疑惑的诊断，直到找到病灶，这样更容易写。我曾经询问《神探科伦坡》（Columbo）的一个编剧，他是如何创造出精巧的犯罪手法和出色的角色的。他回答：首先选择一个目标，然后围绕目标建构一桩犯罪，最后才构思角色。（我们会在之后的章节讨论如何创造角色。）

🖉 一小时剧的建置

除去一些连续剧，一小时剧的建置几乎都在第三或第四个场景中完成。

之前我们讨论过的《最佳拍档》由一个反复噱头开篇。很多时候，反复噱头就是一个很简单的小设计，因为你的角色总要在某时某地干些什么。斯达斯基正努力劝说赫奇投资他的某个"快速致富"项目，赫奇根本不买账。这时，警监多尔比打断了他们，又发现了一具尸体，死者死于番木鳖碱中毒（B 故事）。

到这里，这一场景占了两页半的剧本。接下来，我们切换到另一地点来保持剧情推进。多尔比说："还有其他事，来我办公室一趟。"

场景 2 中，两位警察得知《论坛报》的专栏记者 C. D. 费尔普斯将跟他们一起执行任务。这里，我们使用了一个简单的小设计，叫"直指要害"。观众可能会问："洛杉矶有那么多警察，这个记者为什么偏偏要采访他们？"通过指出问题所在并回答问题，我们使故事变得更加可信：

斯达斯基
他跟着我们做什么？

多尔比
写一篇名为《反主流文化的警察——新族类》的文章，分上下两篇发表。

赫奇
队长，你看，我们这里有两个杀人犯要抓呢……让他跟着别人吧。

多尔比
他喜欢你们的破案记录，他点名要跟你俩的。

　　一会儿过后，有人敲门，一个美女（A 故事）探进头来。两位主角互相看了对方一眼，得知这位美女就是专栏记者之后悔不当初。随后他们把多尔比叫到走廊，说愿意再考虑一下。开场结束。

　　《波士顿法律》综合了单元剧集（闭合）和连续剧（延续）的故事线，通常用一个冷开场（跟引子作用一样）作为开场。

　　苏珊·迪克斯（Susan Dickes）和吉尔·戈德史密斯（Jill Goldsmith）编写的《音乐剧：罗诉韦德案》(*Roe v. Wade, The Musical*) 是非常棒的一集。雪莉前夫的前妻米西告诉雪莉她疯狂地爱上了一个英俊的非裔美国人，并且怀上了他的孩子。问题来了：这位非裔美国人起诉米西在他不知情的情况下偷走了他的精液（A 故事）。

　　场景 1 中，杰里的前女友蕾找他帮忙为自己辩护。蕾被开除了，因为她作为老师在安慰学生的时候抱了学生一下，而这违背了禁止师生之间进行身体接触的零容忍政策（B 故事）。

　　场景 2，那个非裔美国人是艾伦的熟人，他说他无法接受和这个可怕的女人一起生活。在他看来，这个女人等于是强奸了他。在他小时候，父亲就是缺席的。这是他们非裔美国人文化中的通病，而他不想为这种风俗贡献力量。艾伦只好帮他想办法处理掉这个孩子。

　　场景 3 发生在法庭上。当对方的指控暗示蕾拥抱过学生多次，并且这种拥抱带有性意味时，杰里坚决地反对这一点。但是当检察官指出蕾近期被诊断患有某种恋物癖的时候，杰里对此一无所知。蕾解释道："就是一种会被某种物体吸引而产生性冲动的状况。"

　　场景 4，艾伦指控雪莉偷走了他的委托人的精液，他们希望她堕胎。听到这个，雪莉简直不敢相信自己的耳朵，她质问道："他知道罗诉韦德这个小案子吗？"艾伦说："知道，但现在最高法院不是正需要一个机会来推翻罗这个案子的裁决，而不会被扣上'反堕胎者'的帽子？"雪莉被艾伦的强词夺理气得不轻，准备用法律的手段跟他硬杠一场，她认为艾伦无论如何都没有权利要求法院判决一次堕胎。艾伦了解雪莉，从她的口气中，艾伦知道雪莉在挑衅他。

建置在场景 4 中完成了。A 故事是一个很棒的情节转折，这是一场针对女性选择权的自由主义抗争，并且其中还有明星主角们的私人恩怨。这不仅是雪莉和艾伦的抗衡，更是女性对男性的反抗。

✎ 建构幕尾

不管包含多少幕，所有的一小时剧剧本都是围绕幕尾建构的，并且幕尾的反转程度决定了剧情精彩与否，单元剧集尤其如此。

最近，我看了 CBS 的《铁证悬案》中的一集，名叫《亲密如贼》（"Thick as Thieves"）。这一集由五幕戏和一个引子组成，由该剧的创剧人梅迪雷·施蒂姆（Meredith Stiehm）和克里斯托弗·西尔伯（Christopher Silber）创作。该集的每一幕都在制造悬疑，建立起一个强有力的结尾，并且有一个大转折：

引子以一个美丽的女人走进一家乡村俱乐部，要求办理会员开始。18 年后，也就是当下，一个女流浪者被发现死在了费城街头。有人朝她脸上开了一枪。

从第一幕中，我们得知枪击源于一桩18年前的谋杀未遂案件。在那桩案件之后，我们以为是名流浪者的女受害者从昏迷状态中醒过来，成了植物人，在这个城市苟延残喘地活着。每个月都有人送她一个礼物包裹，里面有歌帝梵巧克力、鱼子酱和香槟。验尸结果显示，她曾在1989年左右做过盐水植入式丰胸，这在那个时候是非常昂贵的。第一幕结尾告诉我们，这位女无名氏在遭到枪击的时候经济状况良好，想杀她的正是当时在照看她的人。

第二幕里，女无名氏的身份确认了，合成照片上显示的是一位名叫马戈·钱伯斯的女人，30多岁时十分漂亮，不幸被人开枪打中了面部。现场没有目击者。通过丰胸盐水袋追踪到了一个整形外科医生，他记得马戈，他们是在一家乡村俱乐部认识的。

在一个闪回中，马戈喝大了，看到斯潘塞——一个男服务生正和泳池里的一个女人调情。马戈十分生气，和斯潘塞大声争吵，并把酒泼在了他的脸上。

莉莉和杰弗里斯追踪到了这个女人，她承认自己和斯潘塞有一腿，而且马戈威胁过他。她和斯潘塞曾想过私奔。闪回中，她和斯潘塞相约在一个秘密地点见面，她带来了5万美金现金。他们发现马戈正开车从远处驶来。斯潘塞跳进他的车，说要去引开马戈，并且承诺一定会回来，可是他再也没有回来过。在第二幕结尾，莉莉看到了一个犯罪记录，发现马戈是个假名字，她和斯潘塞其实是一对雌雄大盗。

第三幕里，警队追踪到了斯潘塞并且审问了他，他说自己对这种游戏早已厌倦。在另一个闪回中，我们看到一个男人走进斯潘塞和马戈的房间，并以她对男人的兄弟所做的事情威胁马戈。

斯潘塞从门后看到这一切，马戈拿出一把枪让男人离开。斯潘塞告诉警察，他意识到他们对人们做了什么，他感到厌恶，打算金盆洗手。他说他离开那天马戈吓坏了。他的故事能自圆其说。警队通过那个男人追查到马戈长大的拖车公园。他说他不是想伤害马戈，他知道马戈在干什么，并想告发她。他在马戈的房间里放了一个装置（一个录音机），当他回来取录音机时，却发现他们已经离开了。在第二幕结尾，我们了解到斯潘塞不是马戈的男朋友，而是她的儿子。

第四幕里，马戈想出了一个假死的计划。他们打算利用斯潘塞的女朋友，因为两人长得太相似了。斯潘塞的女朋友会把她的保险单受益人设定为斯潘塞，骗取保险后，他们就可以富裕地离开这个国家，然后过上他梦寐以求的正常生活。

乡村俱乐部的那个女人被确认曾在谋杀现场出现过，她被带来审讯。她说她花费了数周时间来追踪马戈和斯潘塞。她在汽车旅馆追上他们二人时，发现斯潘塞和一个女人进了房间，她不认识那个女人，但她看到斯潘塞朝那个女人开枪。窗帘放下后，她听见了第二声枪响，她赶紧溜走了。

在第四幕结尾，他们发现马戈的保险受益人在她遇害那天改成了莱纳斯·拉勒比（即斯潘塞）。而马戈，这位骗子大师，搬起石头砸了自己的脚。

第五幕里，莉莉找到了斯潘塞。他说他爱母亲，没有人像母亲那样理解他，而他想要的只是普普通通的生活而已。闪回中，斯潘塞的女友的尸体躺在旅馆房间里。马戈正在签保险单，让斯潘塞快点收拾东西。她转过身子，却发现斯潘塞拿着枪对着自己，斯潘塞的女友站在他身后。马戈求斯潘塞饶自己一命，斯潘塞无法扣动扳机，斯潘塞的女友抢过枪来，朝马戈脸上开了一枪。

在本集结尾，斯潘塞的女友承认开了枪。闪回中，她去了医院，看到斯潘塞站在昏迷的妈妈身边，斯潘塞没有听她的劝说跟自己离开。她看着马戈，这个女人又赢了，虽然一半脸绑着绷带，但剩下的一只眼睛怪异地瞪着她。

在《铁证悬案》这个例子中，每一幕都是以满足推动故事前进的需求来加以设计的，你可以清晰地识别出每一个幕尾。

在构思一小时剧剧本时，首先从宽泛的概括开始，确定好结局和终点。从大局开始总是比较容易的。一旦明确了前进的方向，就像安装了导航仪一样，接下来你就可以回过头来设计引导你去往目的地的每一步了。

我们将在第 8 章更深入地探讨这部分的内容。

循序渐进：开发一集电视剧剧本

现在我们已经学习了电视剧写作的工具、电视剧的钩子、半小时剧和一小时剧的剧作结构。现在我们怎样才能学以致用呢？什么时候才可以开始动笔写作呢？

首先，你必须仔细研究你决定要写的剧，去观看它，反复地看，阅读这些剧的剧本。如果这是个半小时剧，那么它是单机位的还是三机位的？如果是个一小时剧，它是四幕、五幕加引子，还是六幕？你对各个角色都要了如指掌。

接下来，不要仅仅停留在"有个想法"的阶段。花点时间，琢磨出一些聪明的、有创意的东西来，别去重复那部剧已经播出过的内容。有个好办法可以帮你规避这一点，就是上 IMDb 网站，点击这个剧名进去，在左侧一栏点击剧集列表，你会看到之前播出过的剧集的一句话梗概（log line）。

我经常会被问到：编剧应该如何开发一个创意？编剧的工作进程是什么样的？这里我们不说那些高深的理论，和大家共同回顾一个我写的剧本或许效果会更好一些。我在这里选取了一个简单的半小时剧来做例子，因为它的结构更轻巧，也更迅捷。这里要着重指出一点，开发半小时剧、一小时剧和两小时电视电影的工作进程是一样的。相信很多人都已经看过《三人行》的重播了，如果你没看也没关系。简单介绍一下，这个故事有三个主人公：两个女孩和一个男孩，三人都是单身，他们一起住在位于加州圣莫妮卡海滩的公寓里。

我知道这个剧的卖点是什么：胸、屁股、同居，以及已故的约翰·里特（John Ritter）创作的优秀"身体喜剧"（physical comedy）。在寻找创意过程中，我首先将目光转向了自己的亲身经历。没准儿真的有什么灵感迸发呢，能在我身上发生的事或许也能够发生在他们三人中的一个人身上。

我回忆起了我几年前遇到的一个法学专业学生，我们有过一次完美的约会，我们之间有着聊不完的话题。我当时觉得，我们之间可能会发生一些特殊的事情。我天天守在电话旁等着，但再也没有接到过他的电话。

一年之后，我差不多把这人忘得干干净净了，结果他打电话来了。一上来，他就道歉并解释了消失一年的原因。他说他没有通过司法考试，并且纠缠于学业和搬家而无法脱身。他的解释有理有据，我接受了，于是和他有了另一次约会。剧情重演，我再一次在电话旁苦苦等待，他再一次杳无音讯。又是一年花开花谢，他竟然又来电话约我。这个怪胎永远会在消失一年后才突然出现！即使全世界的男人都死光，我也不想再见到他了。

我问自己：这次惨痛的经历能够成为《三人行》的一个跳板吗？大家能产生共鸣吗？这里面有什么东西可以让观众联想到自己吗？当然可以！因为这个故事关乎抛弃，谁这一辈子没有被抛弃的经历呢？

从这一刻起，编剧开始对自己提出各种问题，然后再设法去给出合适的答案。这是谁的故事？杰克？珍妮特？还是克丽茜？

实际上，这个故事可以是他们之间任何一个人的，因为这个剧的卖点是他们三位明星。

我决定把这个故事给杰克，现在我有了一个故事梗概。

第一步：写出故事梗概，用一两行文字概括出这一集的大概内容：杰克的一位老情人回来了，他再一次爱上她，神魂颠倒。

编剧继续自问，以期让这个故事逐渐丰满、具体起来。这个在杰克的生活中走了又来的女人是谁？她做什么营生？如果她能够一时兴起忽来忽走的话，那可能是在航空公司工作。我们会喜欢她吗？这个故事应该如何结束？把各种可能性都权衡一下，哪一个效果最好？写作就是做选择题，选择越有趣，剧本越出色。

写一小时剧也是这个进程。我们在第7章读到的《铁证悬案》那集剧的故事梗概应该是这样的：侦探们努力侦破一个案子，一个从昏迷中醒来的女人最后死于18年前头部遭受的枪击。

第二步：确定每一幕的推动力，将每一幕看成独立的单元，简短地总结出那些驱动故事前行所需的东西。

第三步：确定每一幕的结尾。

第四步：看看目前为止你设计了哪些东西。在半小时或一小时的时间框架内，你的故事能完成开端、发展、结局吗？故事里有一个好钩子吗？建置是否迅速？明星是故事的关键吗？谁推动情节发展？角色们有什么私人恩怨吗？

第五步：用同样的步骤设计一个B故事。

尝试重新开解场景，你已经知道需要呈现什么内容，已经知道缺什么了。接下来的问题就是，你如何才能实现它们？

在确定剧本结构的过程中，逐一设计场景是关键所在。在这里，索引卡会帮你不少。

当你写好一幕后，尝试进行自我批评。自问一下，这一幕的建构足够有力吗？每个场景都能推动故事前进吗？角色与角色之间有足够的冲突吗？我在角色们前进的道路上设置了足够多的障碍吗？应该调整场景顺序吗？惊险悬念足够扣人心弦吗？先逐幕分析，最后再从整体出发看看整个剧本。故事连贯吗？故事情节顺畅吗？

在按照剧本格式写作初稿之前，还有一个步骤十分有帮助，我称其为"内心的声音"（详见第 12 章）。

连续剧和平行故事线

与单元剧集不同，连续剧及其平行故事线无法用简短的总结归纳将每一幕划分出来。编剧在心中把玩多条故事线，他们一开始也不知道故事将发展到什么程度。这种剧本的写作进程是这样的：

- 首先，你必须对这个剧集了如指掌。
- 观摩剧集，反复研究。粗略记下每一幕的各条故事线。有多少条故事线？按重要程度给它们排个序。看看它们是在哪里浮现的。
- 买上几集剧本，然后尝试分解它们。有时你可能买不到你想要买的那一集，但是每一集剧本的结构都是一样的。例如：《兄弟姐妹》通常都是六幕，有五条平行故事线，故事 ABCDE。开场中，故事 ABC，有时还有故事 D 都建立起来了。

- 从用一句话梗概概括第一条故事线开始。例如：一段浪漫关系在诺拉和艾萨克之间萌发。用不超过 3 个场景来分解它：开始、中间、结尾。艾萨克因为一次灾难般的家庭聚餐而不再联系诺拉，诺拉很伤心。她听从凯蒂的建议，邀请艾萨克共进午餐。他不能赴约，但邀请她一起晚餐。艾萨克和诺拉都意识到他们之间要发生些什么了。

- 按同样的步骤处理所有故事。

- 准备一些索引卡、小黑板、图钉啥的，或其他任何能够帮助你梳理故事线的东西，按照开始、中间、结尾的顺序，把每一幕都梳理出来。看看故事是如何布局的。

- A 故事一般可以分解出 5 个场景，B 和 C 故事分解为 4 个场景，D 故事分解为 3 个场景。斟酌一下，看看有什么具备可行性的内容。

还有一个学习平行故事线的好方法。你去复印一集剧的剧本，把每个故事都剪开，再将各个独立的故事粘贴在一起，然后研究它们。看看每个故事持续了多久，它们是如何发展的，编剧是在哪里剪断它们的。

非线性故事创作是一个挑战，但也有许多乐趣。分析这些剧本时，你就是在向最棒的作品学习。

不过这里要指出一点，我告诉你的所有事情都有例外。

掌剧人凯文·福尔斯说，当为《白宫风云》创剧人、编剧、行政制片人艾伦·索金工作时，索金不允许"故事 ABCD"这样的字眼出现在他的工作室里。不过你要知道，他可是艾伦·索金，这个人打破了电视行业的所有规则。如果他想在第三幕开始一个故事，然后在第四幕结束，他会直接这么做。

如果你有艾伦·索金或戴维·E. 凯利（David E. Kelly）的水平，你也就不需要这本书了，你可以做任何你想做的事情。现在的你只管写就行了！

[第 9 章]

创造吸引人的角色

结构把故事固定在合适的位置，然而却是角色带你逐行字、逐个场景地贯穿整个剧本。在写电视剧剧本时，你的任务是深入了解角色；在为公共电视台和有线电视网创作试播集和电视电影时，你的任务则是创造角色。

　　在你确定了故事"脊梁"、时间框架和故事转折点的那一刻，角色自己就会告诉你故事的走向。接下来，我将用一个我写的恐怖故事来说明这一点。

　　在我和我的搭档浸淫电视剧行业多年后的一天，一个制片人［已故的菲尔·曼德尔克（Phil Mandelker）］给我打电话，他让我们开发我们的第一个本周电影剧本。

　　故事的跳板是为两个女主角打造一部肥皂剧风格的杰作，要有衍生出电视剧（也就是我们之前提到的后门试播集）的潜能。两个角色在一起长大，经过了长时间的分离之后，再次相遇了。她们两个迷上了同一个男人，而这导致了一场旧恩怨的爆发。

　　菲尔给我们大体勾勒了一下这两个角色。围绕着角色，我们反复思考了很长时间。后来，菲尔让我们回家去，将这两个角色塑造得更完美一些。我们决定从莎伦，也就是那位身居要职的公司高层入手。

在那之前，我们只有电视剧剧本的写作经验。要知道，电视剧里的角色在很大程度上是已经被设定好的，我们直接拿过来用就行了。最终，我们写了好几页，然后回去见菲尔。我永远忘不了那天的场景，我们坐在菲尔的办公室里，看着他读我们的文字。过了一会儿，他抬起头来看着我，问道："这也能叫编剧吗？"

那是我永远无法忘记的噩梦之一。我当时恨不得从阳台上跳出去，但我担心这种戏剧性事件在华纳兄弟公司的片场里已经司空见惯了，压根就不会有人注意到。那样的话，我只是自取其辱，还白白搭上一条命。

前事不忘，后事之师。前提是你别再犯类似的错误。我很高兴地告诉你，我没再犯过。

菲尔并没有炒我们鱿鱼，而是邀请我们去他家商谈。在那里，我们用两个星期的时间开发出了我们的角色。我们决定从莎伦的背景生活（back life）着手，而这也仅仅是个开始而已。

✏ 角色的背景生活 / 当下生活

莎伦的背景生活，是指在电影故事开始之前，她的生活中发生或出现的所有重要事情。她父母是谁？他们有多少钱？他们在哪里生活？她和兄弟姐妹有竞争吗？她在学校受欢迎吗？她的成绩怎样，是学霸还是学渣？

菲尔问："她的第一次性经验是在什么时候？她的男人缘怎么样？哪个邻居是她的朋友？她住在马路哪一边？她去什么教堂？"

他反复地问着诸如此类的问题。

我和我的搭档大眼瞪小眼。当时我们觉得，如此这般抠细节有点荒谬，绝无可能将这么多的细枝末节塞进两小时的剧本里。我看不出诸如"莎伦出生时她父母有多少钱"这样的事情对我们的剧本能有什么影响。但是既然菲尔这么说了，我们也就只好硬着头皮干下去。毕竟他是制片人，我们只是编剧，当然不能得罪他，我们又不是傻子。即使最后写不出什么，至少我们建立了一个良好的合作关系，虽然他这人有点奇怪。

会议继续，我们转向了莎伦的当下生活（present life）。

当下生活，是指从电影故事开始起，所有跟角色有关的重要事情。在电影中，塑造角色的方法只有三种，就是通过呈现角色的职业生活（professional life）、个人生活（personal life）和私人生活（private life）。菲尔命令我们用之前的专注和细致程度去设计这三种生活。

说来也奇怪。随着时间的推移，我感觉自己渐渐被这些会议吸引住了，我甚至开始期待它们。我发现我开始越来越多地关心莎伦。在往返于我位于西湖村的家和菲尔住所的长长的路途中，我开始好奇莎伦是如何跟剧本中的其他角色联系并相互影响的，我甚至开始想象她会如何与我自己生活中的人交往，就好像她存在于我生活中某个看不见的地方。

亲，她母亲逆来顺受地跟她父亲生活在一起。父母给她带来了无尽的羞辱，影响了她的学校生活，导致了她早年性生活的混乱及各种不可告人之事，也教会了她用身体换取事业上的晋升。我开始像闺密一般了解她的一切，我可以把她的成长经历写上好几页纸。我知道使她的人生发生转变的特殊时刻，我甚至知道她最爱的颜色。

一天，菲尔问我："她办公室看起来怎样？"

我回答："非常精致！"

他大声吼："'精致'是个什么鬼？"

我吓了一大跳。菲尔逼迫我视觉化地思考问题，突然间，我被训练得像拍电影的人一样思考。

于是，莎伦的办公室不再仅仅停留在"精致"的层面上了，地面铺着大理石，柔和的墙面，挂着雷诺阿的画，摆着路易十四时期的桌子，一切都奢华大胆。总之，这间办公室异常古怪，又极度女性化，十分符合女主人的性格。

一下子，文思如泉涌。各种画面开始在我脑海中浮现，并进而成为故事发生的地点。莎伦生活中可能出现的人物开始一个个跳出来，并成为我的电影中的角色。

当时我们还没意识到，实际上构思角色的过程也是构思故事的过程。当我们设计出角色的时候，故事也随之诞生了。

这个名为《加州重逢》（*California Reunion*）的项目最后没有被通过，但它是我最爱的项目之一，并且是我人生中一段无价的经验。7 年之后，我的生活遭遇了一次大变故。《加州重逢》这段经验帮助我渡过那一次人生低谷，因为剧中一个角色的经历和我十分相像。

我和搭档继续参与了很多其他项目。我们不停地工作，如果我不是在写作的话，肯定就是在思考写作，一天都没有停下来过。有一次我和丈夫正在欧洲旅行，我却被主管叫回来修改试播集。这一行的负面影响开始在我身上出现了：截稿日的压力，对自己的作品几乎没有掌控力，和那些不好惹的苛刻主管打交道等。我不再期待下一份工作，而是开始感到恐惧，因为我知道工作量有多大。和搭档的相处也越来越难，压力也开始影响到我们的工作质量。

当时，我在电视业中挣的钱全都投入我丈夫的生意中去了。当时原本运行得好好的公司，一下子濒临财政崩溃的边缘。记得有一次我去拜访一位冥想大师，他问我想得到什么，而我的回答是开悟。我多希望自己没这么回答，如果可以的话，我希望收回我的请求。

一年之后，我先后经历了离婚、破产、与搭档分道扬镳。我搬到了蒙特雷半岛，成了一个单身妈妈。

一天，一个朋友邀请我去给他的大学写作课程做讲座。从此，我开始了五年的教书生涯。起初一段时间，这个工作十分惬意，但是我越讲剧作，我就越怀念它。我怀念这个行业，怀念提案会议，怀念在肾上腺素冲击下冲向摄影棚的那种兴奋，怀念我的名字出现在荧屏上。坦白说，我也怀念那份可观的收入。但更重要的是，我怀念写作。

我想再试一次，但是怎么做呢？我已经很多年没有署名作品了。自打我离开好莱坞，我竟然愚蠢得没有跟之前的熟人保持联系，我甚至连个经纪人也没有。看样子是得从头开始了，我得去写个投销剧本，可是我不知道要去写什么。然后，忽然有个点子击中了我。

写自己了解的事情！我基于自己的破产经验着手创作了一个喜剧。我将其命名为《大事不妙》（*Belly Up*），我用在《加州重逢》中跟菲尔学到的方法来开发我的主人公亚历克斯·霍尔曼。

　　我先着手设计亚历克斯的背景生活。我设定他出身一般，但生活得还不错。他有魅力且聪明，没尝过为生活所迫的滋味。他依靠学生贷款上了斯坦福大学。在那里，他遇见了杰里·韦纳，杰里是一个理想主义的医学预科生，他的理想是成为一个整形外科医生。他幻想某天自己可以给烧伤病人做微显手术，去攀登喜马拉雅山，去偏僻的村庄，为那里的麻风病人服务。

　　在剧本开头，杰里反倒是成了贝弗利山庄的一名成功的整形医生。他开着法拉利，娶了一个能够彰显他成功地位的模特妻子。他那奢华的办公室就像战区医院一样，充斥着绷带、抽脂手术和各种植入物。他倒也曾设法去过一次喜马拉雅山，不是出于内疚，而仅仅是因为他说过要去。他喜欢成功带给他的舒适和愉快。

　　电影的第二幕开始于哈里的小馆。亚历克斯刚刚破产，杰里的妻子也离开了他。他们喝着马提尼酒，把玩着橄榄，自怨自怜地回忆着他们在斯坦福的旧时光：他们曾把下体护具染成古铜色，然后送给了女生联谊会的女舍监。这一场景来自我为亚历克斯设计的背景生活。

　　根据我的设定，亚历克斯在斯坦福遇到了他的妻子费利西娅。费利西娅出身富贵，但这不是亚历克斯娶她的原因。她是他所钟爱的那类女子。在亚历克斯决定带着老婆和女儿布鲁克搬家到洛杉矶之前，费利西娅一直开心地在加州湾区生活。

　　之后，在破产法庭上，这位娇生惯养的大小姐彻底崩溃了。她之前是个不折不扣的富家小姐，可如今却负担不起嘴唇填充手术和健身私教，还因为去公共健身房而染上了足癣。她大叫："你个婊子养的，我从没想过离开帕洛阿尔托！"这句对白也来自亚历克斯这一角色的背景生活。

当亚历克斯搬到洛杉矶后，他不得不为两个保守的犹太土地开发商工作，这两个人是哈伯曼和赫恩。亚历克斯高亢的工作热情和创新的工作思路给公司注入了一针兴奋剂。他为哈伯曼和赫恩挣了不少钱，反过来，他们管亚历克斯叫作"聪明的异教徒"。

电影开始时，赫恩去世了。3个月前他死于心脏病，他的门上仍挂着黑布条。哈伯曼沉浸在巨大的悲伤中，不能自拔。他保留着一张过世老友的照片，照片放在空空荡荡的办公室椅子上，他还在商业会议时对着照片说话。

与此同时，哈伯曼想和路过办公室的任何一个女实习生做爱，他需要通过性爱来感受自己还活着。不消说，哈伯曼不稳定的情况让投资者们都很担心，亚历克斯独自承担起了维持公司稳定的重任。

在设计亚历克斯的背景生活的过程中，我给我的电影创造了4个次要角色：杰里，受到挫败的整形科医生；费利西娅，娇生惯养的妻子；布鲁克，被宠溺惯了的青春期女儿；哈伯曼，神经兮兮的合伙人。

在经济方面，亚历克斯敢于进行冒险的尝试。他的人生信条是"生活就是赌博"，并且他是赢家。我认为持这种态度的人敢于在高尔夫球场上下相当重的赌注。在剧本的开始部分，他刚赢了一场上千美金的赌博。一会儿过后，他因为推杆失误，不仅输掉了他价值5000美元的劳力士手表，并且必须裸体跑向停车场。在那里，警察看见了他，并以"有伤风化的裸露"罪名逮捕了他。

亚历克斯的背景生活结束了，我转向了他的当下生活：我的角色的职业生活、个人生活和私人生活。

✏️ 职业生活

一个角色的职业生活远不止一间办公室或一个头衔那么简单，它是一系列运动画面，而不仅仅是某一个地点。职业生活为角色设定了一套日常程序，比如他的闹钟设在几点，他吃什么早餐，还规定了他住的房子，他习惯去的星巴克，他点拿铁的方式，以及他开车上班的路线，诸如此类。

当你的角色抵达工作地点时，地下停车场里有给他预留的车位吗？有看门人迎接他吗？办公室在几楼？他步出电梯时，走廊有多宽？抵达办公室时，看门人对他说了什么？办公室里，有多少秘书在工作？多少电话在响？墙上的照片暗示了什么？

我需要建立起亚历克斯从事地产开发行业的场景。编剧面临的挑战是要时刻想着如何展示而不是讲述，所以我决定在办公室外面挂几张公司业务的照片，比如：3位合伙人为一个新超市剪彩、推土机清理工地、亚历克斯戴着安全帽在垃圾掩埋场等。每张照片都提供有关这家公司的更多信息。房间的一个角落，摆着当前一个名为"霍尔曼山庄"的地产项目的楼盘模型。

你的角色的秘书是谁？他们关系怎样？仅仅是工作关系吗？他们是好朋友吗？还是更亲密一些？角色的合伙人是谁？他们跟谁共事？记住，这些人都可能成为你剧本中的角色。写谁或不写谁？脑子里要想清楚。

✎ 个人生活

一个角色的个人生活就是除开他工作和私人生活的所有事情。想想你自己的个人生活，里面有哪些人？你如何与人交际？你的爱好是什么？你经常去哪里闲逛？你的个人世界看起来怎样？

让我们从家庭开始。你的角色结婚了吗？他娶了谁？他们关系怎样？他们谈论什么？他们的性生活是情之所发，还是每周末例行公事？我们都参加过派对等社交场合，在那里我们可以看到那些假装开心、关心对方、关爱对方的夫妇，而实际上他们之间明显体现出一种无法言说的紧张。他们隐藏了什么？他们向对方展现什么？又向外界展现什么？

同样，我们也见到过那些经常斗嘴、互相取笑、让对方不好受的夫妇，但在他们之间的行为举止背后，我们仍可以感受到一种潜在的爱意。人们的行为既然受群体意识影响，在有伴侣的时候，也会受伴侣意识、对话方式、行为习惯和独特的互动模式影响。

越亲密的关系之间，人们越能触动对方的情绪开关。什么是你的角色的情绪开关呢？是孩子吗？他们有孩子吗？孩子怎么样？父母怎么同他们交往？交往过程中父母扮演什么角色？玩伴？朋友？孩子和父母相处得怎样？孩子是大大方方地站在父母面前，还是偷偷躲在父母身后？

亚历克斯有个女儿，叫布鲁克，14岁，深谙贫民窟时尚，精灵古怪，以自我为中心。她痴迷摄影，喜欢拍一些无生命的静物照，她可以从20个不同的角度拍一个苹果。并且，她还是一个掩饰新文身的天才。尽管父女二人爱着对方，但对布鲁克而言，老爸主要是她的提款机。当亚历克斯破产，能给予女儿的只有时间的时候，一切都会发生变化，这也是他们开始互相了解对方的时候。

确定你的角色之间的关系，以及这些关系是如何随故事发展而发生改变的。

另一条进入角色个人生活的途径是通过朋友。他们是谁？角色同谁交际？在大学期间，亚历克斯选择了杰里。他们有很多不同，亚历克斯想要物质生活，而杰里则显得更加神秘，有点理想主义。是什么把他们联结在一起呢？是年轻、斯坦福和女人！在当下，两个人好像都活成了对方。杰里完全陷入了物质世界，并与随之而来的压力抗争。亚历克斯则会失去他的财富，必须要找到一些更有意义的东西。

✏ 私人生活

你的角色在周围没人的情况下会做什么？独处的时候，他们是什么样的人？通过私人生活的一个瞬间，我们可以窥见这个角色的灵魂。

在由亚历山大·佩恩（Alexander Payne）和吉姆·泰勒（Jim Taylor）精心编剧的《关于施密特》（*About Schmidt*，2002）中，由杰克·尼科尔森（Jack Nicholson）饰演的施密特这一角色非常有层次感。施密特退休之后，感到十分空虚，生活不再充满意义，引起了观众的深切同情。也许你会说是杰克·尼科尔森的精湛演技才造就了施密特，但反过来看，也正是施密特这一角色给了杰克发挥自己才华的空间，他才愿意去饰演他。

这部电影有很多私人生活时刻。我们看着施密特艰难地度过了退休仪式，看着他与丧失自尊苦苦斗争，毫无目的地生活着，以至于每天早上都要努力寻找一个起床的理由。接下来，我们还看到失去妻子的他被迫独自面对退休后的新生活。我们和他一起笑，也和他一起哭，尽管不愿意承认，我们还是渐渐喜欢上了他。不管我们每个人的生活有多大差异，我们都认同这个角色的徒劳感以及他身上的人性，并为之深深感动。

电影从一个私人生活时刻开始。施密特坐在一个干净的、没有窗户的办公室里，抬头望着钟表，转动的秒针在为他的退休时刻倒计时。伴随着每一声嘀嗒，我们可以感受到生命的流逝，我们可以感受到他的恐惧。当钟声响起，他站起身来，最后一次环顾办公室，然后关上门。这是一个美妙的隐喻。

托尼·索普拉诺是一个残忍的黑帮老大，他是一个众多矛盾的综合体。他爱妻子，但又可以无情地出轨；他撒起谎时随口就来，但又信守诺言；他不允许任何人冒犯或者伤害他的孩子，但私下里又为儿子 A. J. 遭受的家族诅咒而焦虑。在他良心乍现的时候，他也会为之斗争，并且也寻求帮助。他在儿童时代受过精神创伤，他也有过成为一个良人的机会。

原本，我希望能从托尼身上挖掘出更多人性的一面。没想到，在第六季名为《肯尼迪和海蒂》(Kennedy and Heidi) 的一集，托尼在一个私人生活时刻里杀死了自己的侄子克里斯托弗。他们在一处荒凉的公路上出了严重的车祸，克里斯托弗受了重伤，托尼顺势杀死了他。克里斯托弗摔下货车，成了累赘，托尼用手捂着他的口鼻导致他窒息而死。当他做这些时，他的眼神如同肉食动物一般，冷血无情而毫无生气。这一幕就这么简单结束了。我知道我看错了他，这一场景让我背脊发凉。

有史以来最好的剧本之一是获得奥斯卡奖的《普通人》（*Ordinary People*，1980），由阿尔文·萨金特（Alvin Sargent）改编。在这个剧本中，阿尔文通过一系列私人生活时刻为我们打开了一扇窗，窥见一位母亲的灵魂。在其中一个私人生活时刻里，贝丝从前门走进来，阿尔文着重指出了她的完美身材。她走进她那整洁、有序的厨房，打开冰箱看向里面。

这里有一个冰箱内部的特写，我们可以把冰箱里的东西视为一个贝丝的隐喻：阴冷、空荡荡、整齐划一，被保鲜膜完美地覆盖着。她关上冰箱门，在门廊拿起一堆毛巾走上了楼梯。在楼梯顶端，她发现了一个花架，这个花架摆放得稍微有点歪，她轻轻地把它往右移。

接下来，她走进卧室，把毛巾放到一边。然后阿尔文写道："贝丝忽然想起了什么。"她走向她那完美的桌子，拿出完美的铅笔，草草记下了一个笔记。给笔记一个特写："别忘了约翰逊的圣诞节。"

这个女人对外表过分地在意，在接下来的剧本中，她丈夫说她甚至会问他在儿子的葬礼上穿什么。

我们第一次见到洛奇时，他刚结束了一场拳赛回到家中。在他破败的公寓里，一个破旧床垫被将就着当拳击袋来使用。他把宠物龟的缸和宠物鱼"白鲸"的缸放在一起，为了让它们能互相做个伴。我们可以感受到他的孤独。

他冲着镜子，看着自己布满瘀青和擦伤的脸。镜子旁边是一张他儿时的照片，那时的他天真无邪。他看向照片，然后再看向镜子。他习惯性地从冰箱里取出冰块敷在瘀青处，然后沮丧地躺在床上。我们被这个私人生活时刻打动了，我们倾心于这个男人，在电影接下来的部分里，我们都将支持这个男人。

在《充气娃娃之恋》中，南希·奥利弗把拉斯刻画成一个精神受到创伤的年轻人，他住在哥哥房子后面的车库公寓里。我们第一次见到拉斯时，他在为去教堂而精心打扮。拉斯看向窗外，很明显，他与这个世界格格不入。他房间的摆设极其朴素：一个杯子、一个盘子，以及从他小用到大的旧式家具。在教堂，我们看出他是个好心人，经常为他人做这做那。人们都喜欢他，但他却显得十分害羞和尴尬。独自一人的深夜，南希让他关着灯坐在车库公寓的床上，仍然穿着去教堂时的服装，而此时已经是凌晨四点。他一动不动，醒着坐了一夜。过后，当拉斯去购物中心闲逛时，他毫无目的地走着看着，眼中只有那些在饮食区挑选商品的家庭和夫妇。南希写道："他感觉他的孤独已经成为一种生理疾病了。"

✏ 主导特征

现在，你拥有了关于你的角色的所有信息，你通过他们的职业生活、个人生活和私人生活了解了他们的背景生活和当下生活。你应该如何使用这些信息，并将其用影像的方式表现出来呢？为了达到这个目的，我们来谈一谈主导特征（compelling characteristic）。

思考一下你的角色，他的哪个特性是最具主导性和深刻性的？他受身上什么品质影响最大？乍一看来，这个工作或许有简单化的嫌疑。你也许会觉得集中在一个令人瞩目的特性上会使这个人物扁平化。

这听起来有点简单化，但是这一策略可以让编剧的写作保持在正轨上。而且这也不意味着你的角色是单维度的，而是说在角色的多个层面中，有一个是最具主导性的，你的任务就是尽你所能去突出它。

对施密特来说，他的主导特征就是找到生命意义的需求。当他失去了妻子和工作之后，他决定独自开车去丹佛，阻止女儿嫁给一个错误的人。他希望自己有价值，希望在死之前能够改变某个人的生活，这就是他生存下去的希望。这一需求成为贯穿电影的驱动力。

对于《普通人》里的贝丝来说，她的主导特征就是她的完美主义。她的强迫症被阿尔文在剧本里完美地刻画了出来。贝丝的身材是完美的，她的持家之道也是完美的，所有事情都井然有序，即使花架也要轻微挪动一下，以达到"十分完美"的标准。贝丝很少有情绪化的表现，因为情绪是混乱的，而这有悖于她的完美主义。

尽管她的儿子康拉德有十分严重的情绪问题，贝丝却不希望他接受治疗。她同样排斥家庭咨询，因为这会暴露她并不是那么完美的妈妈。最终，康拉德终于走出了兄弟的意外沉船事故带来的负罪感和悲痛，跟自己和解，他的父亲也是如此。成长总是伴随着不快和痛苦，所以在片末，贝丝因为不能适应改变而选择了离开。

洛奇的主导特征是他的怜悯之心。编剧西尔维斯特·史泰龙（Sylvester Stallone）几乎在每一个场景中都展现这一点：洛奇将酒鬼拖下马路，劝说不良少女回家，停下脚步和宠物店里被遗弃的动物说话，他甚至有意把乌龟缸和金鱼缸放在一起，以求让二者互相做个伴。他给放高利贷者当保镖去讨债，却给了欠债者另一次机会。他在一个平平无奇的姑娘身上发现了美，甚至对他的对手阿波罗·克里德也没有厌恶之情。哪个人不会为这样的角色着迷呢？我们是如此关心他，以至于最后 10 分钟我们都想加入拳赛去帮他胜出。

拉斯最迫切的愿望就是做个普通人。他的愿望如此强烈，以至于他不知不觉地和网购的充气娃娃产生了一种幻想的关系以期治愈自己。

我为亚历克斯的主导特征思考了很久。他成功的原因和失败的根源是一样的，就是他的狂妄自大。

亚历克斯对他自己以及全世界的看法就是，生活是一场赌局，而他是赢家。我将这一人生态度贯穿剧本始终，赢家亚历克斯如今变成了输家。他总能做成大事，是因为别人替他把小事处理好了。别人替他付账单，替他洗衣服，甚至替他安排约会。他只需要做好一件事，就是挣钱。而现如今他不能这么潇洒了，虎落平阳，为诸如洗衣服这样的小事愁得焦头烂额。亚历克斯的主导特征制造了这个剧本的所有笑料，我一有机会就会把它拿出来调侃一番。

写作时，你要定期回顾一下对角色的塑造。你会发现一些创意和想法会自己跳出来，跳进你的脑袋里，对白也是如此。你所做的一切都会有回报。

经常有编剧问我，塑造次要角色和小角色需要投入多少精力。实际上，一旦你保质保量地完成了主人公的塑造，剧本的其他工作就水到渠成了。在亚历克斯的角色小传中，杰里、费利西娅和亚历克斯的合伙人都介绍得明明白白了。

塑造次要角色不需要投入过多精力，但你也可以使用主导特征，即使是那些一闪而过的小角色和跑龙套的。给每个角色一个观点或态度，这是一种非常奏效的方法。

第 10 章

电视试播集

总有一些新编剧喜欢到处宣传自己有一个伟大的电视剧创意，类似这样的话我听了太多太多。试想一下：一个没有作品播出记录的不知名编剧，能否凭借一个试播集的投销剧本打入这个行业，并且剧本能成功得以制作并播出？答案是一点儿可能都没有！这一行就是这样，跟你的剧本质量无关。

　　不过也有好消息，如今的经纪人和制片人对于审读新人编剧的试播剧投销剧本越来越持开放态度，以期能找到一种原创的、新鲜的声音。如果你希望通过写一个试播剧投销剧本来展现你的创造性的话，尽管去写吧。但是我要警告你，这是一个令人畏惧的挑战，哪怕对那些有经验的编剧来说也是如此。也许你会觉得你能创造出一个"新世界"，创造出某种有趣的钩子或架构，塑造出带有独特声音的魅力角色，或者你觉得你可以无视严格的时长限制搞创作。但是我要告诉你，如果这样想的话，你要么大胆妄为，要么是一个世人瞩目的天才，这两者中的任何一种情况都对你在这个行业中谋生有好处。

　　如果你想赌一把的话，我认为最好的选择是写一个后门试播集，这是有潜力衍生出电视剧的电影剧本。但是你在创作的时候，不能把"衍生"这事表现得太明显。还是让那些潜在的买家操这些心，让他们自己去发现衍生电视剧的潜力吧。否则，审读人会毙掉你的剧本的。

有后门试播集在手，你可以通过两种方法来推销你的作品。一般说来，相较于试播集投销剧本，电影剧本被审读的概率更大一些。让你的经纪人或代理你的作品的制片人知道你的意图，并且让他们以自认为合适的方式去处理剧本。倒是也有过这样的先例，某个新编剧写了一部成功的电影作品，这部电影还被改编成了电视剧，那就可以绕过传统的试播集阶段。但这种情况可谓凤毛麟角。如果好莱坞嗅到了钱的味道，所有规则都可以被打破。如果一个绝佳的剧本最终被幸运地递送到某位感兴趣的电视台主管面前，电视台会找一个掌剧人来领导这个项目。这样，这位原创编剧可以得到一定的署名。但如果这个剧真的运作起来，掌剧人还是会找一些有经验的签约编剧去加以处理的。

✏ 概　念

和凯文·福尔斯见面时，我们聊了聊他的《时间旅人》这部剧。我问他创意的起点在哪里，是从某个角色开始的，还是从创造出来的这个"世界"开始的？他回答是"世界"。他说他喜欢去那些没有去过的地方，喜欢在一个不寻常的地方或者任何一个能够孕育精彩的故事、多彩的人物的地方工作。

他在《时间旅人》中创造的那个世界有别于我之前看过的所有科幻作品中的世界，它有一种完全现实的感觉。在这部剧中，角色远比时间旅行装置重要得多，并且剧中很多冲突都对家庭产生重大影响。主人公丹·瓦萨为了弄清楚在他身上发生的事情，不停地在不同时间和地点之间穿梭，观众为他的发现而着迷。在观众和丹的共同旅行中，不断有未知的事物出现。

在我和搭档依照合约开发电视剧期间，我们在大型电视网开过很多次提案会议。通常在一开始，我们先用两三行的提案推销词来总结我们的故事概念。接下来，我们会简单讨论一下我们所创造的这个世界，也就是让这个创意与众不同的元素，包括它的基调、寓意及有趣之处。

是什么使概念成为一个故事？是角色！角色为概念注入生命力，使其鲜活起来。角色还提供了推动剧集前行所必需的冲突。谁能说出《急诊室故事》《实习医生格蕾》《律师本色》和《波士顿法律》的概念是什么？估计没人可以！我们所记住的只有角色。

在剧集中，我们总是看到完全不同类型的角色被捆绑在一起，比如前法官和前骗子、循规蹈矩的人和离经叛道的搭档、互相吸引但总也走不到一起的男女。为什么？将他们置于家庭、工作或性别之间的冲突中，这些带着强烈冲突的角色就等同于无休止的故事线，也就支撑起了一部剧集的长期播映。《老友记》就是一个绝佳的例子，是角色在起作用。不管你有 1 台摄影机还是 12 台，这一招总是那么好使。

我和搭档曾开发过《共同基础》(Common Ground) 这部喜剧的试播集。那个时候，国家的利率上涨得飞快，导致年轻夫妇们纷纷在房价下跌 10% 时就买下一处公寓，因为他们担心如果不这样做的话，他们以后可能什么都买不着了。我一直在思考一个问题，在这场全国性的困境中，有一个十分应景的概念可供电视连续剧开发：除了上帝和苹果派之外，美国梦中还有什么比不依赖信用卡生活和拥有自己的家更重要呢？

这个试播集的概念集中在三对 20 多岁的上班族夫妇身上，他们都没有孩子，不惜任何代价地追求好的生活。这三对夫妇有过一些交集，其中几位上过同一所大学。有两个妻子是一起长大的闺密，其中一人还和另一人的丈夫约会过。这个试播集的整个概念都依赖生活在公寓里的这些人。他们是谁？

✎ 充实这个概念

塑造角色有两种方法，一种是我们上一章谈到的"从零开始"，另一种是把我们认识的人们糅合起来，这十分有趣。在创造性上，很多时候人类的想象力比不上真实的事情。我问自己，第一个公寓里该安置个什么人呢？

在我的朋友、熟人、家人中，谁有那种可供我加以夸张和强化的有趣的主导特征呢？我哥哥的形象一下子跳入了我的脑海。八岁时，他就决定要成为一个百万富翁了。在别的孩子还在读连册漫画时，他就开始订阅《华尔街日报》了。他曾经借了我父母的车，把车开到洗车店，就为了体会给洗车员小费时的那种兴奋。

我哥哥买的第一瓶酒是拉菲，父亲得知他为这瓶酒花了多少钱时差点昏过去。他的第一份工作是在南加州的一个乡村俱乐部做球童，之后他成了那里最年轻的会员，他的高尔夫球友投资了他的第一个项目。

说句公道话，除了我跟你说的这些之外，我哥哥的个性中还有好多个方面。他是一个高尚的人、一个慈爱的父亲，他的成长过程也值得称道。但是咱们实话实说，谁会对这些感兴趣呢？

编剧的目标绝不是复制一个人，而是选择一个或几个特定的品质加以强化，以创造出一个角色。以我哥哥为原型，搭档和我创造出了一个名叫托尼·伯曼的角色。

托尼是一个地产经纪人，他看起来、感觉起来、思考起来、表现起来都是个成功人士。除了钱，他几乎拥有所有"高富帅"的标配，比如豪车，比如乡村俱乐部会员，还有其他。他声称这些"玩具"是他的生意的必需品，但实际上，这只是他奖励自己的借口。

在与人相处时，托尼有点天真。他总是寻求公正，并且经常因为他的口才天赋而成为一个仲裁者。在他越发没有安全感的时候，他就越发依赖他的冗赘措辞。他易冲动，并且常常赌运气。

作为托尼·罗宾斯及其他励志人物的信徒，托尼的人生哲学是心诚则灵。他相信生活是一场赌局，他是其中的赢家，他坚信自己会成功。为什么不呢？他做的一切都合乎道德，所有像他一样正直的人都会得到上帝保佑的。

在把托尼置身于第一个公寓之后，我们开始思考给他安排一个什么样的邻居。这个同托尼不断发生冲突的角色应该和托尼一样出色。

住在第二个公寓的这个人，要能够提供更大的冲突，他和托尼互为衬托。什么角色会成为托尼·伯曼的对立面呢？我的一个朋友具备这种特质，他从不相信捷径，总是循规蹈矩，上学期间总是在优秀学生名单上，越界的事一点都不干。他带着荣耀从加州大学洛杉矶分校毕业，娶了一个梦想成为家庭主妇的女人为妻。起初买了一所小房子，然后慢慢换成大的。这是一个完美的角色，因为他恰恰是托尼人生哲学的对立面。一个是"富贵险中求！放手去干吧！"，而另一个是"小心驶得万年船！别找麻烦，这样才能成功！"。想都不用想，这两个角色之间会发生数不尽的冲突，可以提供无数条故事线。

这一次，我们又使用身边的人作为原型。编剧的工作是创造"源自生活，高于生活"的角色。我们给他取名迈克尔·凯勒格鲁。

> 迈克尔是一个律师，过去6年一直是一家大公司的小职员。他可能是三对夫妇中最聪明的一个，能够掌握晦涩难懂的知识。他不自吹自擂，尤其讨厌冒险行为。总体来说，是一个十分低调、着眼现实的人。

> 迈克尔擅长处理黑白分明的事情。他认为有义务告诉他人糟糕的真相，能滔滔不绝地论述生活的不公平。当他开车经过贝弗利山庄时，他不会羡慕那些大房子，而是纳闷这里有多少人在吃官司。他认为阅读《如何度过即将到来的经济衰退》才有意义。

如今我们有了一对冲突的角色，我们将继续创造住在第三个公寓的人。什么样的人能把托尼和迈克尔同时逼疯？在我们认识的人中，我们想不出这么一号人物，所以我们"从零开始"创造出一个角色。他是那种丝毫不在乎自己是否见过世面的人。在生活中感觉不到压力，也不会为生活付出汗水，我们叫他吉姆·欧文。

> 吉姆不像迈克尔那么理性，也不像托尼那么感性，但可能是三个人中最敏感的。吉姆学了两年机械，然后发现搬砖

砌墙也能赚不少钱。他认为破产、40岁就心绞痛或者失业都不值一提。他也有一些政治意识，但相比六点钟新闻，他更喜欢看好莱坞大片。他对生活十分满意，没有什么雄心壮志，吉姆觉得人们应该享受生活，不一定非要居安思危。他比邻居挣得都多，并且不理解自己挣得多怎么就让他们不高兴了。他从不装腔作势，社会各路子都有朋友，有时甚至还会带一些街头伙伴回家。

我们开始给这三个人各找一个可能的伴侣。对托尼而言，我们需要一个完全反对他铺张浪费的女人。她是那种喜欢去大卖场买一些便宜酒，回家再灌进昂贵的瓶子的女人。她非常确信她那乐于冒险的丈夫早晚有一天会毁了这个家。

克丽丝·伯曼身材很好，天真，生气勃勃，她将每一次新尝试都视作冒险。她是她那行的顶级销售员，她对工作很有把握，但对个人生活却不是。她直言不讳，不记仇，说话不经大脑，不圆滑，不世故。

克丽丝经常未雨绸缪，丈夫的大手大脚和过于慷慨教会了她存私房钱。她的秘密账户证明了一个事实：没有人能将她逼入困境。歇斯底里的爆发和日常打斗是这个女人生活中的保留节目。

对迈克尔来说，我们需要一个被他过于谨慎的天性折磨得无比沮丧的女人，一个想找点乐子的女人。在她体内，总有一个邪恶的小人在不停煽动着。

琳达·凯勒格鲁不想工作，但她想在迈克尔能够接受的范围内追求某些新鲜"东西"。她喜欢娱乐，喜欢与人交际。表面上，她性格很随和，但和迈克尔独处时，她总是煽动他像他的朋友们一样学会放松。为何他不能释放天性？为何他们不能更快乐？为何他不能学学托尼？琳达看似如天使一般天真，但她之前不为人知的越轨行为会让人大吃一惊。

在第三个公寓里，我们找了一位小公主来跟我们的建筑工人配对。在我们的故事里，他们是唯一一对没有结婚的伴侣，而这种状态将会被他们之间的肉体关系所动摇。

> 洛丽·丹尼尔斯聪明伶俐，却不求出人头地。她做过很多份工作，现在正在当地一家健身房当教练。洛丽的父母把她送进了南加州大学读书，盼着女儿能够嫁个好人家。尽管吉姆并不那么符合老两口的心意，洛丽还是和他搬到了一起。她从没抱怨过什么，两人过得优哉游哉，彼此十分来电，正如洛丽经常说的："吉米在床上从来都不应付了事。"

把这些夫妇安排妥当后，我们又增加了两个配角：一个是给公寓打扫卫生的大嘴巴女佣，另一个则是年轻时做过飞车党的公寓管理员。接下来，我们确定了常备布景、节目形式等事宜，结束的时候就有了一份包含大约七八个故事概述的列表。我们创造出来的这些内容就是业内所谓的"试播集创作圣经"（Pilot Bible）。

后来，我们把《共同基础》卖给了美国全国广播公司（NBC）。实际上，是我们创造的这些角色帮我们找到了买家，是这些角色赋予一个概念生命力，让这个"概念"得以成为故事。

✏ 剧本大纲

剧本梗概（treatment）是对整条故事线（storyline）从头到尾进行概括的记叙文，可长可短，适用于不同的目的。在过去某个时期，剧本梗概是用来推销项目的。现在，这种情况很少见了，但是我们也会遇到某些例外。除此之外，我还发现剧本梗概在很多方面有着重要的用处。

自己创作用的大纲

我们都是读着记叙文长大的，并且我们十分喜欢这种阅读方式。剧本架构很难琢磨透。当我们考虑架构问题时，我们已经在无意识中进入了编辑阶段。我们致力于让自己的剧本看起来有剧本的样子，一旦写出来却发现精髓全无。在开始剧本写作之前，用散文描绘出你脑海中的场景，或想拍出来的戏，我认为这非常有益。这个过程将会使你放松下来，然后创意便水到渠成了。每当创作卡壳的时候，我都会放下剧本，转而去撰写剧本梗概。

营销试水用的短梗概（故事简介）

我会围绕一个创意写上个两三页，然后把它拿给别人去看，尤其是我认识的那些独立制片人之类的业内人士。要是他们不看好这个创意的市场前景，我就先把它搁置起来。未来某天回过头再来看，没准儿它会迸发出某种火花呢，或许它正是某人苦苦寻求的故事也说不定。所以，要学会搁置你的创意。

提案用的剧本大纲

此类剧本大纲通常比较长，大约有 8 到 25 页。一般情况下，我很少写这种大纲，我只有在认为该剧本成功的概率比投销剧本大的时候才会去写。请看下面这个例子：

我的另一半在美国国家航空航天局（NASA）工作了好多年，他不仅是一位航空军医，同时还为航天工作者及其家属提供医疗服务。哥伦比亚号空难的遇难者之一劳雷尔·克拉克上校，是他朋友乔恩·克拉克上校的妻子。乔恩授权我创作劳雷尔的生平故事。她的人生引人入胜，他们的婚姻也令人着迷。他们成就斐然，激情热恋。本来是乔恩梦想成为宇航员，没想到项目最终录取的却是劳雷尔。劳雷尔离家受训后，乔恩被海军从佛罗里达州的一个显赫职位调到了休斯敦的一个不重要岗位上，以便更好地配合他的宇航员妻子。其实这个工作变动并非劳雷尔所愿，她是一位科学家、一位母亲，也是乔恩的伴侣，她并没有觉得自己成为宇航员有多么了不起。然而乔恩却不这么想，他的工作变动给他们的婚姻带来了很多问题，他们争吵了很长一段时间，但终于在劳雷尔执行任务之前重归于好。多棒的故事呀！但是拍成电视电影比在院线电影上赌一把好得多。由于拥有庞大的女性观众群体，电视市场对女性题材剧作来说是更好的选择。虽然我并不认同这种好莱坞式的男权主义思想，但我不得不说，没有几个女明星能够独当一面地担负起一个电影项目。票房数字也证明了这一点。如果你背后没有一个强大的靠山的话，这条路实在是太难走下去了。

在劳雷尔这个例子中，从我获权创作她的生平故事那一刻起，剧本大纲就是为这个项目找到市场的最佳途径。如果项目失利且没有别的出路可寻，我至少也为自己省下了一年写剧本的时间。

想想吧，如果你被授权创作一个改编自真事并且有亮点的故事，在交易的谈判上你将拥有多种选择。或许制片方不会给你创作或改编剧本的机会，但哪怕给你挂个名也可能推动你的事业发展。

如果你获得了某本书的版权，那么剧本大纲也适用于改编项目。这一话题我们将在第 13 章予以详述。

第 11 章

电视电影

一个投销剧本要想卖出去，首先一定要是个好读物。一个好读物，会让你在阅读的时候有一种被迫翻页的感觉：故事能够迅速抓住人的眼球，角色生动鲜活，对白精简并且各有特色。在一个优秀的剧本中，每一句台词都有特定的目的，每一个场景都能够推动剧情前进，并使角色更具深度。剧本通过叙事和地点在你脑海中注入栩栩如生的画面，情节推得有力，转折强劲，还有着强烈的开端、过程和结尾。

每年一到奥斯卡奖和美国编剧工会评选最佳剧本的投票阶段，会员们都会寄出各自的剧本。这可是求之不得的学习机会！有一年，我收到了《迈克尔·克莱顿》（*Michael Clayton*，2007）、《朱诺》（*Juno*，2007）、《血色将至》（*There will be blood*，2007）和《充气娃娃之恋》等剧本，这仅仅是其中的一小部分而已。

我太喜欢这些剧本了。读每个剧本时我都深深入迷，我一读就是好几个小时，甚至都忘记了给咖啡续杯。无论是菜鸟还是老手，创作这种带有明确方向和焦点的剧本都堪称一场不朽的战争。我批评过很多作者一门心思只想着怎么卖出去的投机主义剧本。很多时候，这些剧本偏离了轨道，好像编剧在某个地方忘记了自己要写什么。而另外一些时候，我被这些故事素材打动，却不幸地发现剧本写得乱七八糟。

　　剧本不像赛马，不能指望在终点线前冲刺，而在此之前放松势头，它必须自始至终保持不间断的张力。编剧如何给予剧本所需的方向和焦点呢？一个好剧本从哪儿开始呢？答案是从结构开始，这是所有剧本最根本的元素。在没有彻底架设起结构之前就贸然动笔写一个剧本，就如同你在可以开口问路的时候却闭着眼开车寻找一间房子。结构可以使剧本保持在原有轨道上，这是其他所有事情得以进行下去的前提条件。

🖊 两小时电影：基本的三幕结构

　　和院线电影一样，电视电影的剧本大约为 95 到 105 页。在实际的剧本中，"幕"是不可见的，它们不能在剧本中被明确地标记出来，我们只是为了结构清晰才发明出这个概念。这里页码的计算仅仅是估算，剧本长度因故事需要而多变。短的如有线电视电影，95 页就完活儿，院线电影则可以长达 105 页，不过 120 页剧本的时代已经成为历史。如今的剧本变得越来越简短，没有哪个主管或剧本审读人愿意待在家里读超过 110 页的剧本。超长剧本的命运是危险的，对投销剧本编剧来说尤为如此。

　　第一幕是建置。正如半小时剧、一小时剧里的建置一样，这里的建置也提供了观众应该知晓的，所有能够使故事正常发生的信息：

建置（约 25 页）

●建立电影故事基调、质感和故事发生地。

- 建立故事的主要角色和环境。
- 提供钩子和引发事件（第 10 页）。
- 建立角色或角色们的问题及戏剧需求。
- 建成第一幕的转折点（第 25 页）。

在这 25 页剧本的结尾处，一个能够让剧情运行起来的转折点出现了。

第二幕是对抗（confrontation）。在这一幕中，角色遇到了他最大的障碍。这一幕建构起另一个转折点，从这里开始，剧情突飞猛进，角色的赌注不断提高。

对抗（约 50 页）

- 给角色的戏剧需求设置障碍。
- 展示最重要、最紧迫的戏剧需求。
- 尝试解决问题，却引出了更多麻烦。
- 创造不断加剧的冲突和行动。
- 提高角色的赌注。
- 让角色来到危机时刻（第 75 页）。

第三幕建构起故事高潮和结局。

结局（约 25 页）

- 展示真相和角色改变的时刻［情绪弧线（arc）］。
- 围绕高潮建构剧情。
- 角色实现或未实现他 / 她的戏剧需求。
- 故事得以收尾。

三幕结构

第 1 幕	第 2 幕	第 3 幕
角色建置； 确立钩子； 建立起戏剧需求 （约 25 页）	为戏剧需求设置障碍； 主人公尝试解决问题，却 引来更多麻烦 （约 50 页）	问题的解决 戏剧需求得以满足 或未能满足 （约 25 页）

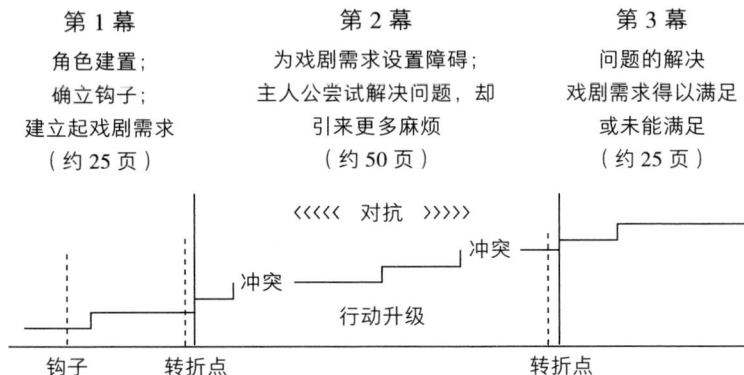

（注：图表中的竖线只是为了表明编剧写作的明确结构，并不会在剧本页面中出现。）

图表 1

读到这里，你可能想要重读第 2 章。电视剧剧本写作的工具同样适用于电视电影和院线电影。在电视剧中，我们可能多少会在地点和叙事上受限制。但是现在，在两小时电影里，我们拥有完全支配权，我们不再受制于已有的地点、架构和业已存在的角色，可以将这些工具的潜力发挥到极致。现在，创作的主导权完全在我们手上，我们可以尽情展示我们的想象力、技艺，甚至可以大胆留白。

现在，你看剧本的方式应该不同以往了。对你来说，按剧作格式阅读剧本或许会更加舒服一些。你会发现同样的摄影机技术反复出现。建构场景所需的元素和集合看似纷繁多样，其实都是类似的。

自问一下：

- 每个场景或段落都给了我们新的相关信息吗？

- 我们关心这些角色吗？

- 编剧进行阐述的效果如何，成功吗？

- 剧本中包含了哪些视觉形象？

- 场景或段落的长度如何？场景或段落之间的分界点在哪里？

- 节奏如何？流畅吗？

剧本结构范例分析

为了更好地理解结构，让我们阅读一下我最近完成的一个投销剧本的几段节选。《谁是你老爸》（*Who's your daddy*）讲述了两个单身父亲的故事，他们从儿时开始就是死对头。不是冤家不聚头。某一天，他们惊奇地发现自己在过去十年里一直在抚养对方的儿子，两个人不得不再次出现在彼此的生活中。

第一单元建立了电影的基调和主人公乔的世界。阐明两位主人公儿时的敌对关系也同样重要，但这一部分只是背景故事（他们的历史），所以必须要迅速展开。在剧本中，这一部分由一个包含四个短场景的段落开始，然后切到乔的成年时期。注意看场景提示，它们意味着快速剪辑，用来集合起两个男孩被对方的恶作剧所捉弄的时刻。

《谁是你老爸》

淡入：

内/外　克林街小学　接演职员表

一群 10 岁的男孩围成一圈玩躲避球。乔站在中间，他未来绝对是个运动员，击中他可不是件容易事。最终，他被击中了，下场。

哈维下一个出场，他戴着眼镜，穿着背带裤，流着鼻涕，未来绝对是个书呆子。哈维站在圈中间，等着被击中——他总是第一个就被打下去，这次也不例外。其他男孩一起嘲笑他。

> 乔
> 纽曼，你这个废物！

内　教室　日

哈维坐在乔后面，从桌子里拿出一个小罐子，拿出一只蜘蛛，放在乔后背上。乔开始抓挠，他往下看，发现蜘蛛从衣领里爬出来，他大叫着跳起来。哈维大笑。

> 哈维
> 看看这位牛皮哄哄的大人物，让这么个
> 小东西吓成这个鬼样子。

外　山麓中学　日

14 岁的乔将一根绳子拴到哈维的腰带上。他那帮兄弟们站在他身后。

> 乔
> 你就招了吧，纽曼，赶紧招了吧！

乔把哈维拉升起来，哈维整个人挂在旗杆上。乔和朋友们大笑。

> ### 哈维
> 好好好，我把你的下体弹力护身放在麦
> 肯尼太太的包里了。

> ### 乔
> 你这个混蛋。

他们离开，留下哈维仍然挂在那里。

> ### 哈维
> 回来！救命啊！（大叫）把我放下去，给校
> 长打电话！放我下去，我的腿没知觉了！

外 西西雅图高中 足球场 日

哈维在西西雅图军乐队吹大号，穿着金按键大衣，戴着长流苏帽子，骄傲地走在行军队伍中。

校队跑到场地中间。啦啦队员甩着彩球，跳舞助兴。乔扣好头盔，站成队列准备争球。他喊出口号。

计分板。第四节。比赛胶着，时钟嘀嗒走动。乔得球，用假动作过人，触地得分。体育场一片欢腾，队友们把乔扛在肩膀上。

稍后

啦啦队员为乔欢呼。哈维经过时，把大号对准乔的耳朵，用力吹下去。

屏幕上叠加字幕：20年后

外 青少年联盟比赛场地 日

小乔，10岁的左撇子选手，此时正轮到他击球。
他没打到球，裁判大喊："得分！"
乔，如今已经30多岁，肚腩开始凸起，与其他家长一同坐在看台上。

> **乔**
>
> 不是吧！裁判，球太低了，而且已经出
> 界了！（对击球员大喊）小乔，你可以
> 的，盯着球！

第二次击球，小乔挥棒，又没打中。

> **乔**
>
> 伙计，是你挥动球棒，别让球棒带
> 跑你。

小乔又一次挥棒，失败，三振出局。

小乔第二轮比赛

小乔又一次出局。乔对身边的另一位父亲说话。

> **乔**
>
> 对于青少年联盟来说，那个投手看起来
> 年龄有点大了吧？

第三轮比赛，还是小乔击球。

> **乔**
>
> 站到中外场，小乔！打出外野屏障！

投手抡圆了胳膊，准备投球。小乔想为父亲表现一下，使出
了吃奶的力气。他又一次出局了。

> **乔**
>
> 下一次杀回来！（对旁边的人）我这就
> 去查查那小子的年龄！

内 / 外   乔的敞篷车   日

> **乔**
>
> 比赛就是这样，有赢有输。

小乔

得了，输得也太多了吧。

乔

你是个运动员，儿子你记住这一点，就
像你老爸一样。你得用这里去体会。

乔摘下小乔的棒球帽，深情地摸着儿子的头。小乔拿出黑莓
手机，开始玩起数学游戏。

乔

去麦克弗莱家买两个热狗怎么样？

小乔

对你的胆固醇不好。

乔

我们去个有沙拉自助台的体育酒吧吧，
今天有国王队的比赛，你觉得呢？

小乔

随便吧。

我们知道小乔并不感兴趣。

乔

谁爱你？

小乔

老爸，还能有谁。

沿路前行

等红灯。乔看向四周，另一车道是一个美女，正在朝乔笑。

乔

儿子，左边车道，瞧那姑娘。

小乔没抬头。

> **小乔**
>
> 是啊，我知道，你想娶她给我当后妈。

> **乔**
>
> 不，说真的，她迷上我了，看我看得目
> 不转睛。

美女司机坐直了，突出胸部。

> **乔**
>
> 老天！看她口型，她说想要我。

后面的车鸣笛。小乔没抬头。

> **小乔**
>
> 爸，绿灯了。

从上面这个场景中，我们知道了什么？小乔明显没有他老爸的运动天赋。乔单身，爱玩。小乔从不正眼看女孩子，他对黑莓手机上的游戏更感兴趣。他同意去体育酒吧是为了取悦老爸，平时负责监督老爸的饮食，父子俩有很大不同。

一会儿我们回到家中，会发现小乔保留了爸爸的一张体检报告。

内 主卧 日

小乔进屋，把一片药放在梳妆台上。

> **小乔**
>
> 你的药在梳妆台上。

乔从衣柜里探出头来。

乔

网球衫还是高领衫？哪个好看？

小乔

你和谁出去？

乔

布鲁克。

小乔

网球衫，那是她送你的生日礼物。

乔

我还以为是珍妮弗送的呢。

小乔

她送你的是"对承诺的恐惧"……凯茜
迟到了，她应该7点来的。

乔

糟了！

小乔

老爸，麦格拉思先生会杀了我的！我明
天科学小组上得用到咱俩的血型。

乔

放心，包在我身上，儿子。一切尽在掌
控之中。

下一场景，凯茜·莱布医生来了。她是本片的次要角色，提
供了次要的爱情情节。她多次收拾乔生活中的烂摊子，可谓是乔
的"大救星"。现在，她为了小乔的作业给父子俩抽血。

　　我们在第 9 章里说过，在电影中，我们可以从三个方面去塑造角色：职业生活、个人生活和私人生活。我们把乔设定为一个高端体育用品代理商，之后我们会看到他的工作地点。在第 7 页，他接到一个来自凯茜的电话，她想和乔面谈，最好能边喝边聊。

外　海滨餐馆　日

一个繁忙的餐馆内，凯茜坐在桌边，焦虑地看着手表。
乔进入餐馆，走过来。

乔

　　什么事这么急？

乔坐下，拉过她的手，深情地望着她的眼睛。

乔

　　你意识到你爱我了。这没问题，凯茜，
　　我们期盼这一天很久了。

凯茜犹豫着，她要说的话很难说出口。

凯茜

　　小乔的血型很稀有，考虑到你和琳达的
　　血型，他可能不是你儿子。

乔

　　哈？

凯茜

　　小乔不是你亲生的。

乔大受打击。

乔

　　……你逗我玩呢，对吧？

　　　　　　　　　凯茜

我做了 DNA 检测。

　　　　　　　　　乔

那肯定是你搞砸了。

　　　　　　　　　凯茜

你在质疑我做医生的水准吗？

　　　　　　　　　乔

他妈的！

　　　　　　　　　凯茜

小乔永远是你儿子，检测只是说不是你
亲生的。

　　　　　　　　　乔

这不可能，你再做一次。

　　　　　　　　　凯茜

我做了两遍……我把报告单给小乔了。
乔，我很抱歉。

　　　　　　　　　乔

凯茜，是我为你感到难过！他就是我儿
子！我独自抚养他长大。我给他换尿
布。他嗓子发炎时，是我陪着他裹着毯
子坐着。(继续)他每掉一颗牙，我都
像牙仙一样在他枕头下放五块钱。是我
陪他打了人生第一次球。

他停顿了一会儿，这太不可思议了。

　　　　　　　　　乔

妈的，怎么会发生这种事？

凯茜

那是一个疯狂的夜晚，女人们一排一排地躺在大厅里，孩子们到处都是。你不记得了吗？那是灯火管制后第九个月。

乔

记不太清了，我记得我结婚了，当时琳达她爸用枪指着我的睾丸。

凯茜

根据记录，我轮班时有六个女孩和两个男孩出生，两个男孩之间差了几分钟。

乔用手捂着脸，不想问这个问题。

乔

……另一个男孩是谁？

凯茜

妈妈叫埃米莉·纽曼，他父母仍住在西雅图，他叫赫克托。

乔

赫克托？……他们给他取名叫赫克托？……天哪！这不是猎狗的名字吗？

一个服务员走过来。

服务员

您点些什么？

乔

一瓶苏格兰威士忌，（对凯茜）你喝什么？

　　钩子在第10页出现。钩子要趁早！这无论是对于抓住观众，还是对于卖出投销剧本都很有帮助。想象它会怎么出现在预告片或宣传语中：乔发现小乔不是他的亲生儿子。

　　在第二个单元里，乔已经知道了真相，现在他会做些什么？他必须有所行动，留意每个场景里的冲突是如何促使角色做出下一步行动的。

外　纽曼家　刚入夜

一辆普锐斯驶入车道。
穿过街道。

内　乔的敞篷车　同上

车的顶篷打开。乔用双筒望远镜窥探，放大取景。他看见一个男人和一个男孩从车里出来，但是只能看到背影，他们消失在屋子里，隔着窗帘什么也看不见了。乔用望远镜扫视着院子，花朵沿着小路十分整齐地排列着。房屋的一边是蔬菜花园。他进一步放大，所有植物都有标签，一个小卡片上写着"香蒜沙司花园"。

乔

竟然还有人会种香蒜沙司？

外　纽曼房子　继续

乔走向门口，声音从里面传来。

哈维（画外音）

你得了两个D？！

赫克托（画外音）

是的，但是我有活力和热情，并且电脑用得很好。

哈维（画外音）

那是课外活动。

赫克托（画外音）

那也有点用，不信你看比尔·盖茨。

一只大号开始吹音阶，不管是谁吹的，肯定不在调上。乔按响了门铃，焦虑地等着。过了一会儿，门开了。是赫克托，脖子上扛着大号。

一开始，乔说不出话。这孩子看上去挺像乔的。

乔

……你好。

赫克托

你好。

乔

你父母在家吗？

赫克托（大叫）

爸，门口有个陌生人。我本来想从猫眼里看来着，但是我没有。

哈维（画外音）

赫克托！

赫克托

不好意思。

赫克托离开，哈维出现。哈维现在也30多岁了，眼镜和背带不见了，外表看上去相当不错。乔没认出来。

乔

啊……纽曼先生？

哈维

你想干什么？

赫克托开始吹大号（背景声）。

乔

我想跟你说点儿事……你妻子在家吗？
因为我们的谈话不好让别人听见。

在哈维走出走廊时，屋里传出一声蜂鸣声。

哈维

拜托麻利一点，1分钟45秒之后我的面
条就软了。

乔

10年前，你从医院里抱错了孩子。

哈维

你说什么？

乔

我不是指责你，我们都错了，我也干了
同样的事。

哈维

什么？

乔

我们的儿子在同一家医院里出生，相差
几分钟。可能当时人多嘈杂，也可能哪
个精神病玩起了"猜猜这个宝宝是谁"
的游戏。我要说的是，有事情搞砸了，
然后我们抱着弄错的孩子回了家。孩子
过得很好，我爱我的孩子，我相信你也
爱你的孩子。但，这是事实。

哈维

这里唯一的精神病人就是你，我不奇
怪，上了年纪的运动员都是如此。你脑
袋是让橄榄球或者冰球打得不轻吧？

乔靠近看了看哈维，这个男人身上一些东西使他不舒服。

乔

……我感觉你有点面熟，我们认识吗？

哈维

很不幸，是的。

大号吹了一个长音，听起来就像放了个长长的屁，这给了乔
一些提示。

乔

等会儿……你在克林街小学和山麓中学
上的学？……对了，你就是那个戴眼镜穿
背带的书呆子，往我身上放蜘蛛……纽
曼……哈维·纽曼！我们一起上了西西
雅图高中，你参加了乐队，你还把我的
下体弹力护身放进了麦肯尼太太的包里。
（乔继续说）你就不能离我远点儿吗？
你总是在我脸前晃悠什么？我的生活全
让你搞砸了。

哈维

我讨厌你。你总捉弄我，还给我起外
号。你把我挂在旗杆上那么久，我差点
失去了我的腿。因为你，我恨我自己。
你把我仅有的自尊砸碎了，踩进土里。
因为你，我接受了 5 年的心理治疗。

哈维越说越愤怒。乔不断后退。

乔

也许你应该继续你的心理治疗，你现在仍然是一个神经病。（冒出一个恐怖的想法）我好不容易摆脱了你，结果现在你阴魂不散，像弗莱迪·克鲁格一样又回来了。（想了想）世界上这么多父亲，为什么我儿子偏偏选中了你？

哈维

他是我儿子，他叫赫克托。

乔

你不知道名字对孩子的影响很大吗？

哈维

赫克托是古代特洛伊王国的勇士。

乔

今天，在西雅图，这是失败者的名字。他吹的那玩意儿就跟赫特人贾巴一样……

哈维

那叫大号！

乔

你不能教他一些小点的吗，比如萨克斯风，小妞们喜欢萨克斯风。这下好了，你让他的自尊怎么办？也许这事我应该少说两句。

我们听见哈维的定时器响了。

哈维

你真是个妄想狂。如果一分钟之内你还不滚蛋，我就报警了。

> **乔**
> 给峡谷医院的莱布医生打电话，她会给
> 你看测试结果的，她会证明我说的是
> 实话。

哈维当着乔的面摔门而去。

内　哈维家　接上

哈维和赫克托坐在桌旁，戴着布质餐巾。

> **赫克托**
> 那人是谁？

> **哈维**
> 以前我们一个学校的，他想卖点东西
> 给我。

> **赫克托**
> 他盯着我看时怪怪的。

新鲜西蓝花上桌，然后是各种颜色的蔬菜、全麦面条、牛
奶。赫克托反抗。

> **赫克托**
> 我能像其他孩子一样时不时吃个玉米热
> 狗什么的吗？

> **哈维**
> 这叫平衡膳食。这是我的工作。

> **赫克托**
> 老年营养学。你是老年营养学家，可
> 我只有 10 岁！这些东西对我无益可怎
> 么办？莫非我的成长还需要髋关节置换
> 不成？

哈维

赫克托，别跟我瞎扯，赶紧吃你的。

父子默默吃着，哈维仔细看着赫克托，一副烦恼的模样。

哈维

你对大号怎么看？跟我说说。

赫克托（死记硬背）

军乐队里，它是铜管组的低音部……

哈维

不，我是说你在吹的时候感觉怎么样？

赫克托

我是因为爱你才吹的。作为父子，我觉
得我们之间应该多些给予和付出。

哈维

可吹号是你的作业！

这个场景提供了新的相关信息（阐述）。哈维和赫克托十分不
同。通过画外音，乔听见赫克托在忽悠哈维。从背景声里这个男
孩吹大号的水平我们可以得知，这个孩子明显不是当音乐家的料。

这个乔和哈维的对手戏场景建立起了他们对彼此的消极印象。
通过晚餐场景，我们则知道了哈维的职业，并且领教了赫克托有
多会说话，绝对跟乔有得一拼。剧本中，每句对白都应该有目的
并推动情节前进，没用的东西都应该删除。

下一个场景发生在高尔夫球场。凯茜跟乔说，哈维来医院找
过她，哈维看上去很沮丧。她发现哈维人不错，还有点可爱。凯

茜从哈维那里得知，他和乔之间有不少恩怨。乔说："这比《午夜凶铃》都怪异，令人毛骨悚然。"这里用了一个"按键"——电话铃响起（画外音），然后切到下一场景。

内　乔的家　卧室　夜

我们聚焦于一部电话机。电话铃持续在响。时钟显示的是凌晨一点。乔走过去并抓起电话。

> 哈维（画外音）
>
> 明天到公园见我。

> 乔
>
> 你是谁啊？

> 哈维（画外音）
>
> 在中立地区，桨轮公园，东边的长凳
> 上，下午三点，你自己一个人来。

哈维挂了电话，留下乔独自盯着话筒看。

外　桨轮公园　下午三点　第二天

乔坐在椅子上等待。一座钟敲了三下。一个穿着大衣，戴着帽子和太阳镜，胳膊下夹着报纸的男人走过来。很明显是哈维，他坐下。

> 哈维
>
> 别看我，看前面。

> 乔
>
> 你这演的哪一出？你果然还是个神经病。

> 哈维
>
> 不管测试结果如何，赫克托仍然是我
> 儿子。

乔

关于小乔，我也这么想。

哈维

小乔？

乔

他就是年轻版的我，我用他老爸的名字
给他取的名。

哈维

这简直不可思议。

乔

或许我们应该起诉某人。

哈维

谁？玩"猜猜这个宝宝是谁"游戏的精
神病吗？

乔

我只是举个例子，我不太确定是否真有
这么个人。

哈维

当然不确定！

乔

但我们也不能确定这事肯定没发生过。

哈维

你能消停会儿吗？

乔

我是说应该有人对此做出解释，这是重
大过失。

哈维

那我们都去上《拉里·金现场》这个节
目吧，去那里说。

乔

你太紧张了，或许你应该做些运动。

哈维

……你看，要是我们什么也不做呢?

乔

你是说假装什么也没发生过?

哈维

赫克托5年前失去了妈妈，他经受的够多了。

乔

……我很抱歉。

哈维

你觉得你妻子会怎么想这事?

乔

我们没领证。

哈维

小乔是私生子?

乔

我们是在医院结婚的……被强迫着，琳
达她爸有一支德国鲁格手枪。

哈维

……持枪婚礼，太精彩了。

乔

兄弟，你不知道，那老头太吓人了，我觉

得他以前肯定当过纳粹空军。第二天我们就取消了婚姻，她不想承担责任，然后就离开了。

哈维

可怜的孩子……这么说，你是他成长中唯一的榜样？（打断自己）

哈维（继续）

不，我不能去那里，这对俩孩子都不好。重要的是我们给他们的陪伴和爱，而不是 DNA。

乔

对呀！安吉丽娜·朱莉说过，抱养的和亲生的没啥区别嘛，要给他们一样的爱。（躲开哈维的目光）女神不管说什么，我都无条件地支持。

哈维

我们还是各走各路的好。

乔

对，这是唯一可行的方法。

哈维

我不会来搅和你的生活……

乔

以后你也永远别在我面前出现。

哈维

不再联系？（停顿了一下，继续）我能看看小乔的照片吗？公平一点……你都看见赫克托了。

乔拿出照片给哈维，哈维感动了。

乔

他是个好孩子，聪明，总是优等生……
给我说说赫克托吧。

哈维

热情，精力旺盛。在做生意上，他可是
把好手。

乔（微笑）

跟我一样。

哈维深呼一口气。

哈维

对于你怎么养大我的儿子，我没意见。

乔

我也不管你是怎么养大我儿子的。

两个男人达成了协议，然而在第三单元，他们却都没能遵守。

他们都设法去偷窥自己亲生儿子的生活。乔雇了个侦探并掌握了赫克托的日程安排。他伪装好后去园艺俱乐部看他，并知道了赫克托喜欢郁金香。为了找乐子，赫克托在哈维的疗养院跟老年人泡在一起，并和一位老太太调情。

哈维伪装成交通协管员，偷听到小乔给朋友透露外围下注赔率。他还尾随乔和小乔去影碟租赁店，并且被他俩扔在垃圾箱里的东西吓得不轻。他看到了乔的女朋友在小乔在家的情况下过夜后离开。

　　下面是一个引向第一幕转折点（法庭）的段落。留意场景的起始点和终结点，以及它们是如何构建的。

外　哈维家　万圣节　夜

哈维和赫克托都打扮成了海绵宝宝，连前门都出不去。

> **赫克托**
> 我不喜欢这身行头，这看上去蠢透了。

> **哈维**
> 海绵宝宝很受欢迎。

> **赫克托**
> 要是下雨了可怎么办?

内　乔的家　起居室　同一时间

小乔穿着燕尾服，身边站着一个和他年龄相仿的女孩。女孩化了妆，踩一双高跟鞋，身着无肩带礼服。乔目前的女朋友布鲁克在拍照，一阵闪光。

> **小乔**
> 我喜欢霍默·辛普森那身衣服，海绵宝宝也很有趣。

> **乔**
> 小乔，这身衣服更酷一些。每个男人都希望成为邦德，他能泡到所有美女。

> **布鲁克**
> 你们俩看上去都很性感。

外 / 内　普锐斯车内　乔的邻居家

哈维和赫克托艰难地穿过乔邻居家的大门。

> **赫克托（画外音）**
> 我们去以前的地方玩"不给糖就捣蛋"
> 不好吗？

> **哈维（画外音）**
> 我们能在这里要到更好的糖。

> **赫克托（画外音）**
> 反正你又不让我吃，要到了又有什么意
> 思呢？

外　附近街道　夜

哈维和赫克托跟着一群小孩走着，小乔和那个女孩走在前面。

> **哈维**
> 快点，我们被落下了。

他们冲向门廊，横冲直撞。门开了，每个人大叫"不给糖就捣蛋"。小乔站在最前面，掏出手枪对着一个递过歌帝梵巧克力棒的夫人。

> **小乔**
> 我是邦德，詹姆斯·邦德。

> **夫人**
> 旁边这位美女是谁啊？

> **小乔**
> 她是我的女友小猫咪·嘉萝尔。

> **哈维（大叫）**
> 好了！够了！

哈维转身，与小牧羊女撞在一起，小牧羊女的糖果包摔在南瓜灯上，着了火。哈维扯着嗓子大喊。

哈维

着火啦!

他抓起着火的糖果包跑进院子里。

哈维

着火了,所有人让开,保持冷静!

乔和布鲁克跑过来,所有人都看着。

哈维把糖果包扔在地上,跳在上面用力踩。只见一个海绵宝宝跳动着,然后翻着跟头滚出去。火灭了,但可可软糖粘得他满身都是。

赫克托(对孩子们)

我不认识他,我们只是衣服一样而已。

哈维(对乔)

我受够了,我忍不了了!

乔

嘿,你答应了我的!

哈维

别光说我,我在疗养院里看见你了。

小乔(对赫克托,指着哈维)

这是谁?

赫克托

海绵宝宝。

哈维

站远点,邦德。还有你,小猫咪·嘉萝尔,回家找你妈去。

内 法庭 日

乔和哈维站在一位长得像从《法官朱迪》里走出来的法官面前。

法官（对哈维）
让我直说，你不喜欢他抚养你儿子的方式。

哈维
正确。

法官
你也不喜欢他抚养你儿子的方式。

乔
没错。

法官（指着文件）
你们养大的儿子不是你们的？

哈维
他们是我们的，但是……

法官
闭嘴！就是说你们的儿子在出生时被调换了，所以你们抚养错了儿子，对吗？

乔
我们不这样认为……

法官
我不在乎你们怎么想。你们跟孩子们说出事实了吗？

哈维
这会令人伤心的。

法官
在我看来，这令人害怕。

哈维
尊敬的庭上，他不是个称职的父亲。他把

我儿子养成了一个流氓、一个好色之徒。我的儿子被卷进了赌博,他才 10 岁,并且有个叫小猫咪的女朋友。

乔

他才不称职!我的孩子被这个男人养毁了。一个小孩子,却只喜欢郁金香和老年人。

法官

说的是哪个孩子呢?赌徒还是吹大号的?

乔

吹大号的。

哈维

赌徒。

乔

我把赌徒——他儿子养大,养成了一个正常、健康的男孩。而他让吹大号的——我儿子在压抑中长大,最后只能躲在飞机场男厕所里用脚打拍子。

哈维

你还留女人在你家过夜!(对乔说)我看见那个女人离开你的房间,你知道这对孩子有多大伤害吗?你不知道!因为你还以为劳拉博士是什么清洁液牌子呢!我还知道你在影院里看了什么,一部叫《阴部》的电影。你能相信吗?尊敬的庭上,这太恶心了。

乔

那电影演的是珠宝大盗,你这个蠢货!

　　　　　　法官（敲木槌）
　　别再说了！你们不嫌自己丢人吗！

两人闭嘴。

　　　　　　　法官
　　根据你们律师存档的宣誓书，你们同意
　　保持你们原有的生活方式。

　　　　　　　哈维
　　是的。但我们觉得为了孩子好，应该有
　　一些探视时间。

　　　　　　　乔
　　比如隔一周一天，时间我们可以再商量。

　　　　　　　法官
　　闭嘴！这里不是《成交不成交》，我看
　　着像豪伊·曼德尔吗？

　　　　　　乔/哈维
　　不像，尊敬的庭上。

　　　　　　　法官
　　法庭同意你们每一个月可以和你们的亲
　　生儿子共度一个周末。但有个条件：你
　　们必须跟孩子说明真相。

外　法庭台阶　日

抛开分歧，他们必须得为孩子们考虑考虑。

　　　　　　　乔
　　我们应该怎么办？

> **哈维**
> 反正不能直接告诉他们，他们应该先彼
> 此认识一下。

第二幕，对抗。

现在，乔和哈维是同一战线的战友了。抛开分歧，他们的目标就是尽可能让孩子们轻松地接受事实。对抗的部分大约占 44 到 45 页，我再次把它分解成 3 个单元，每个单元大约有 15 到 18 页。正如我们在第 7 章、第 8 章里谈到的，每个单元都必须设置一些能推动故事前进的东西。

在第一单元里，乔和哈维希望能让孩子们交朋友的努力失败了。在哈维的疗养院，小乔以为他们要与乔的老朋友会面。哈维来晚了，乔忙成一团。留意一下每个场景有多少冲突出现。

> **外　疗养院　院子　日**
> 草坪上，乔遇上一群老人。他跟威廉，一个扶着助走器的老人说话。
>
> **乔**
> 来，威廉，你当守门员。
>
> **威廉**
> 我站都站不住。
>
> **乔**
> 这不是问题，你靠在你的助走器上就
> 行，我们拿它当球门。

乔拿着一件 T 恤，把它绑在助走器上。

> **乔**
>
> 剩下的人，你们要做的就是用你的球棍把球打过威廉的助走器。所有坐轮椅的人，你们是防守队员。听着，你们都有各自的不便，所以这比赛是公平的。记住，年龄不是问题，态度说明一切！你们看上去都死气沉沉的！

小乔对着乔的耳朵耳语。

> **小乔**
>
> 他们本来就是快要死的人了。

> **乔**
>
> 活力！活力！每个人，都要做最好的自己。

> **小乔**
>
> 我不觉得这是个好主意。

叠化到：

稍后

哈维和赫克托进入房间。他们听见里面的欢呼声。
一场比赛正在进行，乔忙着当教练。阿迪挥舞着她的球棒，球奔球门而去。年纪更老的汉兰先生准备拦截她。哈维做出反应。

> **哈维**
>
> 我的老天爷！

> **乔**
>
> 冲冲冲！谁来封堵……我的防守队员在哪儿?

轮椅努力移动着。

乔

……还有 10 码……她快触地了。看
球！所有人都注意看球！

汉兰先生努力拦截米尔顿，他坐着轮椅扑了个空，米尔顿正
面撞向另一个轮椅。他们都摔倒了。哈维吓得大叫。

哈维

不！要！啊！

内　日升护理站 走廊　日

哈维、乔和两个孩子都在门外等候。

哈维

关于孩子们的计划全都毁了！晚餐也吃
不成了，因为我得写一晚上事故报告。因
为你的愚蠢，把我的疗养院和所有我要照
顾的人置于死亡的危险之中。如果我为此
丢了工作，我就因个人伤害起诉你。

一个护士走出来。

护士

他们想见教练。

哈维

没有时间鬼扯这些屁事了。我们需要填
写报告。

汉兰先生（画外音）

去他娘的报告！我们要教练！

哈维一点办法也没有了，打开门，跟着乔走进去。俩孩子被
扔在外面。

小乔

我是小乔。

赫克托

我叫赫克托。

小乔

你爸爸是海绵宝宝。

赫克托

我知道，你爸曾经来我们家推销东西。

内　护理站

汉兰先生戴着颈托坐着，米尔顿腿上打着绷带坐着。

汉兰

教练，我们这比赛叫什么名字？

乔努力思考。

乔

呃……这是老年人足球……就叫受伤球吧。

汉兰

它让我们老血沸腾，对吧米尔顿。

米尔顿

最后那一下可真要命。

乔

是啊，那一下很狡猾。

威廉

那一下叫什么？

哈维气得翻白眼。

乔

叫……双叟拍门。

　　他们带孩子去打保龄球，比比谁的球技更高。结果哈维把球砸在了乔的脚上，把他送进了急诊室。

　　感恩节，哈维这位美食家厨师做了一只火鸡。他们就昆汀·塔伦蒂诺（Quentin Tarantino）、限制级影片以及乔不让在家放映《小鹿斑比》的原因展开了激烈讨论，乔认为《小鹿斑比》对孩子造成了生理伤害。乔无意中按下了烤箱的自动锁定清洁开关，打开烤箱后，他们只能享用一只烧焦的火鸡了。

乔

孩子们，有个事情要通报一下。

赫克托

天哪，来了。

哈维

几星期前，我们发现了一些事情，改变了我俩的生活，也会改变你俩。

小乔

我不想改变。

赫克托

我也不想。

乔

我也不想，但事不由己，你们应该知道这件事。

小乔

好消息还是坏消息？

赫克托

肯定操蛋透了，你看他们的表情。

哈维

赫克托，我们不准说那个词！

乔

现在不是担心措辞的时候。

赫克托

那看来是真的操蛋透了，这或许是他们给我们吃色氨酸的原因吧。

小乔

那是个啥？

赫克托

在火鸡里就有，它是一种可以减弱意识，慢慢麻痹你的氨基酸。你会打瞌睡，然后昏过去，再然后，除了你醒过来那一下，你什么都不会记得。

哈维

够了，赫克托。

赫克托闭嘴，没人说话，乔试图打破沉闷。

乔

……当孩子出生时，他们会得到一个身份牌标签，然后被推进观察室里。

哈维

是由父母推进去的，不是医务人员，这跟验尸不一样。（对男孩）他们十分温暖、舒适地躺在摇篮车里，他们的身份牌拴在手腕上，而不是在大拇脚趾头上，他们被包裹得跟墨西哥卷饼一样。

小乔

哪位能告诉我们究竟发生了什么吗？

哈维

……你们俩同一时间在同一家医院出生。

乔

看这概率，多巧啊，是吧？

哈维

不知怎么回事，你们俩的身份牌被调换了，然后我和乔就抱着对方的孩子回家了。

两个孩子木讷地坐了好长时间，赫克托看着乔。

赫克托

你是……我爸？

小乔

他不是你爸，你甚至不了解他。（对哈维）你也不是我爸。

哈维

乔养大了你，他永远都是你爸爸。但是不管你喜不喜欢，我都是你生物学上的父亲。

小乔

你撒谎！

乔

小乔！

小乔

你不想要我了。

乔

我当然想要你，你永远是我儿子。

赫克托（对哈维）

我恨你！

哈维

你不是真心的。

赫克托

我是。

哈维

赫克托，我爱你，我会永远爱你，谁也改变不了。

乔

其实也不会有什么改变，除了一个月会有一个周末……

赫克托

会怎么样？

乔

你会和我待在一起，这样我就能更好地了解你了……

哈维

小乔，我们也一样，可以更好地熟悉熟悉。

小乔

我不想多了解你，我不会去的。

赫克托

我也不去，太操蛋了，我才不去。

哈维

不许说那个词！

> **赫克托**
> 操蛋！操蛋！操蛋！
>
> **小乔**（对乔和哈维）
> 我恨你们俩！（对赫克托）我也恨你！
>
> **赫克托**
> 我也恨你！
>
> 内 赫克托卧室 同上
>
> 赫克托跑进去，小乔也跟进去。
>
> **赫克托**
> 去外面待着。你不是恨我吗？
>
> **小乔**
> 我更恨他们。
>
> 内 哈维起居室 同上
>
> **哈维**
> 刚才进行得还不错。
>
> **乔**
> "不管你喜不喜欢，我都是你生物学上
> 的父亲"？太幼稚了。

　　两个男人的大问题解决了：孩子们知道了真相，但是拒绝接受。

　　第二单元给角色提供了更多障碍。两个男人迎来了和亲生儿子的第一个周末。在这里使用一组快速剪辑的镜头（series of shots）十分有帮助，可以在不写场景提示的前提下交代时间、地点，呈现出很多细节。

一组快速剪辑的镜头　日

哈维和小乔去观看"家庭和花园"展览。哈维兴致勃勃地看一个切菜器的演示，小乔站在他身后拿着黑莓手机玩数学游戏。乔带着赫克托去看球赛，赫克托唯一的兴趣就是垃圾食品。他们互不说话，赫克托吃个不停，乔陪着一起吃。俩人吃了辣味热狗、玉米热狗、扭扭薯条、烤干酪辣味玉米片。哈维带着小乔划船，划得手忙脚乱。小乔拼命遮住自己的脸，以免被别人看见。

内　乔的家　日

乔躺在地上，因为吃垃圾食品而不舒服。

> 乔
>
> 我不舒服。

> 赫克托
>
> 听小乔说你约会过一个维密超模，我想见她。

> 乔
>
> 她死了。

> 赫克托
>
> 为什么？

> 乔
>
> 因为莱昂纳多·迪卡普里奥。

> 赫克托
>
> 那现在我们做什么？我们坐飞机去拉斯维加斯吧。

> 乔
>
> 什么？

赫克托

人们管那叫家庭游乐场，我们是一家
子，对吧？

乔

你疯了吧。

赫克托

为什么？

乔

首先，带未成年人穿越州境线，我会因
绑架坐一辈子牢。

赫克托

但是你不是我爸吗？

乔

那是个灰色地带。我可能得在监狱待上
15 到 20 年。

赫克托

咱不说谁会知道呢？

乔

你难道不能歇会儿吗？

赫克托

在我看来，这是你欠我的。

乔

哦？真的吗？

赫克托

我现在能冲你嚷，但我们还不能交谈，
我还不能喊出"爸爸"。不管怎样说，
你都应该认出我。

乔

为什么？

赫克托

因为动物园里所有动物都能认出孩子。

乔

算你狠。

赫克托

想想我这 10 年是怎么过来的。

乔

你确实厉害。但是他们不会让你进赌场的。

赫克托

谁会去赌场啊。那里马上有个《核战危机》的展览会。

乔

《核战危机》是个什么玩意儿？

赫克托

老兄，那是全世界绝无仅有的最酷的高科技电脑游戏。就在云霄塔酒店，那里的"高空尖叫"能把你从屋顶上甩出 100 多米远。那里还有任你吃的自助餐。西南航空每小时都有一趟航班，求求你啦！

现在，我们在乔和哈维以及他们各自的糟糕周末间来回切换。小乔坚持让哈维把他种的番红花挖出来，因为种偏了 1 厘米，他固执的行为让人感觉非常不舒服。哈维发现小乔有着绝对音感，就给他上了一堂大号课，小乔拿着大号对着哈维的脸使劲吹了一下。做饭时，哈维教小乔如何灵巧地撒盐，小乔试了一下，结果把盐吹进了哈维的眼睛里。

在拉斯维加斯，赫克托忘了带乔的药。他怂恿乔吃贝壳类海鲜（乔对此过敏）并且告诉他在疗养院发生的所有事。乔让赫克托独自在"高空尖叫"前面排长队，自己去小赌一把。赫克托付钱让另一个孩子帮他排队，自己偷偷溜去了一个脱衣舞表演。他藏在桌子下，用手机偷拍穿丁字裤的脱衣舞娘。当他被赶出来时，手机落在了里面。

乔肿着脸回来了，看到一脸无辜的赫克托站在队列里。在"高空尖叫"里，他们从观光甲板上被发射出去，扔向离地274米的高空，乔肿着脸大叫。该段落结束。

过了个周末，两个大人都去医院报到了。

内　凯茜办公室　日
凯茜看着乔的检查结果。

凯茜
你的胆固醇严重超标了。

乔
凯茜，要是当初我带着赫克托回家的话，我现在肯定死翘翘了。谢天谢地，一个月只用见他一次。这小子太坏了，他逼我干了不少蠢事。

凯茜
对于这些蠢事，你就不能说不吗？

> **乔**
> 他跟琳达一样野，眼里透着和他妈一样的疯狂劲。回来的航班上，他盯着每个空姐看，对一个 10 岁的孩子来说，这太不正常了。他妈妈就纵欲过度。当然，这也是我为她着迷的原因。

> **凯茜**
> 这么说，你的基因在里面没起什么作用？

> **乔**
> 起码我的青春期很正常。

> **凯茜**
> 就是时间长了点，你现在还在青春期呢。

内　医生办公室　日

门开着，哈维跳起来，医生检查测试结果。

> **医生**
> 你好，哈维。你有什么问题？

> **哈维**
> 我需要吃药，一个月只吃一次。

> **医生**
> 你不是坚定反对嗑药吗？

> **哈维**
> 是这么回事……但是我发现，人总有为了某事不管不顾的时候……

为自己的用词感到尴尬，他结束了抒情。

> **哈维**
>
> ……比如为了上天堂。
>
> **医生（断然地）**
>
> 转身……转身……转身……（然后说）
> 你觉得你需要什么药？
>
> **哈维**
>
> 可以使我对外部刺激感到麻木的……可
> 以让我对固执、强迫症人格无动于衷。
> 我想要保持意识清醒，但是又能处于不
> 怕被烦扰的宁静心态。
>
> **医生**
>
> 吃海洛因是违法的。

第三单元中，危机加剧，建立起导向第二情节点的冲突。

乔回到家中，发现桌上放着郁金香，大号声从小乔房间里传出来。赫克托打电话来说他手机丢了，然而哈维却急着要用。乔拨通了号码，拉斯维加斯一位叫劳伦的女人接了电话，是那场脱衣舞表演的舞者。乔崩溃了，他担心哈维会拨打手机，那样哈维就会知道他们周末去了哪里。乔让小乔收拾东西，准备把他送去凯茜家过夜。

留意这些场景的节奏和时长，很少有场景能有两页长（两分钟）。交切（intercut）可以让我们在不使用场景提示的前提下在两个地点间转换。

<blockquote>

　　　　　　　　　乔

　　　手机……手机……

他找到赫克托的号码，拨了过去，有人接听。

　　　　　　　　　乔

　　　你好，我是手机机主的爸爸。他被禁足
　　　了，失去了用手机的权利……是的……
　　　可怜天下父母心，不过，我们怎么解决
　　　这件事呢？不，不用寄过来！今晚我就
　　　过去取。谢谢你。

乔挂了电话，快速抓起小乔的家庭作业塞进包里，他发现了
一些东西：《小鹿斑比》的 DVD。这可是严重的挑衅。

　　　　　　　　　乔

　　　去你大爷的，哈维。

内　云霄塔酒店　餐厅　夜

一个服务员安排乔坐在舞台边的展位上。

　　　　　　　　　服务员
　　　队列末尾那个就是她，抬头看！

舞台上

灯光。号角。幕布拉开，歌舞女郎成排趾高气扬地走过来。
乔抬头看见劳伦，看得嘴都合不上。劳伦是台上最漂亮的。

　　　　　　　　　乔

　　　我的老天……

她身穿丁字裤在他身边走过。

　　　　　　　　　乔

　　　天啊！

</blockquote>

内　后台　稍后

劳伦把手机递给乔。

> 劳伦
他听起来是个好孩子。

> 乔
什么?

> 劳伦
我不知道手机是怎么到后台的,但我希望他没有惹上太多麻烦。

> 乔
谁?

> 劳伦
你儿子啊。

> 乔
哦,对。我费了不少劲让他规规矩矩地待着。做一个单身父亲总是很难的。

> 劳伦
我知道,我自己就有三个孩子。

一下子,她好像不是那么吸引人了。

> 乔
哦,是吗?

第二天早上,疗养院里有一群老人身穿运动装备,对哈维提出抗议。他们听从了乔教练的意见并且坚持锻炼。他们的身体很健康,并且不想再玩"推圆盘游戏"了。他们都想要乔教练,想打"受伤球"，他们以静坐威胁哈维。这时，赫克托在学校里打了个付费电话。

　外　付费电话　日

　　　　　　　　　赫克托
　　她性感吗？

交切：

　内　劲爆体育 乔办公室　日

乔接电话。

　　　　　　　　　乔
　　你不想解释一下你丢手机的地点吗？

　　　　　　　　　赫克托
　　她是不是那里最性感的？

　　　　　　　　　乔
　　对，太不可思议了。

　　　　　　　　　赫克托
　　她是队列里最末尾的那个吧？

　　　　　　　　　乔
　　你怎么知道的？

　　　　　　　　　赫克托
　　太好了！我猜就是！

　　　　　　　　　乔
　　……等会儿……天哪！我不敢相信……
　　你去看了那个表演！

　　　　　　　　　赫克托
　　你应该娶她。

乔

什么？

赫克托

那样的话，我每个月见你时都能看见
她了。

乔

娶一个有三个孩子的女人，我疯了吗？
光你就够我受了！加上你和小乔，那就
五个了。我宁愿去蹲监狱！你太不对劲
了，你需要心理辅导，你才 10 岁。你
看看《变形金刚》和《恐龙勇士》不
好吗？

赫克托

翻开手机，点击"我的图片"，在我爸
看见之前我们得删了照片。

乔呆住了。

乔

什么照片？

赫克托

她穿丁字裤的照片。

乔（大叫）

你拍了她穿丁字裤的照片？天哪，我完
蛋了！我昨晚从机场回来时就顺路把手
机还给哈维了。

内　日升疗养院　日

康乐室中，老人们静坐抗议。哈维拿着赫克托的手机。

>**哈维**
>
>我这就给乔教练打电话，看，我点"拨
>出键"了。

相反，他点了"我的照片"。一张劳伦穿丁字裤的照片出现在屏幕上。哈维大吸一口气，把手机扔了出去，手机落在汉兰的膝盖上，汉兰看着它。

>**汉兰**
>
>这妞屁股不错！

内　日升疗养院 哈维办公室　日

百叶窗打开，乔看向外面，老人们还在静坐。

>**哈维**
>
>这都是你的错。

>**乔**
>
>我家有个大号，桌子上有郁金香。

>**哈维**
>
>在你出现之前，一切都是好好的。

>**乔**
>
>你教给我儿子了些什么？他当着我的面
>就敢说一些荤段子笑话，你把我儿子弄
>成了一个变异的怪物。

>**哈维**
>
>看我的嘴型：搞——定——这——事！
>一会儿我就给联邦调查局打电话，让他
>们以绑架罪把你抓起来。

>**乔**
>
>你知道我对《小鹿斑比》的看法，你还
>让小乔看它。

哈维

你要进监狱了，先生，你让我儿子变成
道德败坏的家伙。

乔

胡扯！

哈维愤怒地打开手机。

哈维

你管这个光屁股的女人叫什么？

乔

她没光屁股，她穿着丁字裤呢。

哈维

她脚上穿了什么我也不管！

乔

醒醒吧！闻闻这止痛药膏的味道，你那
群坐在外面的"灰豹党人"才是赫克托
学坏的源头呢。

哈维

真替你感到悲哀，竟然去指责那些无助
又无辜的老人。

乔打开百叶窗，指向外面。

乔

你知道，玛丽·珍的这个外号是怎么来的
吗？因为她喜欢来上那么一小口……（不
看哈维）抽大麻烟卷……玛丽·珍……
大麻……大麻叶子……大麻烟草……

哈维

骗子！

乔

当然，你会说那是出于医疗目的，但是
在她那年纪……你自己算算吧……那
边的威廉藏了一摞《花花公子》……

哈维

胡说！

乔

给他供货的是食品部的人……

哈维

骗子！骗子！

乔

我不知道那个人是谁，但如果和给玛
丽·珍供货的是同一个人的话，我建议
你检查一下你的布朗尼蛋糕……卡尔对
无酒精鸡尾酒上瘾。他喝辣椒酱来激发
自己的脑内啡，看好你的塔巴斯克辣酱
油吧……噢，对了，上周赫克托走进了
储物间，发现汉兰先生正要和阿迪发生
些什么。

哈维（大吸一口气）

扯淡！……他们做不了爱了！

乔

现在能了。听说汉兰买了伟哥。

哈维

但他们不能在这儿做这样的事！

乔

为什么？

> **哈维**
>
> 那男人 83 岁了。
>
> **乔**
>
> 很不错吧？他锻炼，心态很好，现在他想重振雄风。
>
> **哈维**
>
> 这全是因为你！如果说他不能吃伟哥呢？他身体出了状况怎么办？

这两个男人之间的冲突推动了每个场景的前进。

他们拿出医疗记录，给凯茜打电话。汉兰因为心脏问题正在服用硝酸甘油口服剂。在他的年纪，两个药物的交叉作用可是致命的。

这下哈维没辙了，汉兰会在他的看护下死亡，别人还会在他的体内发现伟哥的成分。乔有一个解决办法：别让他拿到那个蓝色小药片儿。

> **哈维**
>
> 怎么干？
>
> **乔**
>
> 我带他们去玩"受伤球"，我会让比赛进行得缓慢一些，但我会让他们筋疲力尽。你去他房间把药找出来。比赛结束后，我们会放一些像《恋恋笔记本》这样的虐心影片。我从来不看这种小妞电

影，但是听说它会让你哭得一塌糊涂。到了明天早上，他肯定记不得他买了伟哥，没准连阿迪是谁都不记得。

哈维

如果不在他房间怎么办？

乔

……我们需要赫克托。

哈维

你疯了？为什么把我儿子扯进来？

乔

他知道这里所有的走私线路。

哈维

天哪。

乔

我跟你说实话吧，你家孩子完全管不了，这让我质疑你的抚养技术。

哈维

你还养出了个偏执狂！芝麻一点儿小事，他都弄得跟海啸来临一样。他一个人就毁了我整个花园。

乔

你儿子差点用烤干酪辣玉米片和海鲜杀了我，然后他还让我被从屋顶抛出去，让我挂在拉斯维加斯大道上空 200 多米的高空等死。

凯茜负责监督着比赛，画面在球场和哈维搜查汉兰房间的场景之间来回切换。最终，哈维在梳妆台最上层抽屉里找到了伟哥。在给老人们放映《恋恋笔记本》时，乔坐在后排不停地哭泣。凯茜对哈维解释，乔还没从《小鹿斑比》的创伤中缓过来。

在第二幕转折点，汉兰去世了。人们在早上发现他倒在梳妆台上，手还放在抽屉里。哈维差点疯了，坚持认为是乔杀了他。凯茜则坚信汉兰属于自然死亡。不，就是乔！哈维认为乔要对自己生活中的所有麻烦事负责，从他7岁时起就是如此。

第三幕是结局。

角色们迎来了他们最大的考验。危机提升到最高点，剧情到达了高潮。你需要时常自问：电影开始的时候，我的角色是什么状态？角色身上发生的危机是什么？影片结束时角色发生了什么变化（情绪弧线）？

这一次，我们还是把一幕分作3个单元，每个单元大约7到10页。我们从第一单元开始。时间为三周之后。

外　桨轮公园　三周后

乔坐在椅子上等。哈维走过来坐下，两个人都没有看对方。

哈维
赫克托想跟你过周末。我坚决反对。

乔
小乔也想跟你过周末。我说不过他。

哈维

要想让我儿子跟你待在一起,只有一种可能,就是我在旁边看着。

乔

你是说我们四个一起?

哈维

或者我们再上趟法庭。

乔

要么是你,要么是那个穿裙子的泼妇,真是个好选择题。

他们坐在那里沉默了很久。

哈维

你喜欢钓鱼吗?

乔

节奏太慢了……全美运动汽车竞赛就要开始了。

哈维

汽车尾气有毒……有个"家庭与花园"展览。

乔

天哪,哈维,我们能干点男人的事吗?……或者看看牛仔竞技表演。

哈维

我不行……曾经有一个牛仔从野马上摔了下来,他的皮带扣差点把他划成两半。

乔

我的一个朋友认识经营雪橇野营的尤皮克因纽特人。

哈维缓缓看过来。

乔

去阿拉斯加玩狗拉雪橇怎样?

哈维

你疯了吗?

乔

这些人都是艾迪塔罗德的狗拉雪橇比赛
冠军,他们经营高级狩猎旅行……他们
甚至会录下整个过程。这是趟轻松平淡
的冒险。孩子们会喜欢的——高山、原
始荒原……爱斯基摩犬拉着我们穿过冻
原……迎面而来的寒冷空气……

外　阿拉斯加苏厄德　日

乔、小乔、哈维、赫克托穿得暖暖的,坐在一架14条爱斯
基摩犬拉着的雪橇穿过冻原。风景优美,驾驶员普卡可是一
个尤皮克因纽特人,指挥着整个团队。
他们停下扎营。
男孩们看着普卡可解开爱斯基摩犬,他拍了拍领头犬的头。
背景里,一台摄影机放在三脚架上。

普卡可

它叫"热脚"。它还小的时候,我就知
道它会成为领头犬的。

小乔

"普卡可"是什么意思?

普卡可

在尤皮克语中,是"雪壳"的意思。

普卡可生火时，4个人在冰上玩耍。乔拿出一个巨大的充气电影屏，让大家大吃一惊。但是他忘了读说明书，忘了带投影仪。

他们坐在烤架旁边吃北美驯鹿烤肉。哈维和小乔玩电子数学游戏，乔教赫克托坑21点。光秃秃的冻原上立着一块巨大的充气电影屏，看起来极其可笑。

每个单元中都有一个关键场景（pivotal scene），可以把所有内容连接起来。第一单元中，就有这样一个黏合场景（bonding scene），4个人围成一圈坐着，一支"发言棒"在4个人手中传递。普卡可解释道，拿到"发言棒"的人必须说一句真心话。两个孩子开始有一些羞怯，但他们承认有个兄弟也很开心，有两个爸爸的感觉其实也不错。

乔和哈维在普卡可的"药茶"的帮助下，开始吐露心声。哈维说，他有时仍感觉自己像当初那个被困在圆圈中心的孩子一样，无法从自己的桎梏中走出来。乔承认他不愿意让别人接近，朋友们给他送过一些自我帮助、自我调节的书籍，但他从来没有打开过。他问道："如果不知道自己想要什么的话，你如何去改变呢？"但是出于很多奇怪的原因，这是他有史以来最开心的时刻。

一会儿，孩子们睡着了。两个男人边喝边笑，聊到很晚，回忆着他们的学校生活。

一切都看起来不错，然后——

第二单元中，我们给他们来个抽薪止沸，在他们接下来的道路上设置更多障碍，以增强戏剧性并构建起第二转折点。

外 营地 清晨

原始的宁静被鼓风机的声音打破，哈维从帐篷里探出头来，乔正给电影银幕放气。

背景中，普卡可正在准备早餐。

爱斯基摩犬已经被拴到雪橇上了。

每个人都收拾好了，普卡可把充气屏拴在雪橇后面。

哈维

我们还带着那玩意儿？

乔

它压根儿放不了气，（离开哈维视线）
"空运商城"坑了我，我得找他们退钱。

当哈维坐进雪橇时，我们发现雪橇前方绑了一部相机。乔拿出他藏好的一个瓶子，递给普卡可，那是一瓶苏格兰威士忌。

乔

谢谢你的辛苦工作，这是雪莉桶苏格兰
威士忌。这是最棒的威士忌，哥们儿。

冻原 随雪橇前行

朝阳下是无人侵扰的景色，男孩们学狼叫，哈维和乔带着舒心的笑容。他们身后，普卡可喝光了威士忌。

哈维

只有人与自然。

乔

这才叫生活，对吧，哈维？

哈维

对啊，乔，最后的边疆。

在冻原滑行时，普卡可撞上了一根冰柱，他被甩出雪橇驾驶位，撞掉了充气电影屏，消失在画面之外。直到20分钟后，乔他们才发现爱斯基摩犬在没有驾驶人的情况下拉着雪橇跑了20分钟。

男孩们在驾驶位上找 GPS，结果找到一个空酒瓶。哈维得知乔给了驾驶员一瓶威士忌时简直要疯了，他担心他们会像唐纳大队一样死去。即使熊不吃他们，他们也会被冻死。他们也许会像冰人奥兹一样被冻在冰川中，等待一千年后的人发现他们。"平淡的历险？狗屁！"男孩们瞪着乔。他们凭借在童子军里接受的生存训练，把哈维固定在地上，直到他自己能够镇静下来。

内　法庭　西雅图　日

乔和哈维站在之前那位法官面前，凯茜坐在旁听席中。

法官

幸亏有童子军。你们为什么又来这儿了？

哈维

尊敬的庭上，这个男人从 7 岁起就显露出行为古怪、危险的迹象。

法官

这导致了什么吗？还是仅仅因为你讨厌司法系统。

哈维

他判断力匮乏，他故意让我和我的孩子们坐进一个酒鬼司机驾驶的交通工具里。

法官

那可是严重的过失，康奈利先生，你对此有什么回应？

乔

他所说的交通工具是个雪橇，尊敬的庭

上。我看不到司机喝酒，因为他坐在我们后面。我只能看到爱斯基摩犬。

法官

你们究竟去了什么地方？

哈维

……北极某处。

法官

你让酒鬼司机停下了吗？

乔

没有，因为他消失了。

法官

你们觉得他怎么了？

乔

我们不知道，尊敬的庭上。

哈维

我知道！我把这录下来了。你给了他威士忌，他撞上了突起处，雪橇弹了起来，然后他因为喝得烂醉被甩到空中，然后掉在了你那可笑的充气银幕上。他叫普卡可，庭上。在尤皮克人中意思是"雪壳"，这名字可能就是他现在的状态了。直到开春，都不会有人找到他的尸体。

乔

我坚信普卡可没事。

哈维

他在哪儿呢，乔？在阿鲁巴岛上晒太阳对吗？（对法官说）我想申请禁令，禁止此人接近我儿子，我们可能都会被他害死的。

乔

我们可能都会死于你的一惊一乍。庭上，我才该申请禁令。万一出了什么紧急情况，我儿子和这个人在一起不会安全的。

哈维

狗改不了吃屎，你永远都不负责任！

凯茜

尊敬的庭上，我能说句话吗？

法官

你是谁？

凯茜

品行证人。

法官

谁的证人？

凯茜

他们俩的。

法官

那坐下！我不信任你。

乔

胆小鬼！

哈维

疯子！

乔

娘们儿!

哈维

色狼!

乔

懦夫!

法官

够了! 你们俩的事我都明白了, 我给你
们俩每人一个禁令, 你们俩不准出现
在对方及孩子 150 米范围之内, 明白了
吗? 你们的探视权也取消了。

乔 / 哈维

但是……尊敬的庭上……

法官

你们可以抗议, 但会有很久的官司要
打。目前, 两个孩子最好离你们搞出的
麻烦事儿远一点。

乔和哈维互相看了一眼。

乔和哈维得到了他们想要的, 甚至还得到了一些别的, 现在
他们被禁止看望他们越来越喜欢的孩子。

第三单元, 分离的痛苦开始让这两个男人反省自己。哈维的
番红花开了, 乔也开始阅读朋友送的自我调节书籍。两个人都不
开心, 都被迫去重新审视自己。

在接下来的场景中, 我们看到乔身上开始出现某些变化。

内　餐厅　日

乔和凯茜吃午餐。

> **凯茜**
>
> 两个男孩都给我打了电话，他们想见一
> 面。我可以去接他们，然后去个什么地
> 方。你不一定非要和哈维联系。

> **乔**
>
> 他没问题的话，我就没问题。

> **凯茜**
>
> 周六怎样？我可以带小乔回我家，你就
> 可以有一个自由的夜晚了。

> **乔**
>
> 我不想自由，我跟小乔说带他去看电
> 影。你想来吗？

> **凯茜**
>
> 当然。

> **乔**
>
> ……那，哈维过得怎么样？

> **凯茜**
>
> 我不知道，我没见过他。

> **乔**
>
> 真的？那他比我想象的还要笨。

> **凯茜（耸耸肩膀）**
>
> 那么，我中午去接小乔。

> **乔**
>
> ……凯茜，我想了很多……我对你有感觉。

凯茜

你对我有感觉?

乔

不止如此,我真的想拥有你。

凯茜

那是因为我是唯一一个你不曾拥有的女人。

乔

我想我爱上你了。

凯茜

我知道你爱我。乔,但那是以朋友的身份,你把两者搞混了。

乔

你为什么这么想?

凯茜

因为我了解我们两个。如果我们相爱了,我们就无须说这些了。我们都太了解对方了。我们会觉得安全和舒适,但我不认为我们能始终相处得那么融洽。有时候我也想过和你在一起,但那是在我陷入恐慌中,当我害怕没人会爱我而我会孤独终老的时候。

乔

好吧,谢谢。

凯茜

拜托,现在就是这么个情况。我喜欢我们现在的关系,你也是。

乔

我以为我终于弄明白些什么了……好像
我有所进步似的。哈维是对的，我就是
改不了。

凯茜

别这么说自己。

乔

这事搞砸了全怪我。我考虑事情不周，
让我在乎的人受到了伤害。孩子们互相
想念，我们也想念孩子，他们以为我们
是白痴。我甚至有点想哈维……我现在
读的这些书把我打击坏了。

他说话声音越来越小，没人能听见他在说什么。

乔

我怎么哭个不停？也许我体内雌性激素
太多了。吓死我了。我都开始失去性
欲了。

凯茜

也许你开始关心和你共枕同眠的人了。

乔

或许是吧。

乔在审视自己，同时也开始为自己的行为担负责任。

在第二单元中，乔在观看度假录像时非常感动。他开始放下
自负，建议凯茜应该对哈维有所表示。哈维一定不会对凯茜有所
行动的，所以只能她主动一些。她应该抓住他衣领把他拉进卧室，

快速脱光他，把他推到床上，然后跳到他身上。

在一个有些心酸的场景中，故事发生在哈维和赫克托两人之间，是儿子引发了父亲的改变。

内　哈维卧室　夜

哈维躺在床上，盯着天花板。赫克托走进来。

赫克托

爸，我睡不着。

赫克托爬上床躺在哈维身边。两个人并排躺了一会儿。

赫克托

你觉得如果我都快记不住妈妈了，她会伤心吗？

哈维

不，你当时太小了。

赫克托

我记得一些事情。

哈维

她为你着迷……她非常漂亮，喜欢笑……她总是生机勃勃的。

赫克托

生机勃勃什么意思？

哈维

就是充满生命力……她只要一走进房间，整个屋子都会被点亮。每个人都喜欢和她相处，因为她总是那么有趣。

> **赫克托**
>
> 有点像乔。

> **哈维**
>
> 对。我们太不一样了，但她喜欢那样。她总是说我们这样正好能互补……我非常爱她。

> **赫克托**
>
> 失去爱人是伤心的。我想念乔了。

> **哈维**
>
> 我知道你会的。

> **赫克托**
>
> 我原以为像他那样有很多女朋友是挺酷的。但他看起来并不比你快乐，或许一个就够了，假如对方能像凯茜那么酷。我感觉她喜欢你。

> **哈维**
>
> 真的？

> **赫克托**
>
> 如果你有想法，你就自己去想办法弄清楚，乔就是这么说的。他管她叫"绝世好姑娘"，他说只有傻瓜才意识不到这一点。

然后我们让镜头在哈维身上停顿一会儿——

内　凯茜家　早上

门铃响起。凯茜穿着毛巾长袍，头发湿漉漉的，走向门。

> **凯茜**
>
> 哪位？

哈维（画外音）

……是我，哈维。

凯茜

……我刚洗完澡，你能等一会儿吗？

哈维（画外音）

……不能。

凯茜不情愿地打开门。他站在那里盯着她看了一会儿，然后进屋，热烈地吻她，解开她的袍子，把她抱进卧室，扔到床上。

内　乔家　同时

小乔准备上学，拿起装大号的乐器箱，几乎已经走出门外了。

小乔

爸，你的药在梳妆台上。

乔（画外音）

我吃过了。

乔从卧室走出来，手里拿着一对平角裤。

乔

这是什么？

小乔

哦，我的脏内裤。

乔

我不关心那个，我只要求你把它们收好……走吧，快迟到了。

　　这是剧本的高潮。哈维打破了他的保护壳，像乔一样，他也在改变。他必须这样，就像他所学到的那样：不入虎穴，焉得虎子。

内　劲爆体育 乔的办公室　日

乔和两位我们之前见过的美国职业高尔夫球协会的男性会员坐着交谈，他们的谈话被对讲机打断了。这本不该发生。

乔

不好意思。

乔走向桌子。

乔（压低声音）

我不是说了不要打扰吗？

哈维（画外音）

你觉得我很懦弱吗，乔？

乔

……哈维？

秘书（画外音）

先生，您不能进去。

哈维破门而入。

哈维

我在违反法律规定，乔。我现在正在犯罪。我会因为这个受到惩罚的。你现在看到的不再是那个在圆圈里被吓呆的小孩子了！（拨号）我这就报警……胆小鬼可不会这么做吧？……你好，我叫哈维·纽曼……我违反了禁令。我没有武器，我在西枫三路，10楼，劲爆体育。来抓我吧。（挂电话）没骨气？乔，我不担心后果。知道为什么吗？对我来说，更重要的是来这里告诉你我爱你。

乔（对两个男人）

这不是你们想的那样。

哈维

我们是一家人，我不管这正不正常。我们俩正好互补。（指着照片）这是我们的儿子。他们是兄弟，老天！他们属于我们俩。失去他们中的任何一个我都会下地狱！……失去你也是。就像赫克托说的：你不在身边，一切都烂透了。所以，去他娘的法律。

乔站在那里，张大了嘴。

乔

我现在只想说……哥们儿，你有种。

哈维隐藏不住对自己的骄傲。

哈维

是吧？

乔

对，太有种了。

他指着凯茜的照片。

哈维

还有，这是我的女人。离她远点。

乔

我没问题，我为你俩高兴。（对那两个男人说）我爱这个家伙。看看我，我可没有哭。

在两位美国职业高尔夫球协会会员目瞪口呆的注视下，乔和哈维拥抱在一起。

　　剧本的尾声或总结（紧随高潮之后的场景）应该不超过 3 到 5 页，任何东西过长都不是什么好事。《谁是你老爸》最终以两个短场景的情节反转结束了。

内　法庭　日

哈维戴着手铐站在之前那个法官面前。乔在他身边。凯茜和孩子们在旁听席上。

乔

尊敬的庭上，我放弃所有针对这个男人的指控。他从没有造成威胁，我们都爱他……

法官

我真受不了你们这种人，我都懒得骂你们了。

叠化：

一年后

内　教堂　日

特写：乔和哈维都穿着礼服，身后是祭坛，开始播放《婚礼进行曲》。

拉回镜头

一个 4 岁大的花童从走廊走下来。她经过普卡可，普卡可同宾客们坐在一起。另一个不超过 6 岁的花童跟着她。还有一个，至多 8 岁。

小乔和赫克托是"护戒使者"，跟在女花童身后走出来，然后是凯茜，笑容灿烂。但是让我们吃惊的是，她是伴娘。

新娘出现

是劳伦，那个拉斯维加斯舞女，三个女孩的母亲，站在喜气洋洋的乔身边。

插入 一份体育小报

黑体印刷：劲爆体育的销售主管乔·康奈利，五个孩子的父亲……

外 公园 日

演职员表滚动播放时：

纽曼一家和康奈利一家在野餐。赫克托和小乔打闹，开心地疯跑着，逗着几个妹妹。
凯茜和劳伦聊天，拿出食物。哈维和乔在扔飞盘。

定格

演职员表播完后：

华盛顿州判给哈维和乔共同监护权，赫克托和小乔每两周交换一次爸爸。两家人总是一起度假。他们下一次"平淡的冒险"是去阿迪朗达克山脉进行山洞探险。
美国退休者协会（AARP）正式承认"受伤球"为"老年人健康娱乐"项目。在日升疗养院，有一块纪念汉兰先生的牌匾，上面写着"双叟拍门之父"。
普卡可禁酒一年。
乔想要更多孩子。

淡出

剧终

✏ 本周电影：七幕结构

本周电影剧本大约有 95 页，由七幕组成。也有例外，比如 Lifetime 频道的电影就有八幕，最后一幕是故事的后续。

但要记住：写一个本周电影的投销剧本时，永远不要刻意分成七幕或八幕。写一个符合标准，能够向电视台推销的电影（院线电影或有线电视电影）投销剧本即可。重要的是剧本的质量，以及它是否符合剧方的规划。如果电视网主管看中了你的剧本的话，分不分幕其实影响不大。

有线电视电影和低成本院线电影的区别不大，所以很多两小时电影剧本可以同时推向这两个领域。如果你把你的作品分解成七幕或者八幕的话，你就把自己局限在电视领域了。要知道如今有几百个独立制片人在寻找小制作电影，放弃这一市场就太不明智了。一旦电视网拒绝了你的剧本，你就没其他选择了，因为你不可能用分幕的电视电影剧本敲开院线电影的大门。审读人一看到七个分幕，马上就会意识到这是个电视项目，他们会下意识把你的项目毙掉的。

说到这里，如今的 CBS 和 NBC 在制作本周电影上很在行，Showtime 已经削减了它的电影项目计划。而 USA，借助《头号前妻》（*The Starter Wife*）的大获成功把焦点都集中在了连续剧领域，HBO 也一样。

作为买下他人剧本的制片人以及一名电视剧编剧，我和同行们一样，在电影市场火热时转向了长片创作，因此也对这样的消息感到很失望。但是也不要灰心，CEO 们来来去去，发展规划也在变个不停。

接下来说点好消息：Lifetime、Hallmark、MTV、Nickelodeon、VH1、历史频道（History Channel）、TNT、科幻频道（Sci-Fi Channel）、迪士尼等都有开发电视电影的计划。这些电视平台制作的基本都是小成本电影，预算大约为 300 万美金或更少。

我写的两个电影剧本最终都卖给了电视台，一个给 ABC，一个给 Showtime。两个剧本都有改动。剧作改动简直太平常了，不只是在本周电影里，在所有公共电视、有线电视领域都会发生。每个人都想指手画脚，这就是这个行业的现实。在很多剧本研讨会上，你都可以就剧本改动与剧方协商。你也可以提出你的建议，但前提是你愿意做出妥协。有的改动符合你的心理预期，而有的则会让你欲哭无泪又无可奈何。但是要记住，你只要能一直有工作就谢天谢地了。尽你最大努力去提供他们想要的东西，祈祷他们的要求不是太离谱就好。

我的经纪人给我讲过一个案例，一位编剧把一个电影的投销剧本卖给了电视台。在这个剧本中，主角是一个男孩。他爸爸头部受了重创，发了疯，住进了精神病院。这个男孩想把爸爸带回现实生活中，最终被迫闯进精神病院，带上爸爸一起逃走。而电视台则要求把这个男孩改成女孩，精神病院改成监狱，爸爸是跛脚的人而不是疯子。

在这里介绍一个营销小贴士：如果一个独立制片人或经纪人让你去写一个七八幕的剧本，或者让你把剧本分解成七幕或八幕。问问为什么。谁是买家？有必要吗？如果被毙掉了，那么接下来该去哪里推介这个剧本呢？

我的工作坊里有一个编剧写过一个非常棒的惊悚片。当时，这剧本符合 Lifetime 的所有要求，但剧本的主角是男性。在一个独立制作人的鼓励下，编剧决定把主人公改成女性。我跟她说，就提交一次剧本来说，这样改的工作量太大了，这会比她预想的要困难得多。事实就是这样，但是她最终修改成功了。制作人把它交给了Lifetime，剧本通过了。当她拿这个剧本去尝试其他市场时，获得了更多邀约，因为剧本的主角是女性。小贴士：编剧应该保留他们所有的草稿。

许多制片人的工作方式就是投石问路，他们把一堆项目像扔飞镖一样扔到墙上，然后看看哪个能正中靶心。写出这些剧本的永远是编剧。多问问题并且多提意见，如果你得到的回复还不错就着手去做，但是永远别怕开口提问。

让我们大体看一下七幕分解图，如果用经典的三幕结构来划分这七幕的话，基本上可以这么切分，如图表2所示。（注：每一幕都会标示在剧本页面上。）

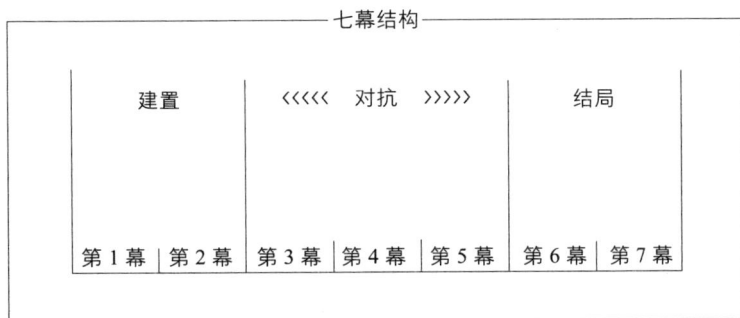

图表 2

一个本周电影剧本大约95页，如果每一幕的长度都差不多的话，一幕大约占13或14页。知道这些将会帮助作者对页数控制做到心里有数。但每一幕的长度不是完全相等的，它们是参差不齐的。第一幕通常较长，因为它需要建立的东西更多，可以占到20页，而其他幕则可以减少到9页。

每一幕都是一个独立的叙事单元，其中所有内容都是为了插播广告之前的幕尾构建的。所有电视剧中，每一个幕尾都是一个小高潮。现在，我们围绕7个小高潮来建立剧本结构。

帕梅拉·华莱士〔因《证人》（*Witness*，1985）获奥斯卡〕和我早先合作过一部名为《魔鞋》（*If the Shoe Fits*，1990）的电影剧本，该片由罗布·洛（Rob Lowe）和珍妮弗·格雷（Jennifer Grey）主演。有一次，她来我家做客，我们想到一个创意：如果你接到一个打错了的电话，对方的声音吸引了你，会发生什么？如果这个人又打过来，你和他聊了一会儿，接下来又会发生什么？这是个非常有意思的跳板，所以我们进一步思考了一下。人们有时会跟某个完美陌生人坦白某些秘密，他们可能从未跟亲密的人说起过这些。

最后，这个创意变成了一部情色惊悚片，片名叫作《不在场证明》（*Alibi*，1997）。它的故事简介是这样的：一位滑雪冠军在斜坡上发生事故后卧床疗养。一天，她接到了一个打错的电话，对方自称是软件业大亨。两人一聊如故，成了亲密的"聊友"——直到大亨的妻子被谋杀，滑雪冠军意识到自己是这位"聊友"唯一的不在场证人。

按照故事简介中所概括的，我们草拟出每一幕需要发生的事情。编剧的工作方式各不相同，我向大家推荐我们的工作方法，就是先从每一幕的总体概述开始，和我们处理半小时剧和一小时剧时一样，所有剧情要引向幕尾。在写完总体概述之后，我们再补充细节。

第一幕：马蒂参加速降滑雪赛时出了事故。她卧床静养，十分无聊。她的未婚夫是一名经理，工作很忙，经常不在身边。她接到一个打错了的电话，之后那人又打了回来。他们聊得很好，后来发展成了色情聊天。这个男人从来没有亮明自己的身份，这使她兴奋。她去了一家内衣商店，他说他在那儿为她准备了一份礼物。

第一幕尾：那天晚上，男人在电话里告诉马蒂，他知道她在换衣间的每一个举动。她知道自己被监视了。

第二幕：我们揭晓了来电者的身份。他叫康纳·希尔，高科技电脑公司的总裁，他从他位于顶层公寓的办公室给马蒂打电话。他们打电话时，外面发生了一场骚动，希尔被另一通电话打断。之后，他告诉马蒂，可怕的事情发生了。

第二幕尾：康纳的妻子，也是他公司的合伙人，被发现死在了停车场，有人掐死了她。

第三幕：康纳被带走审讯。马蒂在电视上认出了他的声音，这就是在电话上和她交谈的人。她知道他是无辜的，因为案发时他俩正在聊电话。她选择去见康纳，两人面对面的性吸引力来得更为强劲。康纳可以请来最好的律师，他不希望马蒂参与太多，这会给她带来危险。

第三幕尾：悬念。马蒂面临道德困境。她会挺身而出，为了正确的事情而毁了她的人际关系和名誉吗？她是康纳唯一的不在场证人。

剧情进入第二个小时。

第四幕：马蒂选择支持康纳。法庭上揭露出康纳妻子的出轨行为，所有证据都指向了她的情人。审理仍在进行时，康纳开始追求马蒂。她同自己的情感做斗争，并请求他远离自己。

第四幕尾：她的身体先投降了。

第五幕：两人的身体关系进展火热。马蒂一直被受害者的情人死死纠缠，他告诉马蒂是康纳陷害了他。

第五幕尾：在康纳家，马蒂发现了一张有许多女人名字和电话号码的列表。开头的几个名字被划掉了，她自己的名字在最末尾，上面有选中标记。

第六幕：马蒂努力去追踪这些女人，只找到其中一个。这个女人模糊回忆起一个打错了的电话，一个男人又打回来，努力和她没话找话。

第六幕尾：康纳无罪释放。一直以来都在努力寻找证据抓他的警察警告马蒂要小心，因为现在康纳不再需要她了。

第七幕：在康纳公司的一个庆功宴上，马蒂偷偷溜走，发现了一个电脑程序工程师，从而得知这家公司为军用项目开发人工智能。工程师让她同电脑说话，电脑能用任何声音与她交流。

康纳打断了他们，他要给马蒂一个惊喜。为了感谢她所做的一切，他要带她去他位于阿斯彭的木屋。所有事情都安排妥当了，飞机在等他们。

在阿斯彭一处与世隔绝的山顶上，马蒂得知了事情的真相。她在康纳的电脑上找到一个"声音文件夹"，点击打开，她听到了他们两人的谈话。康纳走进来，两人正面交锋。他妻子遇害时，他不在电话另一头，她是在跟电脑聊天。全部都是康纳计划好的，他甚至早就遴选出了打电话的女人。

第七幕尾（高潮）：除了滑雪下山，马蒂没有其他的路可走。康纳也是一个滑雪好手，拿着枪在她后面紧追不舍。她把他引向了一条死路，尽头就是山崖和石头。她找到了一个危险的起跳位置，如果出了差错，任何人都不能活命。她藏好了等着康纳。在他来到这里准备起跳时，她用滑雪杆推了他一下，康纳失去平衡，摔死了。

有了每一幕的概述和清晰明了的幕尾，我们就有了导航图。然后，我们就可以从容地回过头去构建场景了。

✎ 高概念是什么意思？

"高概念"（high concept）是一个在行业中被广泛使用的词汇，指的是那种能够迎合广大观众并且有着强有力的钩子的创意。一个"高概念"可以用一两个短句子简单地概括出来。

在《不在场证明》播出的若干年后，帕梅拉和一个朋友吃午饭，这位朋友给她讲了一个令人难以置信的真实故事。那一年，帕梅拉这位朋友还十分年轻，刚刚开始自己的律师职业生涯。有一天，一个奇怪的男人来拜访她，说他需要一位辩护律师在一桩谋杀案的诉讼中为他辩护。她询问相关细节，但他告诉她，谋杀案还没发生，他准备前去杀死他妻子的情人。她完全不知道该怎么做，只希望这个男人别再回来招惹自己了。但是很不幸，该男子又回来过两次，其间还打过很多电话，坚称她就是他的律师。他威胁说，如果她去报警的话就是破坏了律师和客户之间的保密特权。她找到了这个男人的前妻和他前妻的情人，并警告了他们，结果发现这位情人竟然是她自己的前男友。这位律师去报了警，但警察没能帮上什么忙。这个男人继续骚扰她，最终杀死了他妻子的情人。他被判了终身监禁，目前还在服刑中。

这是高概念吗？必须是！我们得到了创作这个故事的权利，但是无法足够快地给 Showtime 写出来。不过最终我们还是把剧本卖了出去，它现在正在开发中，名叫《特权杀手》。

不管在喜剧还是正剧，电视网高管们总认为"高概念"就是"优等品"的同义词，尽管我们都清楚，事情并不尽然。

电视电影和院线电影的区别就在于电视电影基本只依赖高概念或能收获高收视率的轰动内容。近几年，比较优秀的公共电视网的本周电影和有线网的电视电影有《好莱坞真情告白》（*True Confessions of a Hollywood Starlet*，2008）、《头号前妻》、《肥妹》（*Fat Girl*，2006）、《胖妞向前冲》（*Fat Like Me*，2007）等。最近，我从一个制片人朋友那里得知某些公共电视台仍在寻找肥胖题材的故事。很显然，肥胖题材如今十分火爆。

但是计划不如变化快。过不了几个月风向就会变的，所以千万不要跟风写东西，因为你会发现你总也赶不上潮流的变化。曾经他们想要有深度的和启发性的故事，如今他们又想要肤浅的东西了。有一次我接到电话，他们说在寻找二战题材剧本和女性西部片，我当时吓得差点从椅子上摔下来。我甚至接到过一位主管的电话，之前我和我那来自美国航空航天局的搭档曾向她推销过一个科幻片。当时她无论如何都不感兴趣，可是当火星漫游者^①开始夺人眼球时，她又打电话来问那个剧本是否还在。我想说的是：写好的东西可别乱扔！

高概念同样适用于院线电影，在这儿，它又成了"高票房大片"的同义词：《大话王》（*Liar Liar*，1997）、《老大靠边闪》（*Analyze This*，1999）、《偷听女人心》（*What Women Want*，2000）、《致命武器》、《虎胆龙威》、《我是传奇》（*I Am Legend*，2007）是其中一些例子。这样的片子数不胜数。

不管是有线电视电影还是院线电影，高概念剧本最有可能卖得出去，如果这是你的第一个剧本，至少你可容易借此入行。这当然不是说你要对写作质量有所妥协，上面提到的这些剧本都写得很出色。我要说的是，你要抓住当前市场的热点，看看报纸上关于电影的报道，或者翻开《电视周刊》（*TV Guide*）杂志。了解热点，思考热点，然后去写那些"硬通货"。不可否认，这一行中总有一些狂野的、具有开创性的人，他们同商业决裂，最终还能获得成功，还有一些凭借与众不同的作品找到自己成功之路的人。这些编剧都是我心目中的英雄。

但在绝大多数情况下，诸如立志成为芭蕾舞者的英国穷矿工的儿子、发现了进入约翰·马尔科维奇^②大脑途径的木偶师、与网购的充气娃娃建立深厚感情的可爱男人等故事是很难销售出去的。

---

① 美国国家航空航天局在 2003 年提出的一项火星探测计划。这项计划的主要目的是将勇气号（Spirit，MER-A）和机遇号（Opportunity，MER-B）两辆火星车送往火星，对火星进行实地考察。
② 约翰·马尔科维奇（John Malkovich），演员、制片、导演、编剧。此处指电影《成为约翰·马尔科维奇》（*Being John Malkovich*，1999）中，约翰·库萨克（John Cusack）饰演的角色穿越时空进入了马尔科维奇的大脑中。

《跳出我天地》（*Billy Elliot*，2000）、《成为约翰·马尔科维奇》（*Being John Malkovich*，1999）、《充气娃娃之恋》、《阳光小美女》（*Little Miss Sunshine*，2006）、《杯酒人生》（*Sideways*，2004）等都是剑走偏锋的好作品，这样的例子还有很多。但这样的电影可遇而不可求，它们都历经多年才打造而成，在电影节或艺术剧院中放映，依靠口碑传播打出一片天地。

今天，制片人们最大的抱怨之一就是剧本缺乏激情。到了最后，你自己才是创作唯一可靠的指导者。听从你的激情的指挥，听从你内心的自我。你必须倾心于自己的选题，然后将它们完美呈现在纸张上。

编剧薇拉·布拉西的故事

薇拉·布拉西（Vera Blasi）出生在巴西圣保罗，父亲是黎巴嫩人。父亲死后，母亲改嫁，全家搬到纽约。薇拉在圣母学院学习文学和艺术，毕业后参加了我时长约 6 个月的剧作工作坊。我坚持让我的剧作工作坊小型化，并按照类似好莱坞项目开发流程的方式运作。工作坊学员要在 6 个月之内开发一个剧本，并做好进行市场营销的准备。对于老师来说这是绝妙的机会，因为这可以让你真切地了解编剧们的作品。薇拉做得非常出色，她在工作坊待了一年左右的时间。

薇拉写的是那些她了解的东西，比如语言不通的 12 岁孩子，来到美国，在曼哈顿定居。她有着多文化的背景和独一无二的故事。穆罕默德之母法蒂玛和天使的故事使她着迷，不仅是出于宗教信仰的原因，还因为这个故事所包含的神秘感。

关于薇拉最棒的事之一是她母亲的厨艺。薇拉当时在家住，每当我们投票选出下次会议的地点时，最终结果总是薇拉家。因为她家里的食物美味得难以置信，如同被施上了魔法。一个能做出这种食物的女人，哪个人会不喜欢呢？

薇拉的作品十分美妙，但有人认为这些作品太柔软了，不够商业化，这可能会让她吃亏。她或许也听说了。

我永远忘不了那天，薇拉带着剧本的头30页来上课，里面充斥着打打杀杀、AK-47、爆炸，内脏乱飞，鲜血四溅。我们每个人都读了一遍，吃惊得合不上嘴。不得不承认，确实写得很好，但那不是薇拉的风格。这个剧本失去了薇拉那独特的声音，完全成了好莱坞那一套。

后来，薇拉被美国电影学会（American Film Institute，简称AFI）录取了。我为能给她写推荐信而由衷感到骄傲。在那之后，我们会定期聊聊天，再然后，我们失联了一段时间。

有一天，我看了一部小电影，关于一个来自巴西小城的美丽年轻女人，她做得一手好饭菜，如同魔法一般。这个女人为她那大男子主义的丈夫困扰不已，搬到了圣保罗，成了著名的电视厨师。我感觉这个故事的地点和人物有点熟悉，这位巴西女厨师准备的佳肴我之前也享用过。这个电影名叫《女人色香味》（*Woman on Top*，2000），由佩内洛普·克鲁兹（Penelope Cruz）主演，编剧正是薇拉·布拉西。

薇拉写了那些她了解的东西，这种创作是由激情驱动的。她抓住了自己的声音，没什么能阻止她这么做，这使她独一无二。

其实这么多年来，我一直好奇那个AK-47、炸出内脏、鲜血四溅的剧本在30页之后还能写什么。

《女人色香味》之后，薇拉继续写了《玉米粉圆汤饼》（*Tortilla*

Soup，2001），现在正在为《阿尔拉桑雄狮》（*The Lions of Al-Rassan*）写剧本，这部电影改编自盖伊·加夫里尔·凯（Guy Gavriel Kay）的小说，由贝福德·福尔斯公司（Bedford Falls）制片，导演是爱德华·兹维克（Edward Zwick）。这是个大项目，加油！薇拉！

第 12 章

开发两小时电影

第一步 明确故事的"脊梁"

如果不确定故事的"脊梁",你就无法写下去。我之所以称其为"脊梁",是因为其他所有内容都依附于它。故事的"脊梁"是指故事的中心思想或核心,也就是这个故事讲的是什么。

《律政俏佳人》这个故事讲的是:一个娇惯的金发交际花被男友抛弃了,千方百计要上哈佛法学院,以求让男友回心转意。

《E.T. 外星人》这个故事讲的是:一个迷路的外星人,在友好的小男孩的帮助下找到了回家的路。

《朱诺》这个故事讲的是:一个 16 岁的女孩怀孕了,她决定生下孩子,并努力为婴儿找到一对善良的养父母。

从上述故事的"脊梁"中我们读出了什么?角色,需求,冲突,行动。

制片人和影视公司高管经常抱怨:"编剧在某处偏离了路线。他们忘了他们在写什么。"

在写作、构建你的剧本时,反反复复提醒自己"这个故事讲的是什么",这会帮助你一直走在正确的路线上。

```
10  打磨
 9   改写
 8   初稿
 7   内心的声音
 6   场景／段落
 5   发展人物
 4   大致勾勒情节节拍
 3   分解转折点
 2   确定时间框架
 1   明确故事的"脊梁"
```

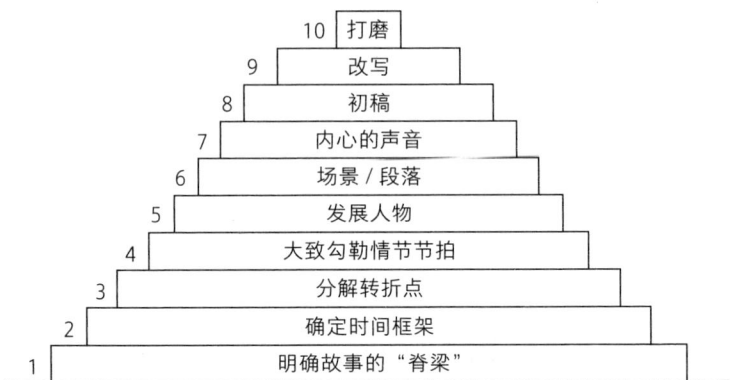

两小时电影的开发步骤

图表 3

第二步　确定时间框架

你的故事是在一夜之间发生的吗？还是跨越了一个足球赛季？在电影《恋爱假期》（*The Holiday*，2006）中，两个不同国家的女人在两个星期内互相交换住处，她们与新住处当地的男人见面、恋爱。《赎罪》（*Atonement*，2007）则是一部跨越数十年的史诗。《荒野生存》（*Into the Wild*，2007）则跟随着追求自由灵魂的克里斯托弗·麦坎德利斯（Christopher McCandless）经历了充满冒险、厄运连连的两年旅程。

在美国西部编剧工会主办的杂志《编剧》（*Written By*）的一次采访中，编剧兼导演托尼·吉尔罗伊（Tony Gilroy）谈起了他在写作《迈克尔·克莱顿》时撕了写、写了撕的挣扎。他把这个项目搁置了两年，然后再回过头来写。他说忽然有一天他意识到自己都不清楚这个故事持续了多少天。这可太要命了！他做编剧都有 15 年了，还不知道时间框架？他当时脑子里想什么呢？所以他做了决定：如果他到周末还弄不明白这个问题的话，他就放弃这个项目。那天结束时，他得到了想要的结果：故事持续了 4 天。3个星期之内，剧本完成了。

一部电影就是一系列视觉片段，当它们组合在一起时，就可以营造出一个完整故事的幻觉。通过确定时间框架，编剧就明确了哪些才是你讲述故事所需要的合理片段。一个模糊的时间框架会导致你做出不合理的判断，你也就失去了保护你不会掉出结构之外的护栏。

第三步 分解转折点

不要在不知道故事方向的情况下就贸然动笔写作，就好比在可以问路的情况下盲目开车找一个房子，这跟无头苍蝇没什么两样。这简单的一步可以帮你明确你的写作方向（见第 11 章）。

- 你第 10 页的钩子是什么？
- 第一幕尾（转折点 1）发生了什么？
- 故事的中点发生了什么？
- 第二幕转折点发生了什么？
- 你的故事如何结束？

一旦明确了你想去哪里，你就可以画出到达那里的最佳路线。

第四步　大致勾勒情节节拍

　　这里不是说把所有你需要具备细节的情节节拍（beat）都列出来，你只需要列出对故事至关重要的那些情节节拍，它们就像为了维持心脏跳动而必需的心脏节拍一样。想象一下你给一群成年人讲一个故事，你讲的是《美人鱼》（*Splash*，1984）的开场。你必须保持简洁！有多简洁？如果你遗漏了一个节拍的话，这个故事就讲不下去了。那么，哪些才是你必须讲到的情节节拍呢？

- 一个男孩和他的父母及兄弟在科德角的一艘渡船上，他一时冲动跳下了船。
- 他被一个漂亮的年轻女孩救起，她是一条美人鱼。
- 我们再见到他是 16 年后。他经营着纽约一家产品公司。他的弟弟是个花花公子，一事无成；他的女友因为他说不出"我爱你"三个字而要跟他分手。
- 一场婚礼后，他喝得酩酊大醉，又一次一时冲动打车去了科德角。
- 他租了条船去岛的另一侧，结果发生了一场事故。他再一次被美人鱼救起，现在她也年长了 16 岁，她把他放在陆地上。他大喊着不要走，但美人鱼还是消失了。
- 美人鱼在水里找到了他的钱包，里面有他的地址。
- 她到了曼哈顿，鱼鳍变成了两条腿，赤身裸体地站在自由女神像前，警察逮捕了她。
- 警察局里，警察给钱包里的名字打了电话，我们的主人公和美人鱼被带到了一起。

《美人鱼》的建置部分有许多美妙的细节和有趣的时刻。我们在渡船上见到了艾伦·鲍尔及其家人。他弟弟不停地把硬币扔在甲板上，这样在捡硬币的时候就能欣赏女士们的裙底风光了。

艾伦再次在剧本中出现已经是16年后了，他正过着糟糕的一天：这个季度的销售业绩很差；一个小贩也刁难他；他的秘书像脑子中了邪一样把胸罩穿在了外面；他女友打电话来说她要搬走了；一辆轿车冲进了一堆水果车里，他弟弟从里面钻出来，兴奋地挥舞着一本杂志，叫喊着他的文章《拉拉不要再多了》在《阁楼》上发表了。

毫无疑问，这些描写很精彩，但这全是细节。我告诉编剧们暂时别管这些，把它们留给下一个步骤。如果你想到一些美妙的东西，草草记下来，然后马上回到当下手边的工作中来。这是你的故事结构，你应该让它尽可能地简洁明了。

对整个剧本的情节节拍分解也是如此操作，用两三页纸把它写出来就足够了。

第五步　发展人物

结构把故事固定在正确的位置上。人物却一个场景挨着一个场景，一页挨着一页，带着你浏览整个剧本。如果你悉心构思好人物，在你确定了故事的"脊梁"、时间框架、情节节拍之后，你的人物会告诉你接下来的路怎么走。

未对主人公进行充分构思会导致一个结果，就是单维度的剧本。反之，有张力的人物不仅可以激发编剧的视觉灵感，还能充

实剧本的其他方面。在你的主角的职业生活、个人生活中出现的
人物也是你故事中的人物，他们的日常工作和经常现身的地方就
是你的故事的发生地点。人物发展不一定非等到这一步开始，有
的编剧会在确定转折点甚至是确定故事"脊梁"之前就着手构思
人物。但是，务必应该在第六步之前结束人物发展。如果你在这
一步上多花点时间和心思的话，那么人物本身（而不是情节）就
会帮你推动故事前行，他们会告诉你故事的发展走向。

第六步　场景／段落

　　发展人物的工作完成了，接下来就是把那些连接情节节拍的
场景或段落置入合适的情节点了。你已经知道你的目的地在哪儿
了，接下来你要做的就是想办法一步步到达那里。

　　确定段落对写剧本有着不可思议的帮助，它好比是将你的电
影分解成几块较大的单元。《教父》中婚礼段落大约有 40 分钟，
康妮和卡洛正在举行一场大型意大利式婚礼；教父答应帮殡仪师
博纳塞拉一个忙，并且给了他一个劝诫；桑尼和一个女人做爱，
那个女人不是他老婆；身穿军装的迈克尔带着凯抵达；还有约翰
尼·丰塔纳的隆重入场。每个场景都起到了介绍人物的作用，并
服务于一个特定的目的。

　　如果一个场景或段落不能提供给我们新的、必要的信息，或
者对塑造人物没有帮助的话，那么它就是多余的，不应该在剧本
中出现（见第 8 章）。

　　我跟编剧学员们说，没必要把电影中的地点和场景事无巨细

地列出来。如果你觉得必须这样做的话，那么你很可能是处女座，并且你很可能是单身。有些场景在你写作时会自然出现，你会移除另一些场景，还会合并部分场景。写初稿时给自己一些即兴发挥的空间吧。

在确定场景或段落的时候，自问一下你需要在剧本中建立什么，并列出来。这样你会知晓它需要用一个单独场景还是一个段落来写。

很多编剧发现使用索引卡十分有用。每张卡片代表一个场景或一个段落，卡片上写着地点、场景中的人物，以及需要建立的东西。

我不太习惯使用卡片，它们在飞机上不能使用，我还总是弄丢它们，然后它们又在某个奇怪的地方出现。一天夜里，我的搭档感觉有东西在他耳朵下硌着他，他在枕头套里抓挠了半天，摸出一张索引卡，上面写着"把哈尔塑造成一个变装者"。

第七步 内心的声音

内心的声音讲述了你脑海中的画面，它让你可以像电影摄影师一般进入场景或段落。在这里自问一下：让场景起作用的元素是什么？自由发挥一下，尝试跟着你的意识走。我该如何建构我所需要的内容？我该如何想象它？我如何才能使它有趣？

设想一下，你刚刚搭建好《龙威小子》（*The Karate Kid*，1984）的场景。在某个场景中，丹尼尔的妈妈需要发现儿子的熊猫眼，这是故事的关键所在。那么它该如何发生呢？她在干什么？丹尼尔在干什么？自问一下，有多少不同的表现方法？

可能是早上。可能她正在做早餐。丹尼尔戴着一副大墨镜从卧室蹑手蹑脚地溜出来，想趁着没被注意时溜出去。妈妈希望和儿子一起吃早餐，而丹尼尔坚持要走。在他溜走时，妈妈发现了他，问他墨镜是怎么回事，他开了个玩笑，说："我们在加州嘛。"她让他坐下，但他说了更多借口来推辞，而这开始令她发慌。最后，她命令他摘下墨镜，他不情愿地露出了青肿的眼眶。她吓坏了。他撒谎说是自行车事故导致的。

上述场景是编剧罗伯特·马克·卡门（Robert Mark Kamen）写的，在电影中十分出彩。

这个场景还有许多种展现的方法。没有哪两个编剧有完全一样的想象力。看看你大脑中的画面，听听你大脑中的对白，暂时做你大脑的观众，然后草草记下你看到的东西。

选择如何去做的决定权在你。你可能喜欢大纲或概述。对很多人来说，用记叙文写作十分有帮助，这解放了写作者，让思想肆意流淌。这里没有什么规则可循，重要的是你的想象力。你可以写大纲，也可以写梗概，写在卡片上或便利贴上都可以。找到最适合你的方法就好。

进入场景或段落内部，然后努力发挥你的想象力，这是构思过程中最具创造性和最舒适的部分。这时，你成了一个电影摄影师，电影在你的头脑中鲜活起来。要知道一个伟大的读物首先是一次视觉体验。在写到纸上之前，编剧首先要鲜活地"看"到自己的电影。

第八步　初　稿

　　到了这一步，你已经做完了所有的基础工作，现在你要按照格式来写剧本了。在这里，记得给自己留下一些空间。在你写了一些场景之后，你会发现根本不需要它们，反而需要添加另一些场景。一些更好的创意会突然蹦出来，而另一些你可能怎么看都不顺眼。往下写就是了，但是千万不要偏离路线。你心里要时刻记着你的故事在讲什么，这是你的成功要诀。

　　初稿中最重要的是什么？就是白纸黑字地写下来。现在还不是让你的内心批评家发挥作用的时候。完美主义导致拖沓，而拖沓导致停顿，以及没有必要的过早润色。记住，初稿存在的意义就是用来改写！

　　我最好的编剧学员中的一些在写作时往往会卡壳。他们给自己设置了非常高的标准，一旦没有达标，他们就会手足无措。正是因为非常优秀，他们才时刻感受到写出好东西的额外压力。我给他们的建议是：坐下，凑合着写就行。然后，当他们卡壳卡得不行的时候，我告诉他们我不卡壳的秘诀。我会对自己说："今天我不写作，我只是学习写作。"不知出于什么原因，这会让我放松下来。我逐渐变得勇敢起来，勇于尝试新的体验和事物。这种心态帮我从自身困境中跳脱出来。

　　在初稿中，假如你完成了结构和人物的设定，你知晓在什么地方需要什么场景，并且你明白需要揭示什么，这不就完事了吗？凑合着写就行了，初稿就是用来改写的。

第九步　改　写

在这一步，我们修剪、砍凿、完善我们的剧本。做出修正，使观点更清晰、更明确，使人物得到强化，使对白和叙事更加紧凑和尖锐。现在是让内心批评家工作的时候了，伟大的剧本都是在改写中诞生的。别手软，对自己的作品狠一点！

在改写的过程中，我高度推荐请一位剧本顾问。尽你最大的努力去完善剧本，但也没必要到至善至美的程度。一个好顾问会提供许多建议，这才是你需要进行修改的地方。你花钱不是为了给顾问留下好印象，你花钱买的是他们的专业建议。为什么要进行不必要的改写呢？

第十步　打　磨

我曾经这样问一位经纪人："剧本什么时候才能算准备好了，可以送出去了呢？"他的回答是："当你知道剧本没法再改进，已经写到了最好的时候。"

在确定准备好之前，不要把作品送出去。很多编剧都犯过这样的错误，包括我自己。给自己放个假，离开剧本一段时间。完成一个作品的时候，编剧自然会欣喜若狂，以至于失去了自己的判断力。几天后，当你再回来看你的剧本时，你肯定会跪下来感谢上帝没有让自己把它送出去的。

拒绝拼写和格式错误，找一个校对吧。这个行业的人对粗心大意的投稿极为光火，剧本必须看上去极为专业。

第 13 章

改编、合作及我犯下的大错

✎ 改 编

经常有编剧新手问我关于改编的事。如果能拿到一本书的电影改编权，接下来该做什么呢？

我改编过很多作品。将现有作品（尤其是书和小说）改编成电影，这是一件非常有挑战性的事情。弄明白电影制作的全套过程是一次非常棒的历练。事实上，我认为这可以设计成一个非常棒的课程：选取一本小说，探寻其中的电影元素，然后将其改编成剧本。

我最喜欢的一次改编经历是和编剧帕梅拉·华莱士合作的那次。制片人是埃伦·弗里尔（Ellen Freyer），改编的是卡伦·库什曼（Karen Cushman）获得纽伯瑞文学奖银奖的《小鸟凯瑟琳》（*Catherine, Called Birdy*）。这本书讲的是一个生活在中世纪英格兰的倔强女孩反抗她爸爸给她包办婚姻的故事。这个剧本就像是少年版的《莎翁情史》（*Shakespeare in Love*，1998），写作过程充满欢乐，我好像又回到了大学时代学习古典戏剧的时候。后来，我们把这个剧本卖给了本·迈伦制作公司（Ben Myron Productions）。不幸的是，这部电影在开发上有很大困难。因为这是个年代戏，年代戏意味着大预算。另外，主演还是一个小女孩，这导致了这部电影的市场前景不被人看好。安妮·海瑟薇（Anne Hathaway）读了剧本，非常喜欢"鸟人"这个角色，差一点就加入了。不过请记住，你在好莱坞会经常听到"差一点"这个词。

我在出版界有一些朋友，他们大多在一些小出版社工作，我们约定好会保持联系。我一直在寻找好书，我也一直在网络上关注自费出版的作品。大约两年前，我看到一个我喜欢的标题——《卧底白色垃圾》（*Undercover White Trash*）。我读了这本书，十分有趣，我非常喜欢。我联系了作者戴维·基尔帕特里克（David Kilpatrick），并达成了开发期权的协议。我写的同名剧本被休息一下制作公司（Gimme a Break Productions）买下了开发期权。

我发现我共事过的作者都非常好合作。在合作初期，因为之前和好莱坞合作得不愉快，一些作者可能会有些许谨慎。有些时候，作者的疑虑是合情合理的，而有些时候这只是这个行业的本性。我发现，一旦你和作者建立起一种友好的合作关系，他们觉得你是可以信任的，他们全都会非常支持你。

大约 5 年前，我走进一家书店，发现一位非常漂亮的金发女人正在给儿童读物做签售。她是文德林·范德拉安南（Wendelin Van Draanen），"萨米·凯斯"（*Sammy Keyes*）系列小说的作者，她创作了一个名叫萨曼莎·凯斯（"萨米"）的青少年侦探形象。《萨米·凯斯和旅馆的贼》（*Sammy Keyes and the Hotel Thief*）获得了 1999 年爱伦·坡最佳儿童悬疑故事奖（Edgar Allan Poe Award for Best Juvenile Mystery）。我们简短聊了几句，然后一直通过电话保持联系。我读了她所有作品，非常喜欢。我们的联系使我得到了《萨米·凯斯和旅馆的贼》的改编权，如果这一部小说最终能够制作成电视剧的话，我还能拿下她的另外 3 本作品。我写了一个（电影）后门试播集的大纲，然后和文德林合作写出了将其开发成电视剧所需的试播集创作宝典。后来，我们和一家美加合资公司达成一致，文德林和我签下了我们的那部分合同。这个项目的制片人为了给我们争取到这份合同付出了坚持不懈的努力，也同样坚持不懈地向我们隐瞒了合同中的条款。经过了长达几个月的无休止的谈判，这家公司受够了，最终选择了退出。

这就是作家们会感到挫败、编剧们会感到痛苦的原因。"萨米·凯斯"系列继续获得极大的成功，文德林正在创作她 20 本系列小说中的第 15 本，并拥有庞大的 9—15 岁青少年读者群。我很高兴地告诉大家：她的作品《怦然心动》（Flipped），当下正由罗森-奥布斯特制作公司（Rosen-Obst Productions）进行电影项目的开发，编剧是诺拉·埃夫龙（Nora Ephron）。

经常有人问我如何才能得到一本书的改编权。我跟你说，这完全取决于你看中了什么书。畅销书你就不要想了，即使你不差钱，一些经纪人和影视公司也很有可能在书出版之前就拿到它的改编权了。我曾努力去找一些不那么知名的书，但是经常发现情况也差不多。但有的时候，你也会遇到漏网之鱼，这完全看运气。

你可以在网上寻找那些自费出版作品，也会发现一些小型出版公司列出的他们公司的书目。如果你感兴趣，找电影版权的相关信息也很简单。直接给他们打电话，话务员会替你转接到附有指示的电话录音，录音里会告诉你寄信地址或电子邮箱，几个星期内你就会得到答案。我也曾通过出版社找到作者们的经纪人以便取得联系。经纪人会替你去联系他们的委托人，如果作者感兴趣，他们会给你回电话。

　　在你得到改编权之前，不要着急去写什么，不管这本书多么老或多么默默无名。一定要先获得到确切的权利消息。

✎ 合　作

　　这个行业不是单枪匹马就能玩转的。影视艺术是一种要求高度合作的艺术形式。在影视项目运作过程的每个阶段中，见面会谈都是免不了的。每个人都有自己的想法，互相妥协是不可避免的。

　　即使在好莱坞，也会有很多编剧寻求合作。团队写作是一种十分普遍的创作方式。在这本书里，我谈到过我参与的各类合作项目，大多数都充满了欢乐，当然也有些非常痛苦。

　　独自写作有很多优点，比如你不用考虑自尊的问题，能够挣更多钱，你自己决定了所有的构想，但孤独也不可避免。如果你天性喜欢社交，那么你会发现和别人合作更有创造性，也更有纪律性。

　　如果你现在正在考虑进行合作写作，那么这里有几个非常重要的问题需要你注意。分享写作的过程就像并肩走过一条长长的走廊。起初，两个人互相信赖，对创作过程都抱有理想化的期冀。但就如同婚姻一样，当困难出现时，自尊的问题也会被牵扯进来，感情也会受到伤害。如果没有良好的沟通、交流的话，合作关系会变得十分痛苦。没有什么会比这更快地扼杀掉这段这样创造性的合作关系了，分手会像离婚一样痛苦。

　　如果你选择和一个搭档合作写作，并且剧本成功卖出去了，那么你就有义务在你的下一阶段工作中保持和这个搭档的合作。制片人和故事编审购买的是你们这个团队，而不是其中的某一个人。如果你同搭档一起开创了职业生涯，你却选择分手的话，那么你无异于从头开始。出于一些无法解释的原因，好莱坞通常会假定不在场的那个人就是团队中做了全部工作的那个。

这种问题非常普遍，有一次我搭档开玩笑地跟我说，每个编剧都应该签署"婚前协议"。在分手不可避免的时候，编剧们需要决定哪部作品应该划归谁的名下，这就跟哪个孩子归谁抚养一样。每个人都应该好好同对方商讨，在取得双方同意的前提下，在不想持有的作品上划掉自己的姓名。

一旦你作为编剧有作品问世了，和不同的人进行不同项目的合作就要简单得多，因为你已经证明了自己，并拥有了独立的署名权。

如果你选择和一个搭档合作，并且真的想写剧本卖钱，而且你想作为这个团队的一员继续工作，那么记住接下来的几点，这是建立成功的合作关系要遵守的基本规则：

（1）交流沟通是关键。双方都必须信任对方的观点。听着，要学会妥协。在合作的过程中，不能让所谓的自尊挡路，一切都要以工作为重心。

（2）你的搭档和你一样坚定吗？万一项目进行到一半，他／她想退出怎么办？或者想改变合作关系怎么办？权益会转移给最终完成这个项目的编剧吗？讨论一下这些问题，并把备用方案写下来。当然也犯不着请律师，每个参与写作的人都签个协议即可。

（3）你搭档愿意在这个项目以及你们的关系上投入多少时间？开销呢？写作可不是个便宜活儿：复印费、各种耗材费、工作餐、调研费。你搭档愿意投入金钱吗？

（4）确定一下你们的署名顺序。刚开始时你们会感觉这事儿不重要，但在后面会成为大问题的。扔硬币决定？或者由你决定？不管怎么决定，一定要在一开始就确定好。

（5）找一个互补的搭档，对方的优势可以补足你的弱点，反之亦然。合作关系的重点在于它让你能够写得更快更好。两个人都太有主见的话，合作会大打折扣。"一山不容二虎"，一个团队出现两个管事儿的人也会有一样的问题，这和两个磁铁的正极碰到一起是一个道理。是合作双方的差异造就了一个强大的团队。

（6）了解你搭档的个人生活。写作会占去大量时间，或许你和搭档在一起的时间比和爱人在一起的时间都要长。这么长时间待在一起，工作和生活之间的界限会变得模糊。你们二人都要清楚你们做出的承诺，以及承诺会引发的问题。这个人有孩子吗？配偶？男友？女友？他们会因你占据了你搭档的时间而产生怨恨吗？曾经有一个医生带着医疗悬疑剧的创意找我合作。起初还好，但是当他女友开始参与我们的讨论时，事情开始变得糟糕。过了一段时间，我都不确定是我们两个人在写作，还是我、医生和《致命诱惑》（*Fatal Attraction*，1987）里的那个疯子在一起写。想都不用想，这个项目不可能成功。好消息是：我听说他终于和她分手了，重获自由。我祈祷不要再有这样毁了一锅汤的老鼠屎了。

（7）看看你们中的谁口才更好，让这个人做你们的发言人。两个人在提案会议上抢着说话可不是什么好事儿。一个说，另一个在需要的时候补充。一个当司机，另一个当领航员。

（8）确定每个人写什么，以及什么时候写。其中一个人没能按预期完成的时候，另一个人可以提醒一下，并且在关键时刻可以顶上来做救火队员。

（9）花上一星期的时间，商讨一下你们的写作进度安排。确保你们在开始之前，解决掉所有待定事项，一切都得安排得明明白白。

（10）在开始写作之前，你们应该将所有事都一步步列出来，要明确掌握故事的发展走向。写作时不应该有什么大的意外出现，你俩在开始之前就应该把所有事都决定好。

✏ 我犯下的大错

照本宣科

通常情况下，影视公司的项目主管可以发现哪里有问题，却不总是能告诉你该怎样有效地解决问题。对编剧来说，不懂变通，照本宣科，仅仅按照剧方意见的字面意义去修改剧本是死路一条。举个例子：

有一次，我参与了迪士尼的一个半小时动画片项目。一个项目开发主管给了我她的意见。动画片对我来说是一个全新的领域，我想把活儿干得尽可能漂亮一些，给她留下个好印象。我严格遵循她的意见，细致地修改着剧本。写作期间，我脑中萌发了一些效果可能会更好的创意，但我否定了自己，我只是逐字按照她说的去做。当我把项目交上去的时候，她说她很失望。她说："我知道你做了不少工作，但我想要的更多。"从那天开始，我就清楚地知道，编剧一定要比执行意见做得更好，编剧要破译出意见背后的含义。我明白了永远不要只是逐字逐句地遵循剧方意见。

开会时，我会适时介入谈话中，以确保我把每个问题都弄清楚了。如果我理解错了，我们会一起把它说清楚。如果过后我突然有了新想法，并且这个想法意味着重大改动的话，我会给主管打电话，通知他们。有的时候，我只负责实施我的创意，功劳全部都让给他们。对剧方来说，如果一个创意有好的效果，他们也就欣然接受了；如果不起作用，罪过总归是算在编剧头上的。

对经纪人言听计从

我曾经得到了一个没什么油水的项目，改编摩根·卢埃林（Morgan Llywelyn）的长篇巨著《格拉妮娅》（Grania）。把这本书改编成电影的风险很大，它是爱尔兰最后一个部落的英雄首领格蕾丝·奥马利的传奇故事，其中还描述了她同伊丽莎白一世的卓绝斗争。这两个女人都想得到对方拥有的东西。格蕾丝，为人民所拥戴，带领着她的战士在战场上战斗。她过着激情洋溢的生活，身边不乏情人和孩子，但她从没有拥有过伊丽莎白的权力；而在遥远地方统治着整个国家的伊丽莎白拥有着至高无上的权力，却羡慕着格蕾丝那激情的生活。

两个女人都是充满激情的斗士。两个人有很多相似之处，她们同一年出生，又都在 80 岁的高龄去世。英雄惺惺相惜，随着时间推移，她们对彼此的尊敬与日俱增。在晚年，格蕾丝陷入了贫穷，她部落的人民不断死亡。她开始了那次著名的沿泰晤士河而行之旅。她傲然拜见了伊丽莎白，并且向伊丽莎白请求设立18条规定来保证她的部落免于消亡，而伊丽莎白满足了她的所有请求。

我对自己说："好的，太贵，太庞大，年代戏，还有很多在水上的场景，两个女性主演，奥斯卡简直就是为这个题材而存在的。"我的职业背景是表演，我愿意为这两个角色中的任何一个付出我的灵魂。对于伟大的女演员来说，这是多么好的飙戏机会啊。

我的经纪人说只有白痴才会想到改编这本书，这很有道理！但我还是去做了。

我有两个合作者，一个是研究伊丽莎白女王的泰斗，另一个是研究异教信仰的权威人士（格蕾丝有一个教她旧礼数的仆人）。在他们的帮助下，我们开始了对这本书的改编。我们对书中原有角色加以删减或合并，并创造出了一个全新的精彩角色。虽然当时我手头上还有其他项目要做，但是我们在这个活儿上花费了整整6个月的时间。

然后我写了一个20页的大纲。我知道我断然不可能得到写这个剧本的机会。这个电影太大了，只会给那些顶级编剧去写。

当我的经纪人读到这个大纲时，她简直乐疯了，她非常喜欢它。

通过我的一个熟人，这个项目到了海伦·亨特（Helen Hunt）手上。一天下午，我正在家中工作，她在车里给我打电话说，她想演格蕾丝这个角色。

海伦隶属创新精英文化经纪公司[1]，而我是一个中型经纪公司旗下的编剧。我告诉我的经纪人，我能得到制片人的署名就满足了，她跟我说我应该争取写初稿，一个制片人的名头对我的职业生涯没有什么帮助。她很坚决。我当时就知道这是个错误。

但是万一我的经纪人是正确的呢？万一我拿到写初稿的机会呢？反正他们也会拿给另一个编剧改写的。万一我干得不错呢？这或许也能为我赢得奥斯卡奖呢。去他的！是我发现了这个项目，我是那个为之付出汗水的人。我同意了，争取一下吧。这场拉锯战持续了太久了。最后我反应了过来，说："接受那个该死的制片人署名吧。"但那时为时已晚，海伦已经参与了另一个项目《尽善尽美》（*As Good As It Gets*，1997），她也因此拿了奥斯卡奖。曾经有一个绝好的机会摆在我面前，但是我们搞砸了。

后来我了解到我的经纪人和海伦的经纪人是有联系的，所以这里面就不仅是业务上的问题了。虽然我得到了不恰当的建议，但我并不是必须听从。编剧的自负那时占了上风，其实一个制片人的名头也是不错的，我应该接受并知足的。

不听从自己的心声

一个人如何解释一件没有逻辑的事情呢？

吉姆·洛根（Jim Logan）是我16年来的伴侣，他曾为NASA工作。我曾经和他合作过一个科幻电影，是关于第一个太空殖民地"岛屿一号"的故事，里面有几个十分不错的青少年角色。当

---

[1] 创新精英文化经纪公司（Creative Artists Agency，简称CAA），为美国最大的经纪公司。

时，我的工作坊里有一个女助理，她认为这个项目可以开发成相当不错的电视连续剧，因为在那时候，社会上关于寓教于乐的呼声十分高涨。我觉得这个主意不错，并且说她也可以帮我们一起开发这个项目。大错特错！我应该说："谢谢！我会认真考虑一下的。虽然机会不大，但万一成功了的话，我们会付给你一笔相当可观的钱。"

这个创意后来被命名为《太空追踪者》(Space Trackers)，梗概是这样写的：在 50 年后的未来，5 个古灵精怪的学龄儿童在一个太空殖民地生活。他们共同加入了一个研究实验室，在那里，他们一起研究 20 世纪初的地球。

我给了这位助理一个"共同创作"的署名，并解释道，如果不给她署名的话，未来可能会导致一些问题。但我的伴侣却没有得到任何署名的机会，要知道他是这个领域的专家啊，这很重要。我强调了卖出这个试播剧本的可能性较小，卖出一整个剧集的概率更是堪比中彩票。

剧集创作宝典送出去两周后，有人向我们报价：儿童电视工作坊(Children's Television Workshop)，哥伦比亚电影公司(Columbia Studios)和一家籍籍无名但有部剧在热播的独立制作公司。

我的经纪人问我想跟哪家合作，我说儿童电视工作坊。她说那是疯了，那是最差劲的报价了。此话不假。没什么理由支持我认为儿童电视工作坊是最合适开发这个项目的机构的想法。

我们最终选择了那家独立制作公司，因为他们的报价最为丰厚，并且我伴侣和我还可以参与制作。其实在当时我是有一些不好的预感的。但是这些人也没对我做什么，所以当时我也没当回事。

在敲定合同条款时，他们一直在问我那个没有什么作品的女人是如何拿到"共同创作"的署名的，以及她能为这个项目提供些什么。

我为我的助理据理力争，甚至差点为此失掉了合同。最终，她仍然得到了她的"共同创作"的署名。不仅如此，她还获得了亲自上阵的许诺，可以写一集第一季的剧本，在我的监督下可以给第二季写两集剧本。这可是前所未见的好事，可是一些新手编剧却完全意识不到这一点。

如果你看过一份好莱坞合同，你会被它的详细程度所震惊的。它涵盖了项目中可能发生的任何可疑情况，万一你的剧成为下一个《星球大战》三部曲的话，它甚至会计算出你将得到的荒唐报酬。合同上给出的是买断的数字，但是好莱坞的人必须在法律上保护自身利益，万一那个奇迹真的发生了呢？因为吉姆和我不止分享了"共同创作"的署名，还是签约编剧，所以我们的酬劳十分可观。相比之下，我的那位助理的酬劳就要少得多。她十分肯定我们在耍她玩儿。

和不专业的人合作，最大问题并非他们的天赋如何，而是他们对这个行业一无所知。我告诉她应该搞清楚状况，电视剧不是这么卖出去的，从来都不会如此简单。但这是她的第一个项目，我确信她把自己当成了下一个史蒂文·博奇科[1]了。直到今天，她仍然认为我对她不公，并且不跟我说话。

如果新手编剧能有机会沾成名编剧的光，他们应当给什么就

---

[1]　史蒂文·博奇科（Steven Bochco），美国电视剧编剧、制作人，共获得 30 次艾美奖提名，获奖 10 次，也获得过英国电影和电视艺术学院奖、美国导演工会奖、美国制片人工会奖、爱伦·坡奖等多项荣誉。

要什么，并且还要心存感激！这是他们的入行之路。他们不知道自己有多幸运。

或许是我和她的不愉快导致我对这家独立公司有种说不清的不祥预感。

之后，发生了北岭地震。在地震中，这家公司的拥有者，也就是和我们开会的那位制片人，他的房子被撕成了两半，他本人还在里面。这场地震给所有人都带来了精神打击，但这位制片人遭受的创伤尤为严重。他公司的办公场所也遭到了很大的损坏。之后不久，他就关了公司，搬去了得州的奥斯汀，这也宣告了《太空追踪者》的终结。

在这次交易中，我最大的错误就是没有听从直觉。我知道，捍卫一个没有多少逻辑的主张很困难。现在，我只会说，我对某些事情有一种强烈的"感觉"，并且不管跟谁说，我都有足够的信心。实际上，大多数人对此还是很开明的。你不用过多地解释，他们能够理解。

✏ 来自动画编剧斯坦·伯科威茨的忠言

编剧斯坦·伯科威茨（Stan Berkowitz）凭借他的动画连续剧两次获得日间时段艾美奖（Daytime Emmy awards），这两部作品分别是：《蝙蝠侠与超人新冒险》（*The New Batman/Superman Adventure*）和《未来蝙蝠侠》（*Batman Beyond*）。他还参与了很多项目的制作，比如《胡克警探》（*T. J. Hooker*）、《休斯敦骑士》（*Houston Knight*）、《少年超人》（*Superboy*）。2008年，他完成了他的第一部动画长片《正义联盟之新的边际》(*Justice League, the New Frontier*)的制作,该片专供录像市场。

马德琳:你毕业自加州大学洛杉矶分校电影学院,关于电影学院你有什么看法?

斯坦:我不觉得自己在电影学院学到了特别多。通过看电影、读书或者在这个行业里工作,我可以学到同样的东西。但是你可以在电影学院里结交朋友,那些最有可能出现在这一行里的人都在电影学院里起步。这一行业里的人还会把自己的孩子送到电影学院里来。靠朋友交情你才能在这一行往上走。

马德琳:你是怎么从真人影视转向动画的呢?

斯坦:通过《少年超人》的一个编剧。他主要是一个漫画作家,但写电视剧也很在行。1993年底,他给我打电话,告诉我他认识的一个剧本编审正在做蜘蛛侠的电视剧,问我愿不愿意做动画片。动画片剧本编审好像对有真人电影作品的编剧很有好感,而我恰好有很多这方面的经验。我觉得自己能干好这事。

马德琳:动画剧集和真人剧集有什么区别?我读过《蝙蝠侠》的剧本,里面的指示好像比真人剧集剧本多很多,剧本大约有38页。

斯坦:半小时真人剧集的剧本大约28页,但是在动画剧集里,你需要决定很多细节,描述动作也要更详细一些,所以剧本更长一些。

马德琳:《蝙蝠侠》由一个引子和三幕戏组成,动画片的形式会像各类电视剧集一样多变吗?

斯坦:是的,你可以没有引子,也可以加一场幕尾戏,这完全取决于各自剧集的要求。

马德琳:你的电影《正义联盟之新的边际》有多长?

斯坦：时长有 75 分钟，剧本有 118 页。

马德琳：所以动画剧本不是像真人电影那样一页对应一分钟？

斯坦：不是，它发展得更快。在动画中，摄影机的作用要弱一些，所以你必须加快速度，在场景之中或场景之间的剪辑都要更快。在动画中，你无法像真人电影一样用那么多绝佳的镜头表现一个角色在思考什么，这在动画中比较难表现。

马德琳：动画的前景如何？

斯坦：正在成长。电脑动画越来越成熟精细，编剧工会也已经开始就真人和动画的划分等争论进行仲裁了。就此而言，我想更多东西会被从技术上划归到动画的范畴里，即使它们看上去可能并不太像传统动画。

马德琳：所以，真人影视编剧和动画编剧将来会交叉？

斯坦：两者真的没有什么区别，我们都是讲故事的。比如，保罗·迪尼（Paul Dini）是一个非常著名的动画编剧，但是他现在也出现在了《迷失》第一季的演职员表上。给真人影视写剧本和给动画写剧本之间的差别真的非常小。

马德琳：跟我们说说你的电影吧。

斯坦：《新的边际》是一部非常长的漫画小说，它几乎囊括了 DC 漫画公司（DC Comics）的所有角色。要把它改编成动画，DC 和华纳需要一个对砍掉哪些角色、留下哪些角色十分有把握的人。我发现最好的方法就是看看高潮部分，如果有角色落下了，我就回到开头，重新修改他们的部分。所以我学会了倒着工作。我学到的另一个事情是，告诉观众太少远比告诉观众太多要好，阐释用得越少越好。

马德琳：对，那样观众就会被揭秘的过程所吸引。

斯坦：但你一定要呼应到位。

马德琳：我从北加州飞回来时，发现我身边坐着一位《新的边际》的剪辑师。他说这部片子棒极了。他说得对，我等着它上映呢，我真的很喜欢它。你对那些想打入动画界的编剧有什么要说的？

斯坦：我写过真人电影的投销剧本，这是检验一个编剧创造力的深度和广度的最好办法。一个电影剧本除了能当作你的剧本样稿之外还有其他用途，没准它就能卖出去呢。如果你的目标是写动画剧集，给你想写的剧集写几个样例剧本也是不错的。

马德琳：日间动画和黄金时段动画两者区别大吗？

斯坦：前面我说的是日间节目。诸如《辛普森家庭》（The Simpsons）这样的黄金时段节目更倾向于让有经验的喜剧编剧来写。日间节目的要求宽松一些并且风险更小，由于现在剧本价格大约要5000到7000美元了，剧方更愿意给新人机会。为了让掌剧人读到你的样稿，你应该去参加一些漫展，比如在圣迭戈和旧金山举办的那些。我建议你最好还是坚持写那些有趣的电影剧本，不要去迎合别人，做自己就好。你可能会失败，但你至少坚持了自己的风格。苦心人，天不负。拿我自己来说，我用了11年多的时间才开始靠电视编剧这一职业谋生。

✎ 来自真人秀节目编剧加德纳·林的忠言

加德纳·林（Gardner Linn）是真人秀节目《全美超模大赛》（America's Next Top Model）的编剧和真实频道（TrueTV）真人秀

节目《黑金》(*Black Gold*)的故事制片人。他现在是历史频道的一个新节目《伐木人》(*Ax Men*)的故事制片人。

马德琳：你是如何进入真人秀节目编剧领域的？你的职业背景是什么？

加德纳：之前我是杂志记者。后来我决定搬到洛杉矶来做一个编剧。我认识一个在真人秀节目《日常生存自救手册》(*Worst-Case Scenario*)工作的人，他们需要一个录入员。

马德琳：录入员做什么？

加德纳：很多真人秀编剧都是从录入员起步的。真人秀节目中有几百个小时的镜头素材，录入员的工作会使素材查找变得更方便一些。

马德琳：类似资料录入？

加德纳：基本上是。但我们录入的不是数字，我们要看屏幕上的东西，在一两分钟的片段里录入文字。比如《全美超模大赛》有几小时的姑娘们的影像素材，我们要观看，然后在数据库里输入该片段中发生了什么，比如"玛吉朝丽莎大喊……"，以便编剧和剪辑师快速找到。刚入行时我就干这些，我还做过转录采访。

马德琳：所以，真人秀编剧有点类似于剪辑。

加德纳：是编剧和剪辑的结合。我们把素材库的片段和采访的节选组合到一起来讲故事，每个节目处理故事的方法都不同，大家都有不同的做事风格。

马德琳：当我第一次听到"真人秀节目剧本"(reality script)这个词时，我感觉它听起来自相矛盾。它到底是什么？能给我们从头说说吗？

加德纳：《全美超模大赛》在开拍前，一切都规划好了。制片人和执行制片人都有具体的工作。一开始，他们坐在房间里，决定那一周的节目主题。每周都会有一次相关内容的授课、一次挑战以及一次跟主题有关的专业摄影。这就是节目的架构。

马德琳：这和编剧没什么关系？

加德纳：是的。有时我们也可以在主题、创意上帮忙出主意，但我们更多是在那之后才进入工作。制片人每天都至少要花上几个小时来决定节目中的姑娘们要做的事。然后，导演和现场导演就出去拍素材，我们管这个叫实时采访（on-the-fly interviews，简称 OTFs）。每周会有一次在摄影棚坐下来做采访的机会，内容覆盖当周发生的所有事情。所有素材会送到相关的工作人员手中。

马德琳：也就是编剧那里。

加德纳：对，还有剪辑师。我们和现场工作人员一直保持联系，所以知道现场发生了什么——比如谁有麻烦了，谁的故事开始成形，两个女孩打起来了——总之所有你可以加以发挥的事情。除了画外音解说，其实我们没有真正地去写什么东西。在《超模》中，我们是从采访文字和我们自己的场景笔记中"组装"出来一个剧本。但在我的新节目中，我们全都用到了 Avid Xpress（剪辑软件），这是剪辑师常用的 Avid 软件的简化版。我们首先完成一次粗剪，粗剪出来的内容我们叫作串接素材（string-out）。一旦剪完串接素材，我通常会跟剪辑师一起待在剪辑室开始精剪。

马德琳：所以，一份串接素材就是你削减后完成的粗剪？

加德纳：一次十分粗略的剪辑，剪出大段大段能讲故事的素材。很多我合作过的剪辑师都棒极了。这是真正的合作。他们会实现我的创意，也会加入自己的想法，提出一些我没有想到的意见。我也会对他们的工作提出我的看法，我们通力合作，最后得到了更好的作品。在真人秀节目中，所有内容和角色有关。这不仅是"苏西正在化妆"那么简单，重点是苏西这样做的原因。能不能聚焦于角色，把平淡的日常生活转化为有吸引力的电视节目——这把优秀的剪辑师和编剧同较差的同行们区分开来。

马德琳：这太棒了。你们跟电影工作者没什么两样。但这听起来技术性很强。

加德纳：你需要的基本技巧和其他形态的写作没什么两样。Avid Xpress 的使用技术一两天就能学会，就跟学 Final Draft（剧本编写软件）一样。剪辑师使用的系统会更复杂一些。

马德琳：能说说一个真人秀剧本大体是什么样的吗？

加德纳：30 到 50 页不等。每集分为五幕，第四幕和第五幕通常是评比和淘汰等环节。剧本有两列，一列是时间代码，另一列是场景提示，以便剪辑师做标记。比如"1:15，玛吉穿裙子""1:20，安妮冲玛吉大喊'那是我的裙子'"等。

马德琳：你会建议有志于真人秀节目的编剧们学习剪辑课程吗？

加德纳：在未来，真人节目将越来越侧重剪辑。现在开始出现一种叫作"捕食者"（predator，producer+editor，有一说为"preditor"）的工作，也就是剪辑制片人。我觉得那就是大势所趋。故事制片人不再吃香，那些擅长故事制作的剪辑师会更受欢迎。我猜测故事制片人在未来将会被慢慢淘汰掉。

马德琳：经常有人找我，说他们有一个很好的真人秀节目创意。你会对他们说什么？

加德纳：也经常有人这么问我。就我了解，没有谁在证明自己之前就能卖出一个创意或让创意在节目上播出。即使你已经证明过自己了，这也不是一件容易的事。我有一个朋友，他已经有很多署名的节目了，他还当过制片人，甚至还做过掌剧人。他有一个很棒的创意，目前正跟电视业的一位大佬谈合作，但依然困难重重。

马德琳：他是怎么兜售这个节目的？

加德纳：他写上个五六页，然后在城里四处提案。但他已经有经验有名头了。我现在在为《黑金》的创剧人兼制片人工作，他也是同一公司出品的另一个真人秀的签约编剧。

马德琳：所以跟电视剧差不多。编剧可以从普通员工起步，挣得经验和署名，然后设法联系上决策人，得到垂青。

加德纳：没错，但不像在电视界，你可以写一个投销剧本去找机会。打入真人秀界最好的办法是认识一些内部人士，或者在这一行找个工作，比如录入员或其他能帮你往上爬的工作。如果你打字快，你可以做个录入员。有个叫"RealityStaff.com"的网站，很多公司在上面发布招聘。你也可以在那儿投简历。我自己没在那儿找到活儿，但我知道有人找到了。你也可以做个制片助理（producer's assistant，简称 PA）或编剧助理（writer's assistant），这些工作不需要什么特殊技能。

第 14 章

剧本写完了，现在干什么？

我参加各类工作坊和讲座时发现，编剧们对剧本营销的兴趣往往大于钻研剧本写作。他们经常会充满激情地问："你是怎样打入这个行业的？告诉我该做什么。"

遇到这种情况，我通常会用自己的几个问题来回应：告诉我你的写作进展如何？在你写的类型中，你有两个连续剧投销剧本吗？它们是否风格不同，并且展现了你驾驭多种题材的能力？你有能够展现你独特创造性的、几经打磨的电影剧本或试播剧投销剧本吗？

你手上最有效的营销工具还是你已经完成了的剧本。你能否敲开门取决于作品质量。质量会体现在每页剧本上，它必须是你最好的作品。

如果你准备好了，接下来就是——

首先，保护好你作品的版权。作品完成后，在美国编剧工会的网站上登记注册，或者给编剧工会邮寄（见附件 A）纸质版也可以。美国西部编剧工会为会员及非会员提供作品提交后其著作权、署名权、上交日期的存档证明。非会员的话需要花费 20 美元，作品将被登记并保护 6 年。

接下来，找一个经纪人。一定要从编剧工会认证的经纪人名单里找。必须得是跟工会签约的经纪人，其他的不行。确保你找的经纪人在电视业工作，因为有的经纪人不是干这行的。这很容易鉴定：打几个电话问问，或者询问编剧工会。在如何选择一个正确的经纪人上，我不做过多解释，因为幸运的你肯定会找到一个合适的。关于经纪人，最重要的是他们要对你的作品有信心。如果遇到很差劲的经纪人，摆脱他们也很容易。你只需等上几个月，给他们好好写一封信感谢他们的付出，告诉他们你有其他选择。一定要留有记录！如果你是曾经有过签约记录的编剧，找一个新的经纪人会更容易一些。

如今的经纪人都想做立竿见影的买卖。如果他们觉得某个项目能快速变现，那么他们就会接过这个项目。很多经纪人手上都有一大票想成为签约编剧或写上一集剧本的编剧。由于真人秀节目大受欢迎，想写电视剧的新手编剧也越来越难出头了。

编剧确实需要一个经纪人。但是如果你没有经纪人的话，只要你签署放弃相关权利的协议，也有一些可以提交剧本的地方。如果制片人或审读人正在开发类似题材的项目，你签下放弃协议基本上就免除了他们的相关责任。相信我，他们跟你一样害怕法律诉讼。签了放弃协议后你仍然可以提出诉讼，但是你会比较难赢。

没错，编剧会遭到剽窃，但这事也不是像你想象的那么多见。我讨厌这么说，但编剧是这个世界上最容易被收买的人。你如果不签放弃协议，那另一个选项就是没人会读你的作品。要我说，如果有人要求你签的话，你就签吧。曝光作品确实有一定风险，但总比无人问津强一些吧。

在等待一位经纪人的垂青时，不要中止写作，并且记得继续营销你的作品。此外，你还可以去做其他事情。

去参加会议和研讨会。去的目的不是为了卖出作品，而是为了多与行业内部的人接触。这些场合是得到行业信息的好地方，去握握手，要张名片，过会儿留张便条什么的。去结识一些公司，认识一些购买剧本的人，了解他们在找什么。找找看有没有好莱坞经纪人组织的小组座谈会，如果有，尽早到那儿，在前排找一个位置坐下来。如果有机会的话，上前自我介绍一下，告诉他们你是谁以及你在写什么。在日后的工作中，当你提及和他们中的谁谁谁有联系的话，效果会大不一样的。

不要每天傻傻地排队等着提案，卖出你的作品，却因此错过这些绝佳的小组座谈会。我教过学生如何在会议上提案，我也代表某个公司听过这些提案。太多编剧把注意力集中在了如何卖剧本上。他们应该在向专家请教上多花一些心思。这些会议提供了各种渠道，要学会利用它们。参加会议不便宜，但却可以大大节省你的时间，事半功倍。对于那些外地（这里指洛杉矶以外的地区）编剧来说，这尤其重要。

瞪大眼睛留意一下洛杉矶地区以外的会议。有时你会在外地的会议和研讨会上建立起更好的人脉。主办方会把所有与会者安排到同一家酒店。晚上，所有人都会去酒吧，每个人都很放松，每个人都很开心。这时，他们更容易接近一些。他们没有其他地方可以去了，这是建立联系的绝佳方法。

了解一下讲习班和工作坊。曾经，凯文·福尔斯听说美国电影学会有一个教改写的项目，他在那儿提交了自己的一个剧本。他当时住在北加州，为了上那个讲习班，每周都得往返洛杉矶一趟。那里的导师把他推荐给了一位经纪人。

浏览网络信息。我曾经对此也很谨慎，但我已经在网上发现了三个项目并且交给了 Lifetime 和 Hallmark。昨天我听说 Lifetime 正在寻找婚礼故事，我登录了 inktip.com，在"婚礼"的条目下搜索该类型及副标题的剧本，然后浏览故事简介。只有制片人和经纪人才可以点击你的故事简介和梗概，其他人是无法看到你的信息的。如果他们对你的故事感兴趣，就会要求读你的剧本。已经有一些编剧在网络上找到了很好的机会。

一些剧本大赛（见附件 B）非常有影响力，但现在这样的比赛太多了。我知道有一个在大城市举办的比赛会给所有入围者奖励。一定要彻底研究每个比赛，弄明白谁当评委。

有影响力的比赛为你的作品提供了曝光机会。在这种比赛上，审读剧本的人都是专家，他们有你进入这一行的门路。

多年以前，我问我的经纪人有没有兴趣给一个剧本小组座谈会做讲评，她直接就回了个"不"。我告诉她比赛地点是在夏威夷，然后她问："我要读多少剧本？"我告诉她，读 10 个进入决赛的剧本。她还是有些犹豫，然后我告诉她，与会者可以在希尔顿夏威夷度假村待一个星期。她点头同意，但是她并不打算去签任何新客户。回家的航班上，我发现她签下了一个新编剧。她确实不想要新客户，但她遇到了一个她喜欢的项目。这就是比赛中"无心插柳柳成荫"的例子。得奖并不是我们的主要目标，结识行业的专业人士才是。

奖金是极好的，如果你能拿到的话（见附录 B）。我曾经有两个学员拿到了迪士尼的奖金，一个是院线电影类，一个是电视剧集类。拿到电视剧集奖金的那个女人一年之后就成为签约编剧了。

使用有创意的营销策略。别以为你写下"淡出，剧终"几个字，你的创造性工作就结束了。这一行里的每个人都可以讲述一个有关他们如何入行的精彩故事。关于营销策略和抓紧机会的妙事同样多姿多彩并富有创造性，一点也不亚于讲述这些妙事的编剧。

曾经，我得知我住的公寓楼里有这么个人，他认识一个人，这个人又认识另一个跟一个经纪人打网球的人。我邀请他共进晚餐，用红酒和意大利面招待他，然后问他能否把我的剧本给他认识的那个认识一个跟一个经纪人打网球的人。不知费了多少周折，我的剧本还真就送到了这个经纪人的案头上。我有好的预感，直觉告诉我这事肯定成了，我们会成为他的客户。我就等他回电话，等啊，等啊。电话没有来。终于，我给他打了电话，在我介绍我就是那个给他剧本的编剧时，我差点没吓死。他压根不记得这个剧本。对话大概是这样的：

镜头交切　电话对谈双方

　　　　　　经纪人
是……噢，是的。这个剧本还是不错的。继续写下去。你有天赋。

　　　　　　　我
谢谢你……
一段长而令人不舒服的停滞。我在等他多说些什么。

　　　　　　　我
我们在找经纪人，我们以为——

　　　　　　经纪人
（打断我）
我现在不接新客户。

> **我**
>
> 噢……好吧。我们能过去见见你吗？
>
> **经纪人**
>
> 你们为什么要见我？我都说了不接新客户了。
>
> **我**
>
> 我们真的感谢你看了我们的剧本。我们只占用您一小会儿时间。我们就想跟您握一下手。

由此，我开始了我 25 年的创造性说谎生涯。我们见了那位经纪人，这次会面确实很短。他还是不想签下我们，但我们相处得很好。

实话说，我想他在我们身上找到了乐趣。我们有上进心但是并不讨人烦，十分热情、年轻并且信心满满。在我们离开之前，我麻烦他再多帮一个忙：尽管他无意签下我们，但是能不能替我们把剧本推荐给一个——谁都行——愿意读它的人呢？我想当时他唯一的希望就是赶紧打发我们离开，所以他答应了。一年之后，这个经纪人签了我们。在差不多 23 年（其间我离开过一段时间）里，他都是我的经纪人。那么多年来，他打电话的风格还真是没变过。

任何一个在这个行业成功的人都有自己独特的故事。不管你是怎么开始的，你最后都得找一个经纪人。没有经纪人，你卖出剧本的可能性很小。无论如何，你不可能在没有经纪人的情况下成就一番事业。经纪人很重要。

✏ 来自经纪人米切尔·斯坦的忠告

米切尔·斯坦，斯坦经纪公司（Stein Agency）的演员和文学代理人。

马德琳：编剧为何需要一个经纪人？

米切尔：没有人代理你的话，你就不会被视为真正的业内人。有人代理意味着你的作品水准较高。要想把作品提交给制片厂，就需要经过经纪人之手。但这是一个两难困境——除非你现在有人代理或你有什么作品被制作出来了，否则经纪人是不愿意代理你的；而没有一个经纪人的话，你的作品又很难被制作出来。

马德琳：但是一些编剧新手也找到了代理。

米切尔：是的，每年都有公司会签下一些新编剧。

马德琳：这些新编剧怎么才能让自己的作品被读到呢？

米切尔：几乎全部都是通过私人关系，没有例外。某位律师可能会给我五年前的合作对象打电话，说他有个朋友写了个剧本，问我能不能给看一下。或者哪个制片厂主管可能会说他发现了一个有才华的编剧。我会问那位编剧有没有经纪人。他可能会说："有，但是他和经纪人相处得不愉快。"我读剧本已经很快了，但我仍然发现我周围摞着一堆传来传去的剧本。我的房间几乎每个角落都有等着我去读的剧本。

马德琳：一个编剧要想打入电视界需要什么条件？

米切尔：手里有几个你所选类型的投销剧本样稿极有帮助，半小时剧或一小时剧都行。有一个原创的试播集投销剧本或电影剧本也不错。用一个剧本表明你能"照葫芦画瓢"，也就是复制或模仿，用另一个剧本表明你有自己的独特声音。投销剧本样稿需要风格不同，这样才能证明你可以写各种各样的剧。

马德琳：你主要是电视经纪人，那你读电影剧本吗？

米切尔：读，但是不一定是为了卖出去。我做的不是剧本生意，我的工作是寻找那些有天赋并能同我一起发展的编剧。我希望能读到他们最好的剧本样稿。如果剧本令我惊喜，我会问他们还有没有其他剧本。

我刚开始合作的一个年轻人给《火线》写过一个投销剧本。我自以为看这个剧看得够多了，能够理解它的主旨，但事实上我并没有那么了解这部剧。我经常让编剧在剧本开头写上一小段能够介绍这个剧的文字。这家伙很聪明，他写道："《火线》的前情回顾……"简洁，并且准确地带来了我想要的东西，毫不多余。里面没有细节分解。他给了我情节设定以及出场角色，这就是我需要的。五句话，我就能进到剧本里了。

马德琳：你如何定义一份好作品？

米切尔：我喜欢聪明的对白、有趣的角色和健全的结构。同时，我还喜欢看到剧本有留白。有一种情况会让我失去兴致——打开一个剧本时，却发现一页页用单倍行距写着的细节描述和摄影机角度。别告诉我应该怎么想象，也别告诉导演该怎么工作，写这些只会添乱。

我是个极简主义者。我讨厌阐述。如果我在剧本第一页就看到阐述的话，我断然不会去读。别对我解释什么，让我自己想明白。

拼写错误让我发疯。如果我在第一页看到一处拼写错误，我就不看了。这么明显的错误你自己都不关心的话，那我也犯不着操心。别跟我说什么"重要的是艺术本身"之类的话，如果你想搞艺术，那就去写诗吧。我不喜欢马虎的作品。

马德琳：那么电视电影呢？

米切尔：长片已死。NBC 和 CBS 砍了太多这样的剧本。

马德琳：还有有线电视网电影。

米切尔：你说的是 Hallmark 或 Lifetime 这些频道吧。如果你有一个符合他们要求、制作成本只用 100 万的小电影，那么，提交剧本很容易。但是报酬不会太好。没人愿意为他们工作，因为他们给的价钱不好。

马德琳：HBO 和 Showtime 怎么样？

米切尔：他们想要乔治·克鲁尼（George Clooney）和汤姆·汉克斯（Tom Hanks）参演。他们如今奉行名人和明星至上的准则，以前不是这样的。

马德琳：你代理动画编剧吗？

米切尔：相对于我公司的规模来说，挺多的。我代理过一个年轻人，他有很多投销剧本，从《愚人善事》（My Name Is Earl）到《办公室》都有，我把它们提交给了迪士尼，得到的反应还不错。这小伙子现在在给迪士尼做动画。我还代理过两个漫画作家，他们曾为《约翰尼·卡森秀》（The Johnny Carson Show）写过剧本。他们的幽默是歇斯底里式的——尖酸、刻薄，但同时他们还给 8 岁孩子的市场写过东西。昨天，我接到了一通来自澳大利亚的电话，澳方希望他们为一部剧写开头几集。这两名编剧十分聪明，他们从来不用高高在上的方式对待 8 岁的观众。这真的很有意思，你不需要一个动画投销剧本来打入这一行，一个好的半小时喜剧投销剧本就行。

马德琳：你说的是日间动画？

米切尔：是的，我说的是孩子们看的动画。

马德琳：那动作类动画呢，比如《蝙蝠侠》？

米切尔：那样你就需要一个该类型的动作类动画投销剧本了。

马德琳：你怎么看待剧作大赛？

米切尔：对我来说，意义不大。也许我会去读一些竞赛的获奖作品，比如美国电影学会或者学院尼科尔剧本赛的获奖作品。但是会有一些刚入行的菜鸟经纪人，很乐意读他们能得到的任何东西。他们会把自己淹没在成百上千的剧本里，因为他们像松鼠渴望橡子一样渴望找到好的作品。这么多年，在我读过的主动提供的剧本里，顶多只有一个能成功。

马德琳：你怎么看待新近的网络营销技术？

米切尔：这是个问题，这无疑是未来趋势，但我怀疑不是每个人都做好了准备。面对现实吧，每个人都参加过那些专家们大谈特谈未来如何赚钱的研讨会。我们如何通过互联网赚钱？我们如何通过手机剧赚钱？但是你知道吗，他们自己也没弄明白。每当有新鲜事情发生时，我们都先掺和进去，试试水，这样我们就可以说我们有经验了。

马德琳：你如何看待基督教观众市场？

米切尔：我觉得那是一个大市场，但现在那里还赚不到多少钱。到头来，以信仰为本的群体就没有多少钱可以花。

马德琳：坚持不懈的编剧和令人痛苦的编剧之间有什么不同？你对客户有什么期待？

米切尔：我觉得一个编剧应该懂得如何触动你的经纪人，这很有必要。你要拿捏好"触动他"和"惹毛他"之间的界限。有的人一个月给我打一个电话，对我来说是一种痛苦，而有的一天给我打两个电话，我反而觉得他很执着。这取决于那个人的个性和我们的关系。在这一行里，人际交往技巧与写作同样重要。

马德琳：客户必须自己做营销吗？

米切尔：不一定，但肯定会有所帮助。经纪人有多个客户，而编剧却只有一个经纪人。有的编剧坐在家中，也不打电话，就傻傻等着电话响；而另一些则会打电话过来说自己和制片人打过招呼了，请我寄一个剧本过去。我们希望编剧和我们一样，也多出去走走。

马德琳：有什么至理名言可以作为结尾吗？

米切尔：如果你真想了解这一行的话，去问问那些在这一行干了超过六个月的人。

马德琳：这么说的话，我们都有得笑了。

第 15 章

关于剧本营销的常见问题

问：如何找到一个经纪人？

答：能在行业内找一个推荐人最好不过，最好是编剧或制片人，因为他们审读剧本。如果你不认识好莱坞内部的人，那就去参加会议认识一个。人际关系嘛，总能建立起来的。

问：经纪人的报酬是怎么算的？

答：所有签约的经纪人都会在编剧所得中抽成 10%。那些经纪人都签署了《美国编剧工会艺术家经理人基础协议》(*Writers Guild of America Artists Managers Basic Agreement*)。他们同和工会签约的公司和制片人打交道。记住！只找签约经纪人！

问：经纪人收取审读费吗？

答：签约经纪人不能收审读剧本的钱。编剧和经纪人是利益共同体，他们看你的剧本的同时也是为了自己的收入来源。因此，他们的个人利益也承担风险。

问：我怎么找到签约经纪人名单呢？

答：联系美国编剧工会就好：https://apps.wga.org/agency/agencylist.aspx。

问：经纪人会评价作品吗？

答：很少。他们感兴趣的是你的剧本能否卖得出去，而不是你的剧本哪里有问题。不要想着从经纪人那里得到详细分析。

问：和小经纪公司还是和大经纪公司签约更好？

答：别考虑经纪公司大或小的问题。重要的是经纪人对于你作为编剧的信任。起步阶段，你最后很可能会和小公司签约。这也是好事，因为从大公司开始的话，你很容易遇到相互推诿的困境。

问：经纪人会随时通知我吗？

答：会的。每次提交剧本，编剧都应该知情。如果你的经纪人无法做到这一点，你就要学着占据主动地位。别惹人烦，但记得定期检查下，看看发生了什么事。这种情况下，电子邮件是个好东西。

问：如果我已经有了一个文学经纪人，怎么办？

答：如果这个经纪人不处理电影方面的事务，那就让他给你推荐其他经纪人。许多文学经纪人跟电影经纪人也有协议，他们会收取一点中介费。并且，来自职业经纪人的推荐极其有助于你的作品得到被审读的机会。

问：我可以拥有多个电影经纪人吗？

答：一旦你签了合同，你就只能让那位特定的经纪人代理你的作品。

问：有没有同时处理电影和出版事务的经纪人？

答：有的。如果你想双栖发展的话，找一个两栖经纪人会更有优势一些。你可以在《作家市场》（Writer's Market）及其他资源类书籍中找到他们。

问：什么是开发期权（option）？

答：开发期权就是公司或制片人为了拿到你的剧本的电影电视制作版权而支付的一笔费用。相应地，编剧在有效期内不得向其他地方兜售剧本。

如今，免费的开发期权越来越常见。一些独立片商或小公司没有多少钱，但是相信这个项目，并且愿意为之投入时间。去年我签了 3 个"开发期权"协议，平均有效期为一年。在这期间，如果这家公司决定制作这个电影的话，它们负责打包协议、开发、整合资金以及其他所有能够让项目启动的相关工作。

问：我可以不借助经纪人把我的剧本提交给制作公司吗？

答：可以。但你首先要鉴别这些公司，看看它们在哪儿，如何联系。我看到有一个册子在这方面很有用：《好莱坞创意产业联络簿》（Hollywood Creative Directory）。这份出版物按季度出版，列出了几百个独立制作人以及他们的地址和电话号码。很多独立制作公司愿意接受主动提供的剧本。

问：我的剧本提交之后，什么人最有可能去读？

答：许多制作公司，包括大一点的经纪公司都会有一道筛选剧本的工序。多数情况下，这一工序都是从一个审读人或故事分析师开始的。他们的工作是向上级提供剧本报告，其中包括产权、作者、剧本类型、长度以及其他突出的元素。除此之外，不管是推荐还是淘汰某个剧本，他们都会提供一个说明或几句话的故事简介，另外还要附上两页左右的剧本提要。

问：在剧本完成之前，我可以着手营销吗？

答：多了解一下这个行业。开始准备一个营销策略。研读一下行业杂志和期刊，参加一些会议，收集一些你可能会去联系的名字。不要在完成剧本前就准备营销，因为一旦有人想看你的作品而你没有完成的话，你可能在失去这个联系人的同时也失去他们对你的兴趣。

问：行业杂志（trades）指的到底是什么？

答：这一行里的行业杂志指的是《每日综艺》（*Daily Variety*）和《好莱坞报道》（*Hollywood Reporter*）。这两份杂志都是在每周的五个工作日里发行的。编剧需要知道的所有事情都在里面了：从好莱坞八卦新闻和投资消息，到哪些片子在制作中、谁在做、在哪儿做，甚至连未来的制作规划都会列出来。两本杂志报道的内容差不多，订阅一份就好。

问：我经常听到"周转"（turnaround）一词，它到底是什么意思？

答：一家公司拥有一个剧本或其他什么作品的开发权，但合同规定，一段时间后这个作品的相关权利将回到编剧手中，这时，周转期就出现了。这个时候，编剧可以把剧本拿出来，卖给其他公司。很多电影都是在周转期卖出去的。

问：有关系才能打入这个行业，这是真的吗？

答：不可否认，关系是打入这个行业的关键部分。但好消息是，你在座谈会、剧本大赛、工作坊上也能建立关系，不一定非得是你叔叔开一家制片厂才算"关系"。

问：我可以卖一个创意吗？

答：这种做法如今非常困难。制片人和公司想要投销剧本，他们不想要梗概和提要。不是没有例外，但非常稀有。被人称作"提案之王"的罗伯特·考斯伯格（Robert Kosberg）一直在寻找创意，如果你的创意足够好，他会替你提案。去他的网站看看：http://www.moviepitch.com。

问：在提交剧本时，我需要附上故事提要吗？

答：不用。这只会鼓励审读人不去读剧本。只有他们让你附上的时候，你再附上去。附上的提要一定要言简意赅（不超一页），应该诱惑审读人去读剧本。

问：在向经纪人或制作公司提交剧本之前，我应该先寄一封自荐信吗？

答：我建议编剧应该先寄自荐信，而不是剧本。自荐信应该引起审读人注意，让他们说："好的，我想看看剧本。"简短介绍一下自己，然后表现出你对作品的信心。信中要始终展现出你的长处。如果你之前联系过他的话，记得提起这一点。没人关心你有几个学位或你有几个孩子，但如果你在剧本所涉及的领域是专业人士的话，可以提一下（比如你是一个写过犯罪故事的警察，或是写过医疗悬疑剧的内科医生）。

　　如果你写的是一个高概念的剧本，一定要给出故事简介。如果不是，点明你作品的优势。你的剧本是造星利器吗（是否给男主演或女主演打造了强有力的角色）？有新鲜的创意吗？适时吗？观众面广不广？突出你作品中能够勾起兴趣的关键词。提一下你之后会通过电话或邮件联系他们，这会让你掌握一定的主动权。等上 3 个星期，然后再给他们打电话或发邮件。到了那时，他们很有可能仍没去看你的剧本，隔几个星期继续联系他们一下，直到他们看了为止。打听一下秘书的名字，然后询问他／她。秘书是这个行业里最有权力的人之一，他们可以提供很有价值的信息。

问：我需要在寄剧本时附上写着我的地址和贴好邮票的信封吗？
答：我强烈建议如果他们没有问你要的话就别寄剧本。人们讨厌花钱回寄材料，哪怕是花你的钱，因为他们得在上面花时间。

问：我是向公司还是为他们工作的个人提交剧本？
答：别给公司寄剧本，那肯定会在收发室弄丢的。你需要搞到负责人的名字，从《好莱坞创意产业联络簿》就可以找到，打电话问也行。这样，你的剧本才能送到负责人桌上。这时候，才可能找到某人去审读。行业杂志中也会提到为制作公司工作的个人。

问：如果独立制片人或独立制片公司想和我合作，而我没有经纪人，我应该怎样做？
答：这正是你找一个经纪人的理想时刻。问问和你合作的制片人，看他能不能推荐一个。这是进入一个好经纪公司的好机会。如果这行不通，就认真地去找个人代理你。这个时候不要吝啬，说什么："我得到了工作，何苦分给别人 10% 呢？"千万不要自己去协商一笔交易。

一个好的经纪人能够规避交易中的漏洞，是值那 10% 的。记住，经纪人一定会为你争取利益最大化的，因为这也意味着他可以多挣一些。如果你实在不想找经纪人，唯一可行的选择就是请一位娱乐纠纷律师。注意他们的收费，时间一长，你也省不了多少钱。

问：我得到多少报酬才算合适？

答：你在 wga.org 这个编剧工会的网址上可以找到薪资等级的完整列表，或者拨打 323-782-4501 联系美国编剧工会的合同部，向他们索要最低工资标准的文件。

问：电视剧项目有专门的审读人吗？

答：没有，电视剧里这个活儿归故事编审。很多经纪人都有合作的审读人，菜鸟经纪人有时会渴望阅读剧本以发掘新客户。一个电视剧投销剧本比一个两小时电影剧本更难找人来读。大多电视剧制片方不会去读主动提供的剧本。因此，多为现存剧集写几个投销剧本至关重要，然后拿着剧本去找个愿意为你帮忙的经纪人。

问：如何把投销剧本送达一个公司？

答：最好的方法就是通过经纪人或个人关系。公司不会读主动提供的剧本。如果没有经纪人，就发展一些个人关系。去参加研讨会或其他能遇到掌剧人的地方，去和电视业的人聊聊。在见面之后，通过留言或电话跟进，你总会认识一些业内人士的。

问：一个编剧如何提交试播集剧本？
答：写一个试播集投销剧本，把它当成一个展现你原创能力的样稿，而不要一心只想着卖出去。除此之外，再附上其他几个投销剧本来证明你可以为现有的剧写剧本。经纪人喜欢这样，这可以展现你的风格和多才多艺。电视台购买的是名气，而不是创意，他们想要的是那些已经有播出作品的编剧。

问：一个投销剧本能卖多少钱？
答：预算在 200 万美元以下的电影，报酬可以低至 3 万美元，也可以高达 6 位数，但那实属凤毛麟角。除非你是顶级编剧或你身处投标战之中（两家公司都想要你的剧本，把价格炒高了）。我虽然不认识你，但我大大支持这种投标战。我不用去偏袒任何一方，都能卖出剧本，完成任务。但是如果你一门心思就想着赚钱的话，这样更容易：贷款，去拉斯维加斯，把钱押上。在轮盘赌上赢钱更有胜算。

问：我可以只寄出部分剧本来引起审读人兴趣吗？
答：只有在被这样要求的时候才这么做。有一些经纪人只要求你给出剧本前 10 页，但这很少见。除非你的剧本完成了，否则不要尝试只寄出前 10 页。当审读人或经纪人跟你要剩余部分时，你得确保你有才行。

问：我应该请一位专业的评论家吗？我如何挑选剧本顾问？

答：这是个好问题。是的，在提交剧本之前得到些深入的评价很重要。当局者迷，编剧对自己的作品太熟悉了，他们需要一些外部建议。同时，一个好的顾问会使你的作品达到专业水准。而且，如果他们觉得你的作品很不错，还会把你推荐给经纪人。在这样一个竞争激烈的行业里，你绝对需要更加突出自己。

你可以在许多网站或编剧杂志上找到剧本顾问。在你联系这些人时，要确定你花钱买的是什么。你需要的不是剧本报告，比如故事提要是什么、你的剧本值多少分或剧本哪里不行。你需要一个持续支持你，且也写过剧本的编剧或专业人士，需要一个能进入作品并修改它的人。我就是这么干的，还有我的一些同行也是，他们中的一些人令我相当敬佩。剧本报告是另一回事，你无论如何都会拿到剧本报告的。首先，调整好你的作品。

有些剧本顾问非常优秀，也有些人压根干不了这活儿。有些收费过于昂贵，有些甚至需要你把你家房子做二次抵押才请得起。小心那些向你许诺了一切却不好好干活儿的人。

问：住洛杉矶以外地区对于写剧本和兜售剧本来说是个短板吗？

答：对于想从事电视剧行业的人来说，住在这一地区是很有必要的，因为你得参加很多会议。院线电影和电视电影项目只会偶尔开会，但通勤往来太贵了。好消息是你可以在任何地方写投销剧本。我知道一些成功的编剧认为这种牺牲是值得的。目前，不要担心你住在哪里，多关心一下作品的质量。等你做成一笔生意之后，再去考虑住在哪里的问题吧。

问：如果我卖出了一个剧本，能保证它一定被拍出来吗？

答：不一定。进行一笔交易，钱到了你这里，但这不意味着剧本一定会拍成电影或电视剧。很多情况下，这跟作品的质量无关。不要为此烦躁，你反正都会有一个法定的署名，你会得到报酬，并且这也铺平了你得到其他工作的路。作品没能被拍出来的确令人失望，但你至少能得到一笔钱。

问：如果我制作了一部低成本电影或样本短片的话，我找到一个经纪人的机会是不是比写一个投销剧本要大？

答：如果你的作品足够好，这确实可以当敲门砖，尤其是你有志于成为编剧或导演的话。这一行里，很多人更愿意看一部电影或短片而不是读一个剧本。这里的关键词是"好"。要多好呢？没人说得准。同时，你还要考虑开销的问题。如果你还有一个剧本的话就更棒了。

问：如果我不同意经纪人或制片人的意见怎么办？

答：这的确是个问题。为了卖出你的剧本，经纪人得信任你的剧本。你最好确定一下这不是你的自负和固执导致的。很多时候，我得到了我不喜欢的意见，我总会做出适当调整，让我们双方都高兴。经纪人或制片人往往知道有点不对劲儿，但却指不出问题在哪里或怎样修改，所以编剧得自己想明白。找到应对这些意见的最好办法。讨论、协商、建议，多问"这样如何？"。如果你还想继续得到工作邀请的话，那就去做你能做的任何事。

问：我完成了一个剧本之后，是应该把大部分时间用在营销上，还是开始写下一个剧本?

答：开启下一个剧本。不管在什么情况下，你都要继续写，但在写的同时也要着手营销。一个好作品是一张好名片，但这远远不够。如果制片公司喜欢你的作品，他们会想看到更多剧本。

问：我怎样才能成为美国编剧工会会员?

答：工会施行积分制度，该制度基于编剧与签约公司（和工会签了劳资谈判协议的公司）之间的写作雇佣关系。要申请成为正式会员的话，在申请之前的 3 年之内必须挣够 24 分，分数不够但符合其他规定的话，也可以申请准会员资格。因为美国东部编剧工会和美国西部编剧工会有不同规定，你可以上网或通过电话联系你要加入的工会来咨询细节。美国西部编剧工会网址：wga.org；电话：323-951-4000。美国东部编剧工会网址：wgaeast.org；电话：212-767-7800。

第 16 章

来自作者的最后建议

一天早上，有人敲我家的门。我也没化妆，端着杯咖啡站在门口，一个心烦意乱的学员站在门口踱来踱去，告诉我她不打算再上我的工作坊了。她的心理治疗师告诉她，应该来当面和我说。她在写剧本时卡壳了，写作太难了，她想退出。我从没想到我的工作坊能给这个女人带来这么多痛苦。写作确实很有挑战性，但也不应该是像受刑一般。她想放弃，我当然能理解。

　　一个月后，她又出现在了我的班上，对此我十分吃惊。当她把她的剧本给其他 7 位编剧传阅时，我们都交口称赞。她的写作有了飞跃性的进步。实际上，她的剧本后来进入了学院尼科尔剧本赛的四分之一决赛。

　　作为编剧，我们的工作就是给主角的道路设置障碍。障碍提供了必要的冲突，促使角色采取行动。推动故事前进的不是他们得到的东西，而是他们没有得到的那些。同角色一样，我们作为编剧所面临的阻碍也能使我们走向成功。在上面我那个学员的例子里，她遇到了创作瓶颈。有的时候，这些瓶颈的出现是有目的的。她可以选择放弃，但她最终征服了这些困难。

　　我相信在营销中也是如此。作为编剧，我们都会有被退稿的经历。如果我们后退一步，将退稿看作通向目标的道路上的必经阶段，它会教给我们一些东西的。拦路石迫使我们另寻一条新的前进线路，而有的时候那是我们抵达目的地的唯一途径。

对大多编剧来说，兜售自己也许是我们的工作中最难的部分。如果我们只是躲在电脑后面写作的话，生活会简单得多。我跟学员们说，营销就好比大热天站在水池边，水池里很凉快，如果你能一咬牙跳下去的话，在刚开始的惊吓过后，你会庆幸自己这么做了的。但如果你只是站在那里反复思考，如果你只考虑过程的艰难而不关注结果，你就会完全放弃这段体验，也永远无法知道结果是什么了。在这一行里，良好的心理状态能起到一半的作用。

当我回头看看入行以来这么多年的经历，我发现我职业生涯的高光时刻都发生在心理状态较好的时候。相反，我心理状态较差的时候正是我职业的低谷期。我仍然记得有一次我被一部剧集解雇了，因为行政制片人不喜欢我提交的草稿。这种事情确实会发生。那天我出门了，给我的房子买了新的窗帘。一周后，我继续着手另一个工作。多年后，我经历了另一段困难时期，我的投销剧本得到了十分不好的评价，我很绝望，以至于一年都没有写东西。我还是之前的那个我，我的剧本质量也很不错。剧本报告里纯粹是主观评价。我知道这一点，但我在某种程度上改变了对自己的认知。

如果你确实想在影视界谋生的话，很重要的一点就是把自己从你写的东西中剥离出来。跑步、冥想、鼓励自己或者倒立，做什么都可以。务必找到一个能让你坚持走下去的方法，能够让你在被退稿时不会打退堂鼓。实际上，你应该冲到浪头下，而不能让波涛击中你，把你拍倒在沙滩上。

同样要记得，最重要的是写作的过程，而不是买卖。我见过的所有没卖出剧本的编剧，没有一个后悔写了这些剧本。很多人在写作过程中治愈了自己，另一些人找到了极大的乐趣。他们迷恋这种挑战，完成了各自的项目，在其中获得了难以名状的满足。

我衷心祝愿你能写得开心，有美好的未来。

重要词汇

A、B、C、D、E 故事（A, B, C, D, E story） 在一部剧集中根据重要性排序的几条平行情节线。

幕（act） 电视剧中，在插播广告之间建构的一段剧情。一些有线电视电影以及剧情长片中也有幕，但在剧本格式中并不体现出来。

幕间（act break） 广告之前的幕尾高潮剧情，通常被称作"悬念"。

动作 / 叙事（action/narrative） 场景提示下的所有描述，告诉你银幕上正发生的所有事情。

弧线（arc） 角色是如何变化的。开始时角色是什么样的，他们身上出现什么危机，影片结束时角色又发生了什么变化。

菜鸟经纪人（baby agent） 刚开始工作的经纪人。菜鸟经纪人通常先在有经验的经纪人那里接受训练或给有经验的经纪人做助手。之后，他们开始开拓自己的客户和项目。

菜鸟编剧（baby writer） 一个刚刚入行、没有很多经验的编剧。

角色的背景生活（back life of the character） 在故事开始之前，角色生活中的所有重要事件。

背景故事（backstory） 在电视或电影开始之前，角色或故事的过往。

节拍（beat）　1.故事的一个单元或一个阶段；2.对白之间的暂停。

节拍表（beat sheet）　一个故事节拍或场景的列表。有的会很详细，有的则很笼统地以段落的方式呈现。

"创作宝典"（bible）　一部电视剧中所有你需要知道的事情的一本指南：概念系列、角色小传、剧集基调、地点、剧中世界的规则和剧集指导原则。为现播剧集制作的"创作宝典"汇总了剧集过往的内容，以帮助编剧更好地理解该剧。"创作宝典"还构建起了一部电视剧，可以给予购买者一个总体的观感。"创作宝典"也可以列出可行的剧情创意。

分解故事（breaking a story）　确定故事中的主要转折点和幕尾。

按键（button）　为了方便剪辑，在对白和场景中设置的关键内容。

中心冲突（central conflict）　主要角色们面对的核心冲突或问题，推动故事朝结局发展。

角色驱动（character-driven）　剧情围绕主要角色进行，从而让角色而非情节驱动剧情发展。

悬念（cliffhanger）　在过去指一集电视剧中最重要的那个幕尾。现在用来指称所有出色的幕尾或季终剧情。

闭合（closure）　每一集的结尾都是一条故事线的终结。《豪斯医生》是一部有着闭合结局的剧集。

冷开场（cold opening）　与引子一样，指在剧集标题出现之前发生的一段剧情。

主导特征（compelling characteristic） 角色的内在推动力，角色身上最显眼的特征。

对抗（confrontation） 三幕结构中最大的剧情单元，在剧本约 50 页处出现，主人公在这里遇到最大的阻碍。

核心演员（core cast） 剧集中会持续出现在每一集的演员。

戏剧需求（dramatic need） 有意识或无意识地驱动主人公采取行动的因素。他／她得不到某样东西，引发了接下来的剧情。

剧情喜剧（dramedy） 剧情片和喜剧片的融合类型。这个名词从 20 世纪 80 年代末开始流行，形容的是一种新的电视剧类型，像是杰伊·塔西斯创作的《茉莉·托德的生活》。这个名词现在很少有人用了，因为喜剧性的剧情片已经成了电视娱乐的主要产品。《单身毒妈》就是一个例子。

接合（dovetail） 若两个故事在结尾处会合在一起，就叫接合。

分段式／单集故事型（episodic） 1. 形容剧本中的一个单元与其他单元没有联系或互不影响。电影剧本也可能采用分段式结构；2. 与连续剧相对的一类电视剧，每一集都有一个闭合结局。

阐述（exposition） 为了使观众理解故事而必须提供的信息。

外（EXT.） "外景"（exterior）的缩写，用于剧本的场景提示。

初稿（first draft） 1. 指第一稿；2. 对编剧而言，初稿可以指编剧在给其他人看之前的所有稿；3. 在开发过程中的一个步骤，有报酬，由编剧在收到制作人意见之前提交。

格式／架构（format） 1. 剧本的印刷样式；2. 电视剧或试播集的结构。

概念系列（franchise） 一部剧集得以建立的核心。特许题材将剧集和里面的角色整合到一起。《实习医生格蕾》这部医疗概念系列电视剧就聚焦于实习医生及其上司的工作生活和私人生活。成功的电影、电视剧都呈现了某种概念系列。《终结者外传》（*The Sarah Connor Chronicles*）是第一部《终结者》概念系列的电视剧。

自由编剧（freelancer） 受雇创作单个剧本的独立编剧。

绿灯（green light） 批准一个剧本或一部剧集进入制片环节。

高概念（high concept） 具有强烈的钩子和广阔受众面的创意，可以用简单的一句话概括出来。

钩子（hook） 能在电视或电影开头抓住观众的任何内容。像"悬念"一样，"钩子"现今更多被用来描述剧本中任何一个剧情转折或可以抓住观众的设置。

低处（inferior position） 观众所处位置与主角一样，与主角一同开始发现之旅，观众知道的不比角色更多、更早。《豪斯医生》《铁证悬案》《犯罪现场调查》都是例子。这与观众所处位置在高处（superior position）形成对比，例如在《神探科伦坡》中，处于高处的观众知道的要比主角多。

内（INT.） "内景"（inferior）的简称，用于场景描述。

下文（legs）　当剧集还有下文，也就有了持续下去的潜力。角色和舞台提供了无休止的故事线。《老友记》就是一部有着下文的剧集。

一句话梗概（log line）　1. 适合登在《电视指南》上的一句话故事情节；2. 涵盖故事前提和故事弧线的一两句描述。

犯罪手法（M.O.）　"modus operandi"的简写，一个人从事犯罪活动时的典型行为模式。

过于直白（on the nose）　太过明显及不自然的对白。

私人恩怨（personal involvement）　剧集主要角色的个人危机。例如《实习医生格蕾》中，贝莉医生得知她的儿子被推进了急救室。

情节漏洞（plot hole）　故事中的逻辑瑕疵。

直指要害（pointing an arrow）　不是无视故事中的逻辑瑕疵，而是指出它、解决它，从而消除可能的隐患。

打磨（polish）　改写完成后对剧本的最后完善。

视点（P.O.V.）　"point of view"的简写。1. 故事总是从某个视点讲述的。《绝望的主妇》的视点是一个住在紫藤巷的过世主妇的，她每周都以旁白的方式出现；《实习医生格蕾》中的视点是梅雷迪思的。当然，电视剧不一定非要旁白才能建立视点。《灭罪红颜》中，视点通常来自林赛·博克瑟。2. 通过摄影机或镜头看到的角度。视点通常确立了角色正在看哪里，也就是角色的视点。

前提试播集（premise pilot）　用来介绍角色，以及角色们相遇情景的一集试播集。《迷失》是一个例子，该试播集从一架坠毁在沙滩上的客机开始。

单元剧集（procedurals） 一类基于调查、由线索驱动的剧集，每集都会解决一个谜团，并且每集都有一个闭合结局。《豪斯医生》《犯罪现场调查》《灭罪红颜》属于这类剧。

制片人（producer） 很多电视剧制片人都由那些有经验、有播出作品的电视剧签约编剧升任。电视制片人有很多头衔：行政制片人（executive producer）、联合行政制片人（coexecutive producer）、监督制片人（supervising producer）、协同制片人（associate producer）。执行制片人会待在现场，负责具体制作。

主角（protagonist） 故事的英雄和根本利害所在，他们推动故事前进。

加大筹码、提高"赌注"（raising the stakes） 加剧主人公的冲突，使得主角要失去更多。

结局（resolution） 经典三幕结构的最后一幕，该幕建构起高潮，主角得到或没有得到自己所追求的东西。

改写（rewrite） 改写可以分为很多层面。大的改写包括改变故事重要元素、重新架构、增加或更换角色以及更改场景。

反复噱头（runner） 一个循环出现，但不足以构成 C 或 D 故事的小情节或笑话，在剧中出现的神奇次数是 3 次。

场景（scene） 包含了地点（场所）和时间（日或夜）的剧情单位。

二稿（second draft）　编剧收到制作人的意见并加以修改后的一稿剧本。

转场（segue）　1. 从一个场景向另一个场景转换；2. 在对白中，从一个主题换成另一个。

段落（sequence）　一系列由某个特定的重要主题串联在一起的重要场景。例如《教父》中的婚礼段落。

连续剧（serial）　有着连贯情节线的电视剧，情节线会随着时间推移而发展。《实习医生格蕾》《整容室》《嗜血法医》《兄弟姐妹》《单身毒妈》都属于连续剧。

建置（setup）　交代故事内容的开场。半小时剧、一小时剧、两小时剧都有建置部分。

拍摄剧本（shooting script）　进入制作阶段的一稿剧本。

掌剧人（show runner）　一个剧集的掌权者或行政制片人。掌剧人决定了剧集的每个方面，并且只直接对电视台负责。

单机位剧（single-camera）　一种用一台摄影机完成拍摄的电视剧，录制时没有现场观众，通常是喜剧。

情景喜剧（sitcom）　一种半小时喜剧，用单机位或三机位拍摄。通过角色、节奏和时机的设置，努力让每一页剧本都能使观众发笑三次。

肥皂剧（soap）　一种不局限于日间播出的电视连续剧，由角色驱动，有连贯的故事线。

软概念（soft concept） 不像高概念，软概念是指缺乏高票房炸裂感（chink）的电影。很多获得奥斯卡最佳剧本、最佳电影提名的影片都是软概念电影，但软概念电影很难卖出去。

投销试播集（spec pilot） 由投销剧本编剧创作的新剧集中的一集，作为展现编剧的风格和创造力的样本，或者是为了能成功卖出去。

投销剧本（spec script） 一种试探性的剧本，为了能够卖出剧本而创作，或者作为样稿促成最终交易。

跳板（springboard） 一个可以供故事"起跳"的创意。

签约编剧（staff writer） 成为编剧团队之一的最初阶段，有时被称作菜鸟编剧。

常备布景（standing sets） 电视剧中可以一直保持的布景。写一集只用固定布景而不用可设布景（需要重设的布景）的剧本，叫作写"室内剧"（in-house show）。制作人会对你疼爱有加，因为这种剧集又便宜又迅速。

分阶段付款合同（step deal） 一类编剧合同，保障了编剧在每稿剧本寄出之后都能得到报酬，但是协议也有中断的可能。如果制片人对编剧的作品不满的话，这个编剧就可能被解雇。

故事编审（story editor） 在一个剧集中，地位在制作人之下，在签约编剧之上。

彩蛋（tag） 最后一条广告之后的场景或短场景，让剧集完满结束或者为后续创作留下悬念来诱惑观众。

引子（teaser） 又叫冷开场，指出现在片名之前的场景，用来吸引观众不换台。引子可以提供钩子，引入这一集的内容，但不一定每集都要有引子。

预告（telegraphing） 在需要观众知道之前，编剧向观众透露故事的走向。也就是编剧主动泄露自己的故事。

电视剧本（teleplay） 一种为电视剧专门创作的剧本。

三机位剧集（three-camera series） 一种在现场观众面前拍摄的喜剧，三台摄影机同时开拍。

基调（tone） 电视剧或剧本中的氛围，首先源自编剧的设想，然后得到扩展。

跟踪（tracking） 跟踪一条故事线，指确保时间线和情节元素都切实地起作用。

行业杂志（trades） 涵盖行业每日新闻的专业报刊。

剧本大纲（treatment） 一份故事的文字叙述，有的长，有的短，取决于不同剧集。如果有人要求你写个剧本大纲，先要一份他们想要内容的样本。

美国西部编剧工会和美国东部编剧工会（Writer Guild of America, West and Writer Guild of America, East，简称 WGAW 和 WGAE） 代表美国编剧的职业工会的两大分支。

致　谢

我要感谢的人实在是太多了……

感谢忠实引擎影业的乔安妮·施托坎，我找不到比你更好的搭档了。

感谢凯文·福尔斯，感谢你的宝贵时间和大力支持。

感谢编剧经纪人米切尔·斯坦，为我的两本书提供了专业的洞见和访谈。

感谢帕梅拉·华莱士，和你共事的时光是我宝贵的经历。

感谢美国西部编剧工会的副行政理事查克·斯洛克姆，感谢你提供的统计数据，对我帮助很大。

感谢我的朋友，编剧斯坦·伯科威茨，感谢你接受采访。

感谢加德纳·林，你使我们对真人秀编剧的工作大开眼界。

感谢薇拉·布拉西，你给了我持续不断的惊喜。

感谢我的学员们，你们让我重新燃起对写作的热情。感谢你们的鼓励、你们带来的欢乐和美妙的教学时光。

感谢 agoodedit.com 的吉姆·朗，你真的太棒了。

感谢凯茜·唐奈，允许我在书中使用我们 8 年搭档时写的剧本。感谢我们在一起时的好时光和苦日子，感谢所有的努力。

感谢制片人艾里斯·杜歌、凯茜·方·米田和米歇尔·沃勒斯坦，感谢你们的深刻见解。

感谢我在西蒙和舒斯特国际出版公司的编辑丹妮尔·弗里德曼，感谢你的才华，也感谢你的耐心。

感谢作家戴维·基尔帕特里克，感谢你对我的信心。

还有，感谢我无比怀念的芭芭拉·惠特沃思·泰勒。如果你在我身边，写这本书会更容易，也会变得更有趣。

我还要特别感谢一些人。

感谢我最好的家人，爱着我，支持着我。

感谢我的冥想老师古鲁马伊，帮我一点一点摆脱了固执的性格。

感谢我的灵魂伴侣吉姆·洛根，感谢 16 年来带给我的乐趣和伟大历险。

附录 A　相关资源

寻找参考剧本

美国西部编剧工会

地址：加州洛杉矶市西三街 7000 号

邮编：90048

电话：323-951-4000

网址：www.wga.org

有一家面向公众开放的图书馆。周二至周六上午 11 点到下午 6 点开放，周四开放至晚上 8 点。

美国东部编剧工会

纽约州纽约市西 57 街 555 号

邮编：10019

电话：212-767-7800

网址：www.wgaeast.org

没有设立剧本图书馆。

美国电影学会（AFI），路易斯·B.梅耶图书馆

地址：加州洛杉矶市西大街北 2021 号

邮编：90027

电话：323-856-7600

网址：www.afi.com/louis-b-mayer-library

收录了已出版和未公开出版的剧本以及有关电影的书籍。进馆需要预约。

加州大学洛杉矶分校（UCLA），特别典藏图书馆，杨研究图书馆

地址：加州洛杉矶市希尔加德大街 405 号

邮编：90024

仅供电话预约：310-825-7253

网址：www.library.ucla.edu/locations

提前一两天打电话并告之你想要的作品。如果他们没有你要找的内容，他们有可能会告诉你哪里也许找得到。

南加州大学（USC），电影艺术图书馆

地址：加州洛杉矶市大学园区

邮编：90089-0182

电话：213-740-3994

网址：libraries.usc.edu/locations/cinematic-arts-library

在你所在地区寻找剧本的最好方法就是给开设电影系的大学或电影学院的图书馆打电话，咨询他们是否提供剧本，以及他们的图书馆是否对外开放。

订购或下载参考剧本

剧本城

网址：www.scriptcity.com

有非常棒的电视或电影剧本可供选择。购买当天，你就可以下载到 PDF 版的剧本。电视剧本 10 美元一个，电影剧本价格不一。他们经常会做一些特价活动，一次性买三个剧本就可以打折。

德鲁的剧本

网址：www.script-o-rama.com/

他们提供了很多不错的免费电影和电视剧本。

简单剧本

网址：www.simplyscripts.com/

他们的电影和电视剧本同样不错，同样免费。

订购或下载剧本时，确定你得到的是实际用于拍摄的剧本，而不是根据成片整理的剧本，这很重要。购买剧本的网站有很多，并且一直在变化。上网键入"电影和电视剧本"（movie and television scripts）搜索一下，会有很多乐趣。

建立关系

编剧之家（The Scriptwriters Network）

地址：加州格伦代尔市西列克星敦大道 121 号 254

邮编：642806

电话：1-888-SWN-WORD（1-888-796-9673）

邮箱：info@scriptwritersnetwork.org

一个举办讲座、提供交流平台和资源的非营利组织。

编剧软件

编剧软件帮电视、电影编剧按照好莱坞标准格式写作。纠结格式很乏味，这个软件可以帮你节省时间和精力。学会使用这些软件不难，软件支持 PC 和 Mac 两种系统。我向所有编剧强力推荐它们，它们值这个钱。

我用了 Final Draft 很多年，没用过其他的软件，因为它很好用。我一两天就学会了。我是一个诵读困难者，如果我会用的话，那所有人都能学会。行业中我共事过的很多人都使用这个软件。我还听说 Movie Magic Screenwriter 也不错。

Final Draft
http://www.finaldraft.com

Movie Magic Screenwriter
http://www.screenplay.com/

附录 B　奖金和编剧大赛

学院尼科尔剧本赛（The Nicholl Fellowship）
　　地址：加州贝弗利山庄威尔希尔大道 8949 号
　　邮编：90121
　　网址：www.Oscars.org/nicholl
　　尼科尔是最有名的编剧比赛。一年有大约 4000 个申请者，但只有 5 个奖金名额。如果你被选中，你会得到 35000 美元奖金，当年要完成一个电影剧本。

华特·迪士尼奖金（Walt Disney Fellowship Program）
　　地址：加州伯班克市布埃纳维斯塔街 500 号，华特·迪士尼电视创意人才培养与融合组
　　邮编：91521-4016
　　网址：www.abctalentdevelopment.com/writing_program.html
　　迪士尼会从中挑选 8 位编剧在迪士尼公司和 ABC 娱乐公司全职开发他们的剧本。他们为电影和电视剧作品提供奖金。不需要经验，提交申请即可。申请开始时间通常在每年 5 月。

尼克频道剧作比赛（Nickelodeon Writing Fellowship）
　　地址：加州伯班克市西奥利夫大道 231 号
　　邮编：91502
　　网址：www.nickanimation.com/writing-program
　　电话：(818) 736-3000

邮箱：studioinfo@nick.com

尼克频道向来自不同文化和民族背景的编剧提供动画和真人电影的剧作比赛奖金及带薪培训。剧本提交时间可以在官网查看。

圣丹斯编剧研究室（Sundance Screenwriters' Lab）

地址：加州洛杉矶市威尔希尔大道 5900 号 800 室，圣丹斯协会

邮编：90036

网址：www.sundance.org/programs/feature-film

电话：310-360-1981

邮箱：Institute@sundance.org

他们的电影项目包括每年 1 月举办的编剧工作室、3 月举办的编剧集中工作坊等。电影项目只需申请一次，拿到一个名额，你就可以申请上述所有项目。提交剧本前 5 页和大纲时，你还要附上申请信和简历。

西洋镜剧本大赛（Zoetrope Screenplay Contest）

网址：www.zoetrope.com/contests

邮箱：competitions@zoetrope.com

优胜者以及决赛前 10 名将会签约 ICM、UTA、帕拉戴姆经纪公司，他们的剧本有可能被包括美国西洋镜制片公司在内的顶级制作公司购买优先权并开发成电影。

比赛层出不穷，所以要分清主次！不要贸然参加每一个比赛。记住，重要的不是输赢，而是展示你自己，因为这些比赛会让专业人士读到你的剧本。

出版后记

打磨出一个成熟的剧本，不等于你是成熟的编剧。要想在影视行业守住饭碗，聪明的编剧不仅要懂得建构故事、塑造角色，还要能够揣摩平台的需求和观众的喜好，灵活调整写作方式，找准自己的位置，适当地自我推销。本书作者马德琳·迪马乔创作过40多部各类电视、电影剧本，具备资深影视制片人的工作背景。在书中，她以诙谐平实的语言，一边传授不同时长、不同平台剧本的写作要领，一边为编剧的职业生涯指点迷津。

本书的第一个亮点是，在介绍剧本写作的基本技巧的同时，结合制片方的视角剖析剧本的卖点，传授观众喜欢、剧方中意的剧本的秘诀；第二个亮点是从半小时剧、一小时剧、电视电影等不同体量的剧本出发，通过分析成功剧本案例，细致讲解了不同剧本的结构，对写网剧、网络大电影，乃至动画和真人秀节目剧本的编剧都有参考价值。此外，作者以自身经历为鉴，配以多位影视行业资深从业者的采访，指引读者寻找创作方向、经营行业关系。

在本书编校过程中，我们对专业术语的译法进行了统一，保留了部分人名、片名的英文原文，供读者检索。我们在追求准确的同时，力求语言更加贴近中文读者的阅读习惯。鉴于部分参考影片并未拍出成片，难免仍有疏漏，烦请读者朋友们不吝指出，我们今后将在加印时订正。

为了开拓一个与读者朋友们进行更多交流的空间，分享相关

"衍生内容""番外故事"，我们推出了"后浪剧场"播客节目，邀请业内嘉宾畅聊与书本有关的话题，以及他们的创作与生活。可通过微信搜索"houlangjuchang"来获取收听途径，敬请关注。

服务热线：133-6631-2326　188-1142-1266
服务信箱：reader@hinabook.com

后浪电影学院
2021年10月

图书在版编目（ＣＩＰ）数据

职业编剧手册：剧集、情景喜剧、动画、中小成本
电影全面突围 / (意) 马德琳·迪马乔著；徐雅宁译
. -- 北京：中国友谊出版公司, 2021.10
书名原文：How to write for television
ISBN 978-7-5057-5192-7

Ⅰ.①职… Ⅱ.①马… ②徐… Ⅲ.①电视剧—编剧
—教材 Ⅳ.①I053.5

中国版本图书馆CIP数据核字(2021)第059758号

著作权合同登记号　图字：01-2021-0117

书名	职业编剧手册： 剧集、情景喜剧、动画、中小成本电影全面突围
作者	［意］马德琳·迪马乔
译者	徐雅宁
出版	中国友谊出版公司
发行	中国友谊出版公司
经销	新华书店
印刷	北京天宇万达印刷有限公司
规格	880×1194毫米　32开 11印张　186千字
版次	2021年10月第1版
印次	2021年10月第1次印刷
书号	ISBN 978-7-5057-5192-7
定价	48.00元
地址	北京市朝阳区西坝河南里17号楼
邮编	100028
电话	（010）64678009